王宗仁作品自选集系列

# 昆仑山的雪
KUNLUNSHAN DE XUE

王宗仁 著

青海人民出版社

图书在版编目（CIP）数据

昆仑山的雪 / 王宗仁著. -- 西宁：青海人民出版社，2022.11
（王宗仁作品自选集系列）
ISBN 978-7-225-06397-3

Ⅰ.①昆… Ⅱ.①王… Ⅲ.①散文集—中国—当代 Ⅳ.① I267

中国版本图书馆 CIP 数据核字（2022）第 176779 号

王宗仁作品自选集系列

## 昆仑山的雪

王宗仁　著

| | |
|---|---|
| 出 版 人 | 樊原成 |
| 出版发行 | 青海人民出版社有限责任公司 |
| | 西宁市五四西路 71 号　邮政编码：810023　电话：（0971）6143426（总编室）|
| 发行热线 | （0971）6143516 / 6137730 |
| 网　　址 | http://www.qhrmcbs.com |
| 印　　刷 | 青海新宏铭印业有限公司 |
| 经　　销 | 新华书店 |
| 开　　本 | 890 mm × 1240 mm　1/32 |
| 印　　张 | 10 |
| 字　　数 | 240 千 |
| 版　　次 | 2022 年 11 月第 1 版　2022 年 11 月第 1 次印刷 |
| 书　　号 | ISBN 978-7-225-06397-3 |
| 定　　价 | 45.00 元 |

版权所有　侵权必究

# 目录

| | |
|---|---|
| 昆仑山的雪 | 001 |
| 嫂　镜 | 014 |
| 歌的高度 | 021 |
| 高原上空的星 | 031 |
| 彭德怀昆仑山之行 | 042 |
| 我的三个拉萨战友 | 048 |
| 布达拉宫侧影 | 052 |
| 昆仑山的高度 | 059 |
| 十八岁的墓碑 | 063 |
| 十八岁哥哥告诉小英莲 | 093 |
| 草原藏香 | 117 |
| 神女泉 | 122 |
| 雪山酒香 | 144 |
| 海拔5300米的军礼 | 154 |
| 一把藏刀 | 159 |
| 耐冬草不是花 | 168 |
| 第二枚结婚戒指 | 181 |
| 前窗观雨后窗望雪 | 184 |
| 二道沟的月亮滩 | 187 |
| 唐古拉山的月亮 | 190 |
| 拉萨黎明前的篝火 | 193 |
| 为什么可可西里没有琴声 | 201 |
| 女兵墓 | 247 |
| 五道梁落雪　五道梁天晴 | 252 |
| 喜忧楚玛尔河 | 278 |
| 昆仑桥 | 281 |
| 太阳照在倒淌河上 | 284 |
| 开满鲜花的坟墓 | 287 |
| 沉默的巴颜喀拉山 | 308 |

# 昆仑山的雪

他猛乍乍地在你对面一站,你简直会以为眼前移来了一棵雪松,再听他讲话,嗓音像铜钟一样脆亮,还有那白净细嫩的皮肤……这些都丝毫不会使你把他和五十五岁联系在一起,更不会想到他是一个在冰天雪地里滚了三十三年的高原人。

没错,他五十五年的生涯有三十三年是在人称"世界第三极"的青藏高原上度过的,那个地方在一些人眼里简直像魔鬼一样可怕,平均海拔4000米以上,年平均气温为零摄氏度以下,空气中的含氧量只有内地的一半,一些活蹦乱跳的钢小伙到了这里也被折磨成了小老汉。可是,真没想到,他活得这样滋润、壮实。从班长、排长、连长、营长、团长到总后勤某兵站部副部长、部长,他是沿着冰大坂、雪山路、戈壁滩,一个台阶一个台阶走上来的。一个农村娃儿今天佩戴上了少将军衔,他不是靠什么门路,而是凭一身力气,和那宽阔胸腔里的一颗执着奉献的心。

他是一个七彩的调色板,从生命中分切出青翠,嵌在拉萨河谷的林带里;分切出鲜红,涂在昆仑哨所的军旗上;分切出紫艳,赠给柴达木盆地的石油城……他从荒野中走出了一条路,一条从遥远的昨天延伸而来的路,一条无止境地通向明天的路。从50年代到80年代,他多次立功受奖,直至被选为党的十三大代表,浑身带着昆仑烟尘,走进了人民大会堂……

他就是王满洲。

## 雪山的形象

王满洲前大半生最富有光彩的事迹是在青藏高原曝光的,而在唐古拉山二十五个昼夜的故事则是他这幅彩卷中的中心彩页。

那是1957年1月10日,一场突然降临的、历年来罕见的暴风雪,将某汽车团一营去西藏边防执勤的七十五台汽车,结结实实地困在了唐古拉山上。十级左右的大风撼天动地地怒吼着,路上积雪半尺厚,有些地方积雪达二尺深。

唐古拉山平均海拔5000多米,位于青海和西藏的交界处。此刻,风雪混沌,东西不辨,长长的车队瘫痪在暴风雪的肆虐中。驾驶员们加大油门,试图冲出大雪的围困,但没有成功,便纷纷走下车,无可奈何地望着渺茫的雪峰……

有一个头戴皮毛帽、脚蹬大头毛皮鞋、穿着皮大衣的同志前后忙乎着指挥汽车突围。他就是王满洲,当时二十三岁,副排长。

雪的世界,冰的世界,风的世界!

车队就这样被围困在山上了。二百多人的吃饭睡觉甚至连解手都只能放在方寸之地的驾驶室里。吃?事先根本没有准备充饥的食品,有的同志无意间带来的几个馒头、饼干之类,头一两顿饭就当成宝贝吃光了。道班的一碗稀饭一元钱——1957年的一元钱啊!那也得买。在这上下唐古拉山的几十里山道上,它是唯一的人家,一元钱换来一碗救命的稀饭,给人家作揖磕头,也值!

三天中，连推带拉车队只推进了一公里。

无休止的暴风雪把这支车队的前程变成了难以预测的未知数。

营长张洪声此刻的心理负担肯定超过任何一个人了。这已经是上山的第五天，摆在面前最大的问题是吃饭，同志们搜肠刮肚地找东西吃，连冷落在工具箱里的霉馒头都消灭了。道班的高价稀饭仍在加价……张营长想：必须立即派一个精明强悍的驾驶员死打硬拼地冲出暴风雪的围困，到山下的安多买马兵站去弄些吃的来。这是当务之急！要不二百多人的命会丢在雪山上的。

他把这个任务交给了王满洲。这是一个具有探险性的任务。

王满洲没有犹豫，干干脆脆地答道："行！"

显然，张营长并不满意。这不是完成平常的任务，说行就行。他还想知道王满洲为了这个"行"，能拿出些什么行动。于是，他又问了一句："你有把握吗？"

王满洲想了想，又似乎什么也没想，答："你要我讲出个子丑寅卯来，说实在的，我说不清。但是，我是拼了！反正不能让暴风雪给困死在山上。"

够了！有这句话张营长满意了。

王满洲凭着他丰富的驾驶经验，小心谨慎地开着汽车下山，车上坐着副团长张功。汽车像一头发怒的狮子，扑撞着堆积在路面上的雪墙。但是，车速快不起来，三步一走，两步一停，不时地要挖雪开路，稍有不慎，就会滑下万丈深谷。

本来只有两个多小时的路程，他们却磨蹭了一整天。到安多买马兵站已经是深夜了，站上一片漆黑，一片死寂，好像走进了峡谷一样深沉。这时，王满洲和张功感到迫切需要的是美美地睡一觉，实在太困了！可是每一间客房都关得紧紧的，喊破嗓子就是叫不开。没有办法，他们只好在墙角一顶潮湿、阴冷的帐篷里摊开汽车保温套躺下了，很快就进入了梦乡。

一觉睡醒，弄不清是早晨还是中午，只觉得满帐篷里亮晃晃的像撒了金箔，刺得睁不开眼睛。他们揉了半天，好不容易睁开眼，两个人你望着他笑，他望着你笑，笑得不亦乐乎。

原来，两个人的脸肿得像脸盆，全变了形，谁也不认识谁了！

冻的，还是饿的？全有。

次日，王满洲的汽车满载着柴油、米面、牛粪、馒头等急需用品，又艰难地开上了山。山上山下的路就这样被打通了，但是要把整个车队从暴风雪中抢救出来，艰苦的战斗还在后面呢！

一营的二百多名指战员在唐古拉山上与暴风雪斗了二十五个昼夜。其间，有一天傍晚，王满洲从道班房那花花绿绿的对联中才知道该过春节了，他和战友们用加倍与风雪搏斗的行动迎来了中国人的传统节日。2月4日，通路打开，准备下山时，官兵们一个个变得不像人样儿了，满脸油泥，胡子拉碴，两腮掉肉，头发长得能梳小辫，活像野人一样。有好几个官兵的腿冻坏了，后来虽在拉萨、西宁进行了抢救治疗，还是截肢了。

三十多年后，王满洲回忆起往事心情还很激动，他说："唐古拉山可怕吗？暴风雪可怕吗？可是，它最终还是让我们踩在了脚下！"

他的话好像还没说完，但不言声了，像在思考着……

雪山是沉默的，只有暴风雪才是它的语言。

## 慈不带兵

在青藏线上的军营里流传着这样的顺口溜：

"步兵紧，炮兵松，吊儿郎当汽车兵。"

"不对！"王满洲走到哪儿都理直气壮地批驳这种谬论，"汽车兵也是解放军，谁规定的就非得稀拉、散漫？缺乏素质、没有严明纪律的部队是不会有战斗力的，是要吃败仗的！我从当排长以后就认准了这个理：带兵必须严。对于一切规章制度，对于纪律要不折不扣地执行。部队稀松，根子在干部。谁违章违纪我从来不姑息迁就。"

当时王满洲在某汽车团当团长。严团长带出来的是严战士。

隆冬的一个呵气成冰的早晨，车队从长江源头的沱沱河兵站出发上路。跟随车队的兵站部后勤部长乘坐的车，摇车摇了快半个小时，累得驾驶员汗星子乱溅，就是不着火。后勤部长有点耐不住性子了，就对驾驶员说："小伙子，别死摇了，踩马达吧！"驾驶员回答："不行！如果团长知道了我踩马达要刮鼻子的。说不定还要追查到你头上呢！"

嘀，这团长好厉害啊！

原来，团里有一条明文规定："冬季的冷车一律不得用马达启动，要坚持用手摇柄发动车。"这是王满洲几十年来在高原行车总结出来的一条行之有效的延长车辆寿命的经验。开初他在团里提倡这种做法时，下面的抵触情绪可大了，许多驾驶员想不通，就连有的干部也讲怪话："团长真会出点子，供着马达当花看，却要死乞白赖去摇车，吃饱了撑的！"不行，有抵触也得执行。你省下了一把力气，可汽车遭罪了，哪个值？车辆是汽车部队的武器，我们硬是要做到宁肯人吃苦，不让车受损。王满洲就是咬着这个理儿不放。每天早晨出车时，他顶着咬人肉的寒风站在车场一旁的高堆上，只要看见哪台车的驾驶员开着马达嘟嘟嘟地启动，就走上去，初犯者他耐心地说服教育工作，对于屡犯他就不客气了，轻则点名批评，重则让你把驾驶车交出来，先反省，什么时候想通了再还给你。团长这么较真，谁还敢把规章制度当儿戏……

后勤部长见驾驶员还在挥汗摇着车，心头不由得萌生起一股敬意，不单是对摇车人，更重要的是对此刻并不在驾驶员身边但却制约着驾驶员行动的王团长。他对这件事来兴趣了，想知道团长的更多的情况，便上去帮着驾驶员摇车，边摇边交谈：

"小伙子，你在这摇车也罢，踩马达也好，全是一个人干的，团长又不在场，你为啥还这么认真，不捡省力气的活儿干？"

显然，他故意这么问，想考考驾驶员。

"这你就不了解情况了，我们团长可神了，你背着他干的坏事，他总能想着法儿了解到。他一旦揪住你的尾巴，就没好果子给你吃。当然啦，最主要的是我们觉得团长严得有理，我们应该自觉地按规定办。"

后勤部长点点头又说："你们团长真的就这么神吗？你能不能给我讲个你亲身经历的事。"

"那就多了，随便说吧。昆仑山大水桥以东的公路死弯多，坡度又大，据说这里几乎每月都有事故发生，且常出些车人俱损的大事故。王团长说，我们团的汽车不得在大水桥以东的一段路上教练学员，这是对国家财产负责，也是对大家的生命负责。就这样，这里被划成了'教练禁区'。可是，日子久了，有些学员就不在乎了，什么禁区不禁区，来到这儿就手心发痒，想在险路上开开车，过一过瘾。跟我车的学员就是这样。开始，我没答应，告诉他这是王团长的规定，谁也别想违反。可后来呢，经不住他三缠两磨，我的心软了。一次，我的车又行驶到了大水桥东边的路上，我往倒车镜上瞧了瞧，后面的车没有跟上，便把方向盘递给了学员。还好，没有出事，我放心了。谁料，回到车场，我的车刚一停下，王团长就过来了，冲着我说：'好小子，你今天没干好事！'我一听，砸了！让学员开车的事他已经知道了，我赶忙检讨，下保证。他说，今日原谅你一次，下不为例。你说，我们团长神不神？"

后勤部长服了："够神了。那么，你们怕团长吗？"

驾驶员一笑："说不怕，那是假话。记得我刚到团里，看见他老远来了，腿肚就打哆嗦。可话说回来，如果你老老实实地行事，不搞斜的歪的，团长也不会找茬儿的。其实王团长这个人很随和，很能体贴民心——当然我是指战士了。再说，严的本身就是爱嘛！"

后勤部长终于帮着战士把汽车摇动着了，引擎欢唱着，静静的雪山也显得有了几分生机。

正像军官的慈爱之心一下子不能被所有的战士接受一样，对于王满洲带出来的这样一个有素质、守纪律、讲军容的团队，有些人开始也是持怀疑态度的。

有这么一件事：

在昆仑山下的兵城格尔木，王满洲所领导的汽车团的指战员出现在大街上，走路也好，待人接物也好，都不同凡响，给大家留下了极好的印象。当然，越是超群，就越会更多地招来人们的目光，而这种目光又是各种各样的。当时兵站部有位领导就不太相信王满洲带的兵没个稀松的，他要亲眼见识见识这位团长是不是改变了"吊儿郎当汽车兵"的旧俗。他在格尔木街上布下纠察队，还特地设了几个暗哨，抓这个汽车团的人。整连整班地难出问题，我就抓你这散兵游勇。

一个星期过去了，纠察没有发现任何问题，开飞车的也罢，发生事故的也罢，或者是违反军容风纪规定的也罢，统统没有。

这是星期一的晚上，王满洲已经脱衣要睡了，突然电话铃响了，他抓起听筒就传来了兵站部那位领导的声音：

"老王，抓住你的兵了！快来领人。"

王满洲忙问："你抓到的是什么人？"

"这两个小子是你们电影组的,在大街上喝酒划拳,简直跟国民党兵一样。"

王满洲一听,不对头呀,睡前他还看到过电影组的几个同志。再说,他心里有数,他们电影组的人不会这样差劲。于是,他说:

"你抓的不是我的兵,肯定不是!"

"别犟嘴,你来看看就知道了。"

王满洲乘车到了指挥所,刚一进门,还没等他开口,那两个散兵就赶紧道歉、求饶:"对不起,团长,我俩刚才说了假话,我们不是你们团的。"

王满洲当然十分恼火,不过他没有发作,而是平静地问:"你们为什么要冒充我们的人?"

对方如实回答:"谁不知道你王团长带出来的部队严格,名声好。我们原想蹭点油水沾个光,也许就滑过去了,没想到……"

王满洲望了望旁边兵站部的那位领导,他在那儿闷着头抽烟,无话。

## 不当没味道的官

对于青海省委书记尹克升来说,这肯定是一条迟到的新闻了,但是他还是格外兴奋。怎么能不鼓舞人心呢?不要说现在是和平时期,就是在战火硝烟的战争年代,立功受奖的机遇那么多,可一个部队里有三个团队荣立集体三等功,这也是少有的。

可是,现在奇迹就出现在王满洲所领导的兵站部:三个汽车团队在一年多的时间里先后都立了集体三等功。这三个团队十分出色地完成了高原运输任务,而且做到了没有死人事故——这是非常不容易的。奇迹出在青海驻军,省委书记尹克升向王满洲祝贺。

我们可以亮出一个数字来佐证在青藏高原行车之艰难：兵站部从50年代中期创建以来，死于事故的人员共539名。血的数字呀！

哪一个团队都拥有数百台汽车，车轮从西宁滚到拉萨，有的还要到边防哨卡，途中经过雪山、沙漠、峡谷、冰河，有时遇雪，有时下雨，有时还被卷在暴风雪里，什么样复杂的地形都能遇到，走个神就会车翻人亡。要做到在这样的路上安全行车，实在很难！

可王满洲呢？好大的气派，他提出：要实现全兵站部的汽车部队无责任死人事故。

那是1985年12月，他在北京召开的全军后勤部长会议上提出这个奋斗目标的。

王满洲在说大话吗？兵站都有四个汽车团呀，每台车、每个人都必须绝对安全，才能保证这个宏伟计划实现！

与会者都用惊讶的目光望着他。当然，这些目光里更多的是包含着赞赏。

王满洲的心中是有数的。离高原赴京前，他和兵站部政委马国连反复商讨过的，之后又在领导班子里统一了认识。记得马政委在党委会上讲过这样的一段话："干！什么奇迹都是人创造的。我查了查历史资料，发现兵站部的车辆责任死人事故是逐年下降的，五六十年代平均每年死三十人左右，70年代到80年代初平均每年死二十人左右，近两年仅死八人。可见任何事物都是可以转化的，转化的条件是人创造出来的。"政委很会做政治工作，既讲究方式，又具有说服力。王满洲信服。

王满洲在当团长时，就做到了全团在三十五个月中没有发生责任亡人事故。这在高原汽车团队史册上是创纪录的。现在当了部长，职务高了，他认为理所当然地要把这个奇迹的规格提高一个档次。

从北京开完会一回到西宁,他就和马政委分头深入到所属团队去抓落实。领导干部从机关来到基层,这本身就给下面送去了一份压力,同时也送去了动力。

王满洲说:"一个单位、一个人如果没有压力,总是那么轻飘飘地生活,是绝对成不了大气候的。但是,上面光给他们压力,不给输送动力,他们就会因为负荷太沉而喘不过气。我和政委正是抱着这样的目的到下面去的。"

在一个多月的时间里,王满洲和兵站部的几位主要领导走遍了青藏沿线的汽车部队,和大家一起研究制定安全措施,一起找寻工作中的薄弱环节,堵漏洞。王满洲每到一个单位后,打心里讲,他是不愿看到他们的问题的,但是当他在调查研究中发现不了问题时,心里总觉得不踏实,像少了点什么,从某个意义上讲,他这次下去就是挑毛病的呀!

人们能理解他的这种矛盾心情!

有一个团的参谋长,过去工作搞得不甚理想,他抓点的连队事故不断。但就是这位领导玩劲却特大,他和一些参谋干事耍扑克牌,输了时被那些调皮鬼出尽洋相,他却不气不恼。还有,他和老乡喝酒,醉得躺在地板上,嘴里吐着白沫。王满洲找到这个同志说:"你哪里还具备一点当领导干部的魄力?以后你喝酒前应该先喝点尿清醒清醒头脑,是你自己把自己不当人看待嘛!"他多次用这个干部的例子警惕大家要对工作尽职尽责,做一个称职的好干部。他先讲自己:"我王满洲做梦也没有想到会当部长。现在党把我安在了这个位置上,我就豁出劲来干,干好。免得别人说王满洲当了部长啥事没干。"然后,他对大家说:"道理是一样的,你们当上三年两年团长、营长、连长什么的,如果给大家啥好事都没做,你这官当的还有啥味道?"

难道王满洲不知道他这样讲一些人会不高兴的，是要得罪一些人的。他知道，非常知道，可他不讲出来总觉得心里不舒服。

这就是王满洲。

## 昆仑春晓

他当上部长不久，一场硬仗就摆在面前。当然他可以找个理由打场迂回战，绕过去，或者留着让别的人去冲锋。因为他的前任就对此事久拖不办，尔后移交给他的。不，王满洲才不会干这种事的，自己拉屎让别人擦屁股，这不仅仅是官僚作风，还有点面目可憎了。面对硬仗，他一拍胸脯：冲上去了！

什么仗呢？在昆仑山下修建一座军需综合库。

格尔木有个转运站，青藏公路一通车就有了。它是进藏物资的集散地，每天的吞吐量平均数万吨。长期以来，转运站没有库房，大批的战备物资和建设器材堆放在露天。装卸部队是强体力劳动，肩扛手提，消耗很大。总后机关一位领导几次来高原检查工作，倾听了各方面意见，便让兵站部在此地修建一座综合库，储存进藏物资。再修一条铁路专线，把战士们从重体力劳动中解放出来。但是，一年过去了，还没有动静。本来该办的事，却像吹了一阵风一样，之后，又平静了。为啥？

总部让五年拿下这个工程，兵站部有关部门一合算，傻眼了，七年能完成就烧高香了。结子就这么挽下了，死结子！

王满洲当了部长后，首先瞄准了这项工程。青藏高原的建设需要它，指战员们在呼唤它。如果这项工程在他上任后仍然"瞎火"着，这个部长还有啥脸面见四千里青藏线上的父老？他在思考着这件事迟迟办不起来的原因：难道仅仅是因为完工的时间七年、五年之争吗？不像。

五年为什么拿不下来？七年是否太长，能否再少些时间？他向有关人员提出这些疑问，却得不到回答。王满洲觉得奇怪了，心里没有答案，却不去寻找答案，还要把事情拖着，账欠着，哪个章法上有这个条文？

他下了决心先调查研究。他和政委的一致意见是：坐在办公室里争得再热火那是"客里空"。王满洲离开机关大院，来到了昆仑山下。大概人们没有想到吧，他带的人马只是一个人——文绉绉的总工程师杨尚旺，是个知识分子！

他们在现场察看，地基怎么挖，设备如何上，施工力量怎样使用，附属工程有哪些问题……自己找不到答案就去和群众交谈，向地方兄弟单位请教。最后又一笔一笔算了账。

这天，吃了晚饭撂下筷子，王满洲无心休息，来到杨尚旺房间，对面坐下，问："老杨，你是专家，比我在行，我想听听你的意见。"

杨工说："部长，你下决心吧，五年若拿不下这个碉堡，我替你坐班房。"王满洲一听站了起来，动情地说："好我的老杨哥，我就要你这一句话！"

说着，他狠狠地握了一下总工的手。老杨感到了痛，但身体纹丝未动。部长是给他传递力量呢！

末了，王满洲说："要真坐班房，咱们一起坐，我不会让你独自去享受那份寂寞的！"两人朗声大笑。

1984年春天，青藏高原仍然披着厚厚的积雪在冬眠，工程就上马了。杨总工程师当总设计者，兵站部专门分工一名副部长坐镇指挥。王满洲当然不会当甩手掌柜的，他奔波在西宁、北京、格尔木之间，联系、解决工程中那些名目繁多、复杂琐碎的问题。

其间，王满洲处理的一件事颇使人们动心。他不知从哪个渠道得知杨尚旺和爱人长期分居两地，扯皮多年就是解决不了。王满洲对有关部门的同志说:"咱让人家玩命工作,却不能给人家解决后顾之忧,这样的领导说话舌头短啊!"他停停,又说:"当然,我也官僚,过去不知道老杨还有这么个难题拖着他。"他过问多次,指定专人抓落实,才把杨总工程师的爱人调到了西宁。可以想象得出,这件事给奋战在昆仑山下的杨尚旺增加了多少动力!

1987年底,综合库的主体工程就拿下了。才三年呀!如期完工十拿九稳。王满洲说:"我个人能有多大能耐?工作是大家干的,点子是集体出的。"

迎春花的微笑像太阳一般,而似白雪一样的梨花却是月色的。人们还是喜欢梨花,淡淡的,素素的,怪爽心的!

今年春天,王满洲接到调令到内地一所军事院校担任副校长,提升了。赴职途经北京时我见了他,自然交谈了不少,但他留给我印象很深的话是:"下高原时,据说西藏正落着一场大雪。真留恋这雪呀,圣洁,坚强,朴实。可今后也许再见不到高原上的雪了!"言谈中流露着无限的惜别之情。

远山正落雪。

一场大雪送他到新的岗位。相信他会把这高原那圣洁的雪带到他所到的每一个地方。

# 嫂　镜

喜马拉雅山巅的那片六月雪，每天总是最先触摸到灿烂的阳光。多情的朝霞把它涂成了一只天河中的红鲤，静卧世界屋脊的制高点。太阳渐渐升高了，山巅才还原成本色，一片白雪。

这些日子，在山下哨所二十多个兵的眼里，那片红鲤般的积雪突然变成一位亭亭玉立的军嫂形象。嫂子凝视着寂静的营房，日夜伴着孤独的兵们。她那美貌容颜比身边的雪莲花还要动人。很巧，军嫂的名字就叫雪莲。

雪莲是排长的妻子。

在不朽的荒原，在荒原的那个黎明，当嫂子满身沙土一脸疲惫地走下汽车，站在哨所后面的雪地上时，边防线上一下子就变得欢腾热闹起来。这里有女性落脚，绝对是历史性的。除了正在哨位上执勤的兵以外，其余的倾城而出迎接这位仿佛从天国而降的花仙子。

用"千里少人烟，四季缺色彩"来形容边防线军人的单调生活和自然界的枯燥荒芜是一点也不过分的。哨所驻地是清一色的男子汉世界，他们穿的衣服、睡的床铺、吃的饭菜甚至连出口的话语皆为很规范的男子化、军事化。在此地难得见个女人，偶尔碰上一只狐狸也是公的（不知为何？）。在这里建厕所不必设女厕所，盖澡堂不需要修女池，兵们夜里睡觉时身上再赤露、平日穷侃时言谈再粗鲁也不用担心撞上女性。

没有女人的世界是个苦涩而熬人的地方。

雪莲出现在兵们面前的那个时刻，喜马拉雅山的山腰肯定挂起了一道彩霞。兵们高高兴兴而又惶惶恐恐地簇拥着嫂子，谁都想和她握手，可是谁都害羞得不好意思把手伸出来。最后，忽然站出来一个兵，对围着嫂子的兵们说：

"听我统一指挥的口令，向后退三步走！"

兵们老老实实地听从他指挥，后退三步，离开了嫂子。那个兵又下达第二道口令：

"立正，敬礼，嫂夫人好！"

兵们齐刷刷地举手敬起了军礼，众口一声地喊道："嫂夫人好！"

嫂子怎么承受得了如此隆重的礼遇，忙用双手做着往下压的动作，连连说：

"弟兄们，别这样，千万别这样！我是来看望丈夫的，也是来看望你们的。放心吧，嫂子会把你们当亲弟弟看的，疼爱小弟兄们！"

说毕，她恭恭敬敬地给大家鞠了个躬，说："妻子是属于丈夫的，嫂子是大家的。我乐于为弟兄们做事！"

军嫂就这样到了边防线上。

兵们就是用这样特殊的仪式迎接了军嫂。

嫂子的来队给哨兵增添了色彩。这，从兵们闪着光彩的瞳仁里可以看出，从他们那咧着的嘴唇间能感觉得出。当然，最主要的是每天早早飞来立在屋顶上喳喳叫个不停的那只喜鹊使兵们觉得这日子着实有了活跃的色彩，喜欢幽默的班长逗着大家说："以前你们谁见咱这儿天天来喜鹊，而且叫得这么欢畅？没有嘛！人家喜鹊眼里也有水水，嫌咱这清一色的地方太单调,现在有了嫂子这花棉袄,喜鹊经不住诱惑,便飞来了!"有个兵故意犟嘴:"照你这么说,喜鹊也会辨认个公母来了?"班长驳着:"大家听见了没?这可是他强加给我的。我只是说喜鹊喜欢上了嫂子的花棉袄。"一阵哄堂大笑。

雪莲嫂的那件得体而素雅的对襟棉袄,确实很惹人爱,不管近看还是远瞧,都很入味。那件棉袄是浅红的底色上均匀地盛开着一朵朵近似梅花样的花蕾,间或还有一道道像射出来的光芒似的线条从花朵中间穿过,使人感到所有的花独立而不散,成为一个有机的整体。同一件衣服穿在不同人身上会有不同的效果。嫂子眉清目秀的脸庞,再配上那从脖后卷起在头顶挽成髻的头发,使人感到那件棉袄给天下的任何女人穿都不如她穿上这么有魅力。她早早晚晚地穿着这棉袄在营区忙碌着。因了她的忙碌、走动,以往寂寞而单调的营区也就跟着生动起来。

嫂子是杭州人,自幼喜欢唱歌,高中毕业便考上了音乐学院,后来就成了某歌舞团的演员,在当地颇有点小名气。现在来到边防线上,自然要为官兵们唱歌的,但是她的主要职责已经不是演员了,用她的话说"嫂子是大家的,哪儿需要嫂子,嫂子就出现在哪儿"。

她把战士们的被子一床挨一床地拆洗了一遍。末了,还自己掏腰包买来毛巾给兵们缝在被头上;战士们换下来的衣服,只要她见到就悄悄地拿去洗了,等兵们训练或执勤回来已经晾干叠得整整齐齐地放在了床头;她还把自己会做的几道杭州菜的做法传授给了炊事班的两个战士。她对他们说,哨所里有一半的人来自杭州,你俩不会给这些人做家乡菜是要脱离群众的;当然,嫂子来队后,最让兵们开心、愉快的时刻当数晚上,这时她总是把兵们集合在食堂(这是集吃饭、开会、娱乐于一起的三用场所)里,为大家举行"个人演唱会",大家点什么歌她就唱什么歌。点的频率最多的歌曲是《嫂子颂》。这支歌雪莲嫂在杭州不知唱过多少遍了,但是在这遥远的西藏为边防战士唱,感情不一样,效果也不一样。她每次唱下来都是泪流满面,兵们也跟着她哭。有时她还给兵们教英语,有些调皮的兵嫌英语字音太绕口,便说:"嫂子,我们又不打算漂洋留学,学那玩意儿不是一种负担吗?等有一日想到国外去观光旅游,就请你当导游,我们光看光听不就行了!"她耐心地告诉弟兄们:"到了你们复员回乡那个时候,家乡肯定少不了合资、独资企业,外国佬不会少。你们不懂几句英语,可就成了名副其实的'国盲'了!"

时间在欢乐中总是过得飞快。嫂子要离开哨所回杭州了。这时候,出现了一个反常的现象。排长当然恋恋不舍了,但却显得很平静。倒是那些兵们一个个淌下了难舍难分的眼泪。他们轮流握着嫂子的手久久不松开,都要求她再多住几日。有的甚至说:"嫂子,我们以全体人员的名义给你们单位写信或拍电报,给你再续一周假。"

雪莲流着热泪迈不开脚步,她怎能不知道这些小弟弟们对自己的感情是多么清纯而真挚!她给大家掏出了心里话:

"你们以为嫂子就愿意离开哨所吗?为了到底续假还是不续假的问题,昨天晚上我和你们排长商讨了大半夜。他当然希望我能多住几天,可是,他又怕我耽误了工作。我毕竟是个有岗位的职业演员,团里下月要下乡去演出,我不回去演出方队里就会缺一块,我于心不忍,大家也不会原谅我。"

这时,兵们异口同声地吼了一句:"那你现在就下个保证,明年休假时再来一趟哨所,我们等着你!"

听了这话,嫂子有点羞涩起来,低下了头,不语。

粗心的兵们哪里知道女人的事,又齐声喊了一声:"明年还来咱们哨所休假嘛！"

嫂子仍然低头不语，这时排长在一旁急了，不得不替嫂子说话了："傻小子们，你们不懂，你嫂子明年她来不了啦，她有啦！"

兵们一听，一个个把舌头吐得老长，不知说什么好。

雪莲嫂这时为大家解围说："明年来不了，后年、大后年不是照样可以来嘛。那时候我给你们带个小侄子。"她扑哧一笑，"当然，保不准也是个小侄女，咱这个大家庭里又添了个小宝宝，不是更热闹了吗！"

兵们起劲地鼓掌。一个兵说：

"明年你来不了哨所，这有特殊原因，我们批准。不过，我们明年派代表去杭州看你。"

"那当然可以喽，热烈欢迎！"

"还有，你走时要把你的照片留下，我们想念嫂子时就能随时看到你。"

没想到这个兵的话音刚一落，嫂子就立即许诺："我回杭州后，给哨所每个同志寄一张我的彩照，就让我长期留在边防线上陪着大家一起执勤吧！"

又是一阵震天动地般的掌声。那是雅鲁藏布江拍岸的涛声啊！

说吧，嫂子把多情的目光投向排长，排长会意地点点头。

一个在一些人看来也许很难下决心的棘手问题，排长夫妻就这么很默契地解决了：雪莲给每个兵赠一张自己的彩照。

从此，兵们就渴盼着这位"女兵"快快入伍，就像当初盼着她来哨所一样怀着满腔热忱。

嫂夫人说到做到，半个月后一摞彩照寄到边防。信封上写的是排长的名字，信却是写给哨所的全体战士。信不长，内容可是充满着情感与期望。

我时刻惦记着的弟弟们：

嫂子是一路流着眼泪回到杭州的，以致原来准备第二天就要照相，只因为眼睛红红肿肿的未照成。这就是半月后你们才收到我照片的原因。我在哨所时看到你们中有的人枕头下偷偷地压着从报刊上剪下来的影视明星照或一些美人照，我的心酸了好些日子。现在你们可以大大方方地把我的照片放在桌上的玻璃板下，夹在日记本里。嫂子就是嫂子，无须藏着掖着。

在哨所的40多天里，我深深地感到你们的生活过得太艰苦太单调。你们太需要有"嫂子"们的关心和疼爱了。嫂子希望你们每个人到时候都能找到一个知冷知热的好媳妇！

雪 莲

这封信是由老班长在哨所全体军人大会上念的。读完信，下面仍然鸦雀无声。

排长按照妻子的意思把彩照分给同志们，人手一张。兵们拿到彩照后那个喜呀，像自己做新郎似的乐得眉儿眼儿都挤在了一起。彩照怎么保管，大家颇费了一番脑子，最后兵们商量出了一个人人都拍手称好的办法：把她镶在每个兵随身带着的小镜子背面。兵们给镜子起名为"嫂镜"。这样，他们每次对镜整理军容风纪时都可以看到嫂子。嫂子也能看见她牵挂的战士。

看嫂子，多一份对亲人和故乡的深情；看嫂子，增加一份保卫祖国的责任和动力。

嫂镜成了边防线上一道独特而新颖的风景，招引了许多观光的人。

不仅是当地的藏族牧民,就连部队领导机关的军官来边防检查工作时,都要久久地、深情凝望小镜上的彩照。一位将军来到哨所听了嫂子的事情后,连连说:"这是一个很美丽的故事,她是一个伟大的女性!"之后,他对着小镜上的彩照恭恭敬敬地行了个军礼。

## 歌的高度

今天是我重返青藏高原后的第一天,昆仑山下荒漠上的那片无遮无挡的陵园,我必去无疑。这座陵园,让我恍惚,让我心悸。有悲伤,有醒悔。仿佛沉没,又仿佛忘记。我今天来这里,往昔的一盏灯在幽暗的回忆里静静地亮着,那仍然是生命旺盛的你——一座坟茔掩埋了的一个没有留下名字的女兵,像成百上千的把生命献给雪域疆土的军人一样,那儿也是你最后的归宿地。

我们都等着你回家。月光早已漏冬,夜幕降临。回家吧,你。难道注定你要用一生的路,归家。是的,不管多迷茫,我们都等着你。

我是赶着步子上高原的,可是现在就要见到你了,我却把脚步收得很慢很慢,不是怕见到你,是担心站在你面前我不知该说些什么。我多么希望时间也随我心愿,躲在远处城市的一角荡着悠悠的秋千,慢些,慢些,再慢些,暂时不要让我走近你。

我还是心急腿慢地来到了昆仑墓地。这显然是我朝思暮想的事情,但我心里却空空的,你在哪里,我怎么看不到?带着寒意的夏风在我身边喧闹着,一切的飘飞都回到眼前这堆土丘。难道这就是你的归家吗?我站在早被无情岁月几乎荡平只留下一个墓碑的坟地前时,才发现在当年你生命消失的荒原上,至今也没有长出一枝一叶。也许我们应该说生活并没有荒芜五十年,你的心却寂寞了半个世纪。我仍然要说,你的生命之水常绿,想起你的歌声,我的胸膛就汹涌澎湃!

　　这就是你的墓碑吗?一块显示着岁月皱纹的木板,上面的字迹已经成熟得肢体不全了。没有洋洋洒洒的颂词,人们却能触摸到你不平凡的一生。你生前大概很少听到人们对你的赞扬,你一死灵魂却变得完美起来。

　　我亲爱的同志,你这位没有留下姓名的女文工团员,你对生你养你的土地的爱和人们对你的爱,都已经在历史上生根。这爱太过于沉重,我才不断寻求了几十年,一直寻求到这遥远的地方。我今天是专门来看你的。没有给你带鲜花,也没有给你带醇酒。生活的甘美你早已无法品尝,人间的冷暖你却时时感受得到。今天阳光已经翻开盛大的旗帜,你仍然在铺满冻霜的山路上追风赶雪。天空碧蓝,白云透亮,秋水清澈了每一个角落,你的日子为什么永远不冷不热!同志,你不该再受凉了,我受托将这件崭新的红色大衣盖在你的墓碑上。昆仑山四季都在飘雪,你离去那年穿的那些大兵们的军大衣早就不保暖了。

　　我亲爱的朋友,你还记得吗?当时跪倒在你面前的一伙士兵向你赎罪,那种虔诚跪卧的姿势今天仍干干净净地浮现在我的眼前。可是,你还是走了。

　　每每回忆起你生命最后那颤颤巍巍时断时续的歌声,就让我心碎如针刺。不要问丧钟为谁而鸣,你的永远离去,就是我们在场这些年轻的兵们的一部分生命在消失……

　　那年的初春,我没记错的话是50年代中期。青藏公路刚通车不久,我们这些跑车的汽车兵用人间最纯朴的感情给西藏运送着温暖,满脸的油腻都在欢笑。那天应该说是我们心情最轻松最欢畅的日子,来自首都的中央慰问团要为青藏公路沿线的军民演出，这是第一次，也是至今为止最隆重档次最高的一次慰问演出。慰问团的团长就是我们敬重的陈毅元帅！说是军和民，其实每到一地就是为两家人演出——一家是兵站，另一家是道班。那个年月，吃、住、行一切从简，两家人住的都是那种圆木结构的帐房，远看很像窑洞。从草滩上挖来一块块冻粘着草根的黑色土块垒成一圈院墙，中间隔一道篱笆墙，左邻右舍住着一军一民两家人。慰问团每到一地，总是把演出场地选在两家门前中间的空地上，天作幕地当台，多有气派！十几个演员，十来个观众，一对一的比例。人少吗？不。慰问团是代表六亿人民来演出的，看演出的观众是代表高原数万军民来接受慰问的。

江河源头兵站那场演出最难忘呀。之所以难忘，是因为那歌声是演员肉体或灵魂的一部分，听歌人自觉地却不是自愿地惩罚了唱歌人。这需要慢慢地讲下去。

应该肯定地说那次演出是相当成功的。陈毅元帅在演出前有个简短而精彩的讲话，他说："江河源兵站，江是长江，河是黄河，我还要加一个，湖是青海湖。我们站在这样一个中国的源头，站在大江大河的交界处，怎能不骄傲！你们两家合起来就这么二十来个人，可是我们不能小看你们，你们顶着世界屋脊上半边天呀！怎能不演好这场戏。"讲毕，元帅就坐在前排的一个小马扎上看演出。身为慰问团团长的陈毅元帅，从兰州出发以来看自己团员的演出，据说还是头一回。也许是有了这么一个特殊的观众和这位特殊的观众讲的那番很不寻常的开场白，那晚的演出很出彩。演员们的胸腔里收藏了多少风声、雷声，就释放出了多少激情、感情。我们的元帅感动了，演出结束后，他不由自主地站起来又讲了几句话。他说："我要接着刚才我的话讲，我们的这些演员也是很了不起的，听说他们来到青藏线后不少人都不同程度地有高山反应，可是你看他们刚才演的节目多么精彩。所以我今天来个王婆卖瓜，自卖自夸，我们的演员也是英雄，他们顶着世界屋脊上的另一半天。这样，咱们看到的就是一个完整的天了。我们今天在这蓝蓝的天底下很幸福地生活着。"

诗人就是诗人，善讲，能讲。瞧那浓浓的文学色彩溢满言词。

元帅的讲话和已往发生或正在发生的故事都凝固在了江河源头。后来如果变成冰凉的回忆，与元帅无关，只怪那些兵。

慰问团继续西行，他们的最终目的地是拉萨、日喀则，却不得不把一个女文工团员留在了江河源兵站。她的高山反应十分严重，无法再到海拔更高的地方去演出了，必须留在原地休息，治疗。休息，也许可以做到。可治疗呢？那个年代医疗条件的简陋是今天的人无论如何也想象不出来的。刚刚通车的青藏公路沿线的兵站和道班，绝对不会有专职的医务人员治疗女文工团员的病。如果有个老兵的衣袋里能有几片可以"包治百病"的止痛片分给她就很不错了。当然更没有条件用专车把她送到西宁或兰州去治疗。唯一的办法是让她在江河源兵站等待下山的顺路便车捎她下山。如果没有顺路车，那就只有等慰问团返回时再带上她回内地了。这是不知什么时间可以看到希望的漫长等待！

生活常常就是这样无奈。即使你是一个心比天高的人，面对这样的无奈也会变得束手无策。女文工团员就这样孤独无助地留在了江河源兵站。这原本是一件不幸的事情，可是在特殊的环境里它竟然变成了从天而降的好消息。我说的是那些原本应该惩罚却让谁也不忍心责怨他们一句的汽车兵。他们得知兵站来了女文工团员时，乐得屁眼里都颠出了花。千万别把兵们这些美好的意愿涂鸦成邪念，他们一年四季都在荒凉的青藏公路上跑车，车轮把静悄悄的黎明碾成寂寞的黄昏，又把黄昏还原成黎明。除了单调就是清冷，雪山、冰河、戈壁是甩不掉的伴君，难得见到个女人。可是这个世界离开了女人那是不完整的呀！现在猛然间得知江河源兵站来了个女文工团员，而且是从他们日思夜想的神圣首都来的女文工团员！心花怒放，确实是心花怒放！更何况他们开始并不知道女文工团员是因病留下来的。那些不安分守己的小伙子们便找出种种借口赶到江河源兵站来投宿。是的，他们当中有些人本来这晚是投宿别的兵站的。为的是要看女文工团员一眼，看看北京来的女军人那身合体整洁的演出军装，心里也会舒畅好些日子。

患病的女文工团员呀，也许你还没有意识到，在高原兵们的眼里你绝对是一位不凡的仙女！

所有的好心人都没有料到的问题，发生在女文工团员留在兵站的第二天晚上。亲爱的同志，亲爱的朋友，你可明白你可悔恨，在这个空洞无比的季节，除了兵们对你旷日持久的热爱，你什么也没留下就匆匆地离开了大家。是的，所有为难你的兵都有着对你最纯粹的热爱！

那晚，站上住进了五个汽车连队，包括接待室、食堂在内的所有虽不是客房但只要可以住人的屋子，都做了临时宿舍。这种情况过去从来没有过，新兵招待员无可奈何地说，真是邪了门啦，挣死挣活地挤在这里有银子抢吗！新兵就是新兵，更深层的事情看不大懂。这晚青藏高原上的月亮只有一种颜色。从古到今人们总是对着月亮抒发自己非喜即悲的感情。再不要这样了，江河源兵站的这个夜晚不管月亮躲在云层还是裸露蓝天，它都是明媚无比的。真的，打开所有的窗子朝天上望，这晚的月亮只有一种颜色——纯白，干净。

晚饭后，兵们不约而同地、轻手轻脚地把女文工团员住的那顶帐篷围了个里三层外三层。他们不忍心打扰她，又不愿意远离她，就这样若即若离，远远地看着，只要能瞅见那灯光就满足了。是的，他们只是想看看她,因为这时不少兵已经知道她是个病人,并没有打算要她唱歌——尽管他们今晚赶到江河源兵站最初的本意是要听她唱歌的。当然,这绝对不是一般意义上的看"风景",那样是不尊重女文工团员的人格的。当时,女文工团员的形象像神一样耸立在兵们的心里,他们热爱她、崇敬她,想看看她穿的那身与一般军人不同的他们从来没见过的演出服,还有那顶缀着金丝带的军帽。自然,谁也不排除他们想要看看她因了那身独特的着装显得格外威武漂亮的身段和脸庞。

女文工团员终于发现了帐篷外面有"情况",她走出来,一看这阵势就什么也明白了。她笑盈盈地对大家说:"外面太冷,里面有火炉,请大家到帐篷里坐。"

她满面春风,声音柔雅,很难看出有病在身。但是没有人进她的帐篷。这阵子天空飘起了雪花,帐外的雪地上留着战士们洁净的脚印。女文工团员再次恳切邀请大家进帐篷里暖和身子。小小帐篷当然容纳不了众多的兵,于是有一个胆大的战士竟然违背了大家原先只想看她一眼的初衷,提出了一个要求:"我们想听你唱支歌!"

没想,这个本该视为节外生枝的要求一提出来,众兵们竟然一时心血来潮地附和起来:"对,我们想听你唱支歌!"

女文工团员显然稍有犹豫,张口想说什么却未出声。能看出她不是推辞,但有难处。可不是吗?其一,她正在患高山反应,浑身无力,还发着高烧,唱歌的原动力确实太少;其二,她是个舞蹈演员,唱歌绝非她的所长,担心让大家失望。然而,此时这些常理在这个特殊环境里显而易见已经无法说服真诚的听众了。这些兵们大都是十七八到二十岁的大孩子,像她的弟弟一样可亲可爱,自打来到高原,他们很可能谁也没听过更没看过北京来的女文工团员唱歌。今天她面对这么多弟兄们热切渴望的眼神,怎么忍心让他们失望地离去!于是,她顾不得多想了，对兵弟弟们说：

"好吧！我答应给大家唱歌。不过，我有个要求，既然唱就唱你们爱听的歌。由你们点歌，我来唱。"

她的话音刚落，一群战士就送来了大声呼号："冲呀——点歌开始！"

战士们纷纷点歌。你还别说，这些平日里只知道埋头干活的兵们，没想到每个人脑子里装了那么多的歌名，各人欣赏的歌儿各有不同，一箩筐一箩筐的歌名全端了出来。这时女文工团员病态的神情已完全消失了，像一个等待出征的兵。

点的歌儿太多了，她只好说，我会唱的就满足大家，我不会唱的就过。大家拍手。她唱了《康定情歌》，唱了《敖包相会》，又唱了《十送红军》……她已经有点力不从心了，歌声时断时续，好比鸟儿已经飞上了天空，但飞得有些沉重。她坚持着让歌声飞。可以想象得出，一定是剧烈的头痛再加上高山缺氧使她痛苦万分。然而，那些热情却很粗心的兵们只是专心致志地听歌，竟然没有留意到唱歌人的变化，他们继续一个接一个地点歌。粗心的兵娃娃们，你们才是真正的忘情的歌迷！

奇怪的是，后来女文工团员的高山反应奇迹般地消失了，她越唱越来情绪，越唱声音越洪亮。她仿佛从来都没有感到自己还有如此超拔的唱歌天赋。

唱一支歌，开一朵花，落一次雨；掌声四起，再唱一支歌，心为歌源，血是真的。

唱者不累，听者不厌。歌的高度可以摘取星辰。

毕竟她是个严重高山反应染身的病人，毕竟是在海拔近5000米的缺氧地区耗尽体力地唱歌。她不敢保证能在自己灵魂饥渴的时候不停止演艺，但她期待，如果那个时刻真的到来，观众的灵魂饥渴比她的生理状态更需要歌声时，她将歌唱到最后一刻。

真的，她做到了。鲜艳的歌声永生永世都不会凋败。她累倒了，病倒了！

她躺倒在江河源兵站临时为她腾出的帐篷里后就再也没起来。

在她的生命之泉干涸之前，夜的江源上空破例地飞过一只连当地牧民也没见过的夜鸟，掉下了一片光滑多彩的羽毛。那羽毛出其不意地偏离了向下飘落的方向，一个劲地向上游去。自然，最后还是落到了草地上。有个兵有幸捡起了这片羽毛，它就是源头的一页沉重的历史。这个捡羽毛的兵就是当时的一个汽车兵，后来成为作家的我：王宗仁。

直到那歌声带着情感和思想陷入了沉默，一个鲜美的生命宣告结束时，那些只顾贪婪听歌的兵们似乎才清醒过来，责怪自己惹下了天大的祸事。他们轮流抱着女文工团员还透着微热的身体号哭不止。江河源暴起一片哭叫声，山巅千年不化的冰峰也淌起了眼泪。兵们爱得死去活来的这个地方，由于兵让一个女文工团员在此献出了生命，现在他们恨自己恨得死去活来。

这一夜，一向宁静得使人近乎窒息的江河源兵站在忙忙乱乱的躁动中度过。兵们为他们并不熟悉却深深热爱着的女文工团员挖墓、做棺材、装殓尸体……在大家一板一眼地干这些谁也不愿干的事情时，每个人都带着刻骨的愧疚和自责。他们这时都毫不掩饰地把女文工团员称作自己的姐姐，说，姐姐呀你只是出一趟远门。可是他们都知道这一出去就再也不会回来了！

有十多个汽车兵纷纷脱下军大衣，把姐姐的尸体包了一层又一层，轮流抱到山中一个避风处安葬了。他们说："姐姐，你唱歌时穿的是演出服，太单薄，到那个世界去一定会挨冻的。我们给你穿上军大衣，这样你就是十年、百年、千年也不再受冻！"

黎明，一堆土丘静卧山野。它用一根细细的弧线牵住一方蓝天。兵们说："姐姐，你不必苦苦忧忧地守望，你还是回到你的弟弟们中间来吧！"

何处寻觅呢？

兵们在坟前长跪不起，太阳把他们泪迹斑斑的脸照得那么灿烂。

她无名无姓，在遥远的江河源头孤孤单单地躺着。这一躺就是五十多年……

我又一次把盖在墓碑上的红色绒大衣拿起，默诵了一遍上面的字："女文工团员之墓"。然后，我用手绢擦拭着这七个字的每一笔每一画。我是要擦掉死神吗？擦掉寂寞吗？擦掉悲凄吗？不，我要擦亮青藏高原的蓝天，把她叫醒，让她看看蓝天下的雪山，看看雪山映衬下的草原。她已经半个世纪没有呼吸一口新鲜空气了！

我又将红大衣盖在墓碑上，对她说：

"我今天是专门来看望你的，马上就要入冬了，我来给你送换季的衣服。那一年，那些兵们盖在你身上的那十多件军大衣，你穿的时间太久了，恐怕早就不保暖了。前不久，我在首都一所中学给同学们讲了你的故事，同学们都流泪了。孩子们吼天吼地地哭着，他们说你是世界上最好的大姐姐（我纠正了他们的话，说应该叫你阿姨）。没承想，同学们都固执地说，不，她走的那年也就二十来岁吧，她永远二十岁，她就永远是我们的大姐姐；还有的同学说你不是从北京去的高原嘛，说不定你就是北京人，让我设法打听到你家的住址，他们要去看望你的亲人。同志，我真的无法满足孩子们的要求！你无名无姓地告别了我们，当年我们都是不大懂事的娃儿，竟然没有打听你的名字和籍贯，现在回想起来悔恨八辈子！最后我只能收下同学们凑份子为你买下的这件红大衣。几个女孩悄悄告诉我,今年时装流行这种颜色,让姐姐穿上赶赶新潮。再说,红色也图个吉利!"

天上没有太阳,云压得很低。我擦了擦眼泪,接着说:

"朋友,我亲爱的同志,你以后再也不会寂寞了,首都有这么多的孩子惦着你。还有,以后我也会常来看你的。江河源头是你永久的家,也是我们魂牵梦绕的家。咱们是一家人,用一根情链锁着我们一生!"

我停了诉说,远处有牧羊女的歌声传来。睡眼中的你耳朵醒着,听见歌声了吧!几只蜜蜂也醒着,它们飞来正用蜜勾兑着咸涩的生活,我噙着泪水,和你一起享受生活!

# 高原上空的星

人常常自作多情地把一些原本简单的问题繁衍得异常复杂。比如什么是活着？你当然可以用很深奥很哲学的文字诠释，但是唐古拉山兵站一个叫裕的兵，一边擦拭着枪一边看似不经意地对我说："生活，就是生下来好好活着。每天吃好睡好，站好一班岗！"这话多像父母对服役的儿子离家前的嘱咐，又像退伍老兵告别军营时给新战士的留言。质朴得暖心暖肺，深情得刻骨铭心。

裕说毕这话，轻轻地一抬头，就将目光放在了高处。

真理总是亮亮的、简明的。

生活中常常有人活得很累，他们拐着弯走路，绕着圈说话，或追求名利劳心伤神得夜里睡觉也睁着一只眼睛，琢磨着哪只喜鹊会落在自家屋顶；或谋求发财力不从心地给自己设定了许多遥远渺茫的目标；或想在仕途上再攀一个台阶四处烧香拜佛……

"我就不相信坠落了的叶子还能再长到树上！"裕这样说着，根本不用看就很轻巧地把一个精致的零件扣在枪栓上。

论年龄，裕起码小我两轮，隔代人。但我很钦佩他那种坦然、随遇而安的人生态度。普普通通一个士兵，活得明白，内心充实。我想读懂他，把我也变成他。有一次在从北京奔赴拉萨的途中，我特地在唐古拉兵站留宿一夜，和他有过一次长谈，翻开了他内心的那本大书，读出了属于这位守望在边疆士兵的语言。他虽然只有年轻的经历，却保持着雪山的高度。他的爷爷献身于20世纪50年代末平息西藏叛乱的那场兵荒马乱的战争中，后来他的父亲又踏着父辈的足迹上了青藏高原。裕是他们家族中第三代高原军人了。

他用美好的心情对我说："一个人守着一个地方，他就一定能找到真理。不管天有多冷地有多凉，也不管海拔有多高氧气有多稀薄，只要坚守岗位，只要有一缕阳光，就应该枕着它走进明天的梦乡。"

当裕知道我有一个战友长眠在藏北草原时，他很痛快地答应带我去寻找战友的墓。他说你一定会看到他的。他还告诉我，他的爷爷就是在藏北那块土地上献出了生命，爷爷的坟他一直都没找到。但是他几乎每年都要去祭坟。只要站在藏北土地上，他就听到了爷爷在地下的呼吸。

裕把我领到一个无名烈士墓前站定，我的灵魂在战栗。雪水河的水在昨夜又涨了一指。静静的荒原上不时地有汽车飞过，几里外就是长途汽车站，一张票可以把你送到西藏的许多地方。唯荒原深处这些烈士墓一直听不到车笛声，我和裕跋涉大半天才抵达。

这样的墓堆在青藏高原上随处可见。有的在雪山下，有的在冰河旁，有的在戈壁滩。大都是孤坟一座，偶尔有两座连在一起，也许墓里的主人活着时谁也不认识谁，那是好心的人为了不让亡人寂寞有意无意地做起了两个紧挨着的坟堆。多情的梭梭草有时会把两坟相牵在一起，祭坟的人心里就多了一份温暖。这份暖意也许会走到深处，让亡灵一起感受着人间的温馨！

坟里的亡人多为无名者，也少有人知道他们葬于何年何月。他们有一个共同的名字：兵。个别的也许并不是军人，人们依然很固执地称他们的归宿地为兵坟。这只能理解为高原民众对军人的敬重，他们把所有献身高原的人都尊贵地当成兵看待。

荒郊野地，祭坟的人肯定稀缺，却都是满怀虔诚而来。

祭坟人包括我。裕是我的引路人。

看坟时的感觉可以称作神圣亦可以称作沉重。那些坟——其实只是一个小土堆，它总是会突然出现，因为小而荒芜，起初你绝对不会认为是坟。野风扫过后留下的一堆沙砾，几块风化得斑斑驳驳的石块压在沙砾的顶端。

裕指着一个土堆对我说，这很可能就是你那位战友的归宿。坟上的土显然是新堆的。

我很能理解裕说这"可能"二字时的无奈和酸楚。五十多年了，谁也难把每个坟的主人确认。虽然他这些年尽力尽心地调查、考究，也未必能做到。

我问裕，坟上的新土是你添的？

他没答话，只是默默地看着坟，目光把坟搂得很紧很紧。

当裕提醒这坟是我要祭奠的战友时，我马上就感到真的有一双忧郁的眼睛对视着我。他没有丝毫抱怨迟来的我，我却自愧难当，跌跌撞撞、晕眩地跪倒在坟前。

裕已经先我一步跪下了。

此刻，2006年7月的一个中午，太阳以很强的辐射力照射着青藏高原。寂寥的藏北草原喧闹退尽，几只地鼠钻出钻进地嬉戏于几个洞穴之间。遥远的故事淌成一条深邃的河流，清澈，沉稳。同志，我的战友，我披一身昆仑风尘来到你身边，在坟前刚站稳，天空忽降六月雪，坟头马上湿漉漉的见水滴了。

裕说，那是战友的眼泪，他有话要跟远道而来的你说。

我自言自语地说，战友，你说吧，我听着，我也要说，你也听着。

咱们都是兵,兵跟兵最亲,就讲掏心窝的话!

雪花落地就化成水,你的坟上淌着细细的流水。这里是远方的远方,没有你的亲人在身边为你撑起一把雨伞,任凭雨水滴打你的周身。我呢,手头也无防雨的寸布。同志,你一定身上冷心也冷,挨冻的人儿最寂寞。今天我陪你说说话,也许我的几句话能排除你心头的凄冷,也许它会更加让你怅惘地感到离开人世的孤单!

其实,我并不知道你准确的姓名,听发音好像叫齐琛。你准确的年龄我就更说不上来了,大概只有十八岁吧!陌生的战友,实话告诉你吧,我已经苦苦找了你好多年,这个心愿一直无法了却。我只记得,这么多年来只要去拉萨、去日喀则路过你长眠的这个地方,我都会停下车走近你。只是藏北的地面太大了,你当年就寝的具体地方我确实难以找到。我只能凭记忆站在可能是安埋你忠骨的地方,默默地悼念着。我还清楚地记得你个头瘦小,可是就在你英勇献身的那一刻,突然高大无比地闪烁在大家面前。那是你最后的飞翔。我知道,你是一部大书,我永远也读不懂你的全部。但是我执着地相信,默读你千遍万遍总会一步步向你靠近。

在这个世界上,恐怕包括你的家人在内,没有几个人知道你是在怎样的情况下以怎样的姿势走完了人生的最后里程,永远长眠在这藏北的大漠上的。这让我感到骄傲,也使我每每想起那个你离开人世的时刻,心情就异常沉重,我的高原之旅就只剩下疲惫的怅惘。当然,我也有一种担当,一种责任。今天我再次跋涉来到藏北,在裕的指引下总算找到了可能是安葬你灵魂的地方,只能说是可能,这已经使我很满足了。我要和你对话,也是和关心你的所有人对话。我要翻开历史所遗忘的那个痛心疾首也是惊心动魄的时刻,我看见了太阳照在地上的金线是弯曲的,那是回忆你的角度,那是我想你的心态——

我说,亲爱的战友,你不会寂寞,也不应该寂寞,离你不远处就是一座喇嘛庙,它那飞檐翘脊的金砖银瓦,把藏地涂染得金碧流彩,你怎能不感到生活的丰盈!这座喇嘛庙经历过一场战争却能完整地走到今天,还不是因为有了你的勇敢献身!

喇嘛庙通体闪亮而又完整完美地静静站立着。我深信不疑它的下面隐藏着一张生动的脸庞。坟头的枯草春发秋枯,枯木又生。它压着坟里的兵,兵不会在枯萎中沉没,高原的永冻层坚定着他的身躯,灿烂着他的生命。

我说的这个兵就是齐琛。

其实他离开我们以后,一直在路上走着。只是走的是另一种路,没有计程器能记下他走的路程。他对我们的感动不也是在缩短我们之间的距离?这不是路又是什么?

他是我入伍来到青藏高原的第二年——1959年深冬牺牲的。当时西藏上层少数反动分子肆无忌惮地发动了一场罪恶的叛乱,青藏高原的山河笼罩着一片慌乱迷茫的狼烟。我们汽车团从华北平原移防来到昆仑山下,脚跟还没站稳就全力投入到平叛运输的紧急任务中。可以用这八个字来形容我们风风火火的跑车情形:日行千里,夜走八百。人们大概很难想象得出我们行车之艰难之险峻的程度了。哪里有叛匪的骚扰,我们就得把平叛部队送到哪里,同时运载的还有部队必需的弹药和食品。这样我们的车队就不得不常常驶出青藏公路开辟便道。那是真正的开辟呀!藏北无人区很少有人走过,更别说跑汽车了。泥沼、冰河、雪路,随时横在眼前,你就折腾吧!汽车实在开不动了,我们只好停下车把东西扛上去。遇到冰河,水深齐腰,河面漂着一块块浮冰,东碰西撞发出稀里哗啦的声音,那也得蹚过去;遇到雪山,直陡陡的,冰坚雪冷举步难,那也得攀上去。经历了太多的艰难,目睹了太多的险恶，我们的目光反而变得坚毅、自信。

那是我们的小分队来到藏北高原无人区的第四天，因为一座喇嘛庙，平叛的部队滞留在这里，我们车队也随之停驶。有一股被我军追歼得狼狈逃窜的叛匪，在走投无路时躲进了庙里。显然这些背叛祖国的恶人也知道解放军有铁的纪律，尊重宗教信仰自由，保护寺庙和僧人。他们顽守在庙内的大殿，被我军围困了三天，拒不言降，还毫无目标地不时朝山野放着冷枪。消灭叛匪与保护寺庙是两个既矛盾又同等重要的任务。

如何抉择？

"灭掉匪徒！"排长翻山而走的声音果断得斩钉截铁。他后面还有话："寺庙的一砖一瓦也不能耗损！"

站在寺庙门口那个兵是在守卫佛堂还是监视叛匪的动向？

庙门牢牢地关闭着，它不在高处，也不在低处，它只是在叛匪的手里战栗着。夜深沉，天上无星无月，地上无光无灯。死气沉沉的喇嘛庙在这个晨曦即将诞生的时刻，实际上已经演绎成了离经叛道的废墟。那些诵读经书的活佛不知藏于何处。

半夜，匪徒又在躁动了，不知为什么只是僵冷地瘪叫了几声又没有了动静。也许虚弱的内心开始敲开，但这并不代表悔罪的复归。一切又死寂般沉入深夜。

藏北一片沉默。

夜鸟长长地、有气无力地叫了一声，时间就弯了。斜月清冷，西藏大地应该是入睡得最酣畅的时候，喇嘛庙却烦躁得最不安宁。在临时构筑的前沿战壕里，带队的排长和几个班长正商讨着两全其美的歼敌对策。他还是那句话：

"必须拿下！"后面紧跟着一句话，"我说的不是寺庙，而是窝在庙里的叛匪。"

说这话时他的眼里又要喷血了。士兵的血最圣洁，因为他们的血来自干净的内心。士兵们看到自己的统帅（不是统帅又是什么呢？这里唯一的就他有发号施令的权威）仰望着并不高大甚至显得几分低矮的寺庙沉思着，他的手指从扳机上慢慢地松开了。他的心事士兵都知道，心脏正在发慌，统帅的心疼痛着。在战火燃烧的这片慌乱的乡野，喇嘛庙的命运理所当然地压在了他的胸部，伤肝撞肺地疼！开枪还是不开枪？叛匪和寺庙，还有诵经的活佛们，交织在一起，使排长复杂的心情涌动着矛盾！眼前的这喇嘛庙以及在佛殿诵经的活佛们，那是祈祷西藏大地平安无事的圣殿，是圣殿里的白度母，是和平的象征。战争不能伤害和平！是的，不能。

但是，必须除掉罪恶！除掉它是为了和平。

排长将目光从寺庙收回，扫了扫身边的兵，他要点将了，挑选冲锋陷阵的勇士！

他的手臂伸出来指向寺庙门前，那里有个站岗的兵。齐琛，目光始终盯着寺庙。端枪，手指放在扳机上。

"齐琛，上！"

排长终于下达了命令。

齐琛挺胸，立正，小跑来到统帅面前，一个标准的军礼："报告排长，齐琛领受任务！"

与此同时，一下子就有五个兵出列，挺立在排长面前。五棵青松。

排长没有左顾右盼，还是给齐琛下达了战斗口令："要攻下这个碉堡，必须做到不开枪不打炮！"

齐琛把枪交给排长，同时接过了排长递过来的话筒——其实只是一个用双层报纸卷成的圆筒，他不带一枪一弹，机警的双眼瞅了瞅前方暂时显现着死寂的寺庙,先是慢步走了一段路,然后匍匐前行。最后站在天然形成的土坎前,屏障。

朦胧月色下,他那穿透夜幕的目光,沿着一条被夜霜打蔫了的通往寺庙的小路,抵达屋檐下的一个窗口。那窗口黑洞洞的仿佛没有底。

夜虫爬过沙地干瘪的寂静。

齐琛抬头,目光到了高处。不能说他圆瞪的双眼寒气逼人,恰如其分地说应该是光芒四射。这些天叛匪模糊了神圣的佛光,他要用这刀刃一样敏锐的目光把圣洁与邪恶切开。他喊话:

"你们已经无路可走了,投降吧!解放军优待俘虏!"

翻译把喊话的内容传递过去。内容是部队统一拟定的,官兵都会喊。

那窗口没有反应。僵持了一会儿,一声冷枪射出。枪声尖尖地划过夜空,先是凝聚,随之分岔散开。兵们听得出是权子枪声。

又是无边无际的沉寂。能感觉出那窗口开得很小。

时间分分秒秒地过去。等待谁?

齐琛站在了一个沙包上,他完全把自己暴露在敌人面前。

怪事!他要干什么呢?

那窗口终于睡醒了,黑洞洞的地方射出火花,喷溅起枪声,冲着齐琛。

这一刻,除去得意忘形的叛匪,所有的人都明白齐琛的意图是在吸引敌人的火力。

枪声密集,继续响在齐琛的胸部、腰部……

这一刻,排长的心像刀剜一样剧疼。他庆幸自己的兵能按照他的意图去执行战令,那是不得不付出生命代价的命令。排长却不敢看齐琛一眼,又不得不看向在战火中永生的自己的士兵。

敌人继续冲着齐琛射击……

时机到了！排长的眼里又喷火星了，那不是火星而是血！他快速指挥部队分成三个小分队，悄然绕到两侧和后面包剿了守敌，夺下喇嘛庙。

齐琛壮烈牺牲！

战斗选择了齐琛，齐琛选择了死亡。

一切都是既定的，自然而然。没有宣言，只有行动。排长决策的行动，齐琛献身的行动。

暗中的力量最有力量，因为那是觉悟。

战斗结束后，我们在喇嘛庙的红墙下找到了齐琛的遗体。他身上中弹二十多处，整个胸部布满弹洞，网状。他的双眼圆睁，瞳仁里聚着一片月光，那是他最后的声音，留给这个世界最后的祝福。

战友们静立，默哀三分钟，三鞠躬。唯排长四鞠躬，多鞠一躬，为什么？那是给齐琛父母的。排长说："种了一辈子庄稼的父母费尽苦心养了这么个好儿子，我们没有给老人打一声招呼就让他去献身。鞠一躬代表着我们的歉意，还有敬意。"

十八岁的齐琛，清清白白的一个人生！

前面还有追歼叛匪的战斗任务，身后说不定还紧跟着追击我们的匪徒。情况绝对不允许我们把齐琛的遗体运走，大家动手就地掩埋了他。浅浅的坑，小小的坟堆。没有铁锹，遍地砂石，缺少土质。他十八岁的灵魂就这样安放在广袤的藏北无人区了。

排长站在刚掩上新土的坟前，将一枝红柳插在坟端，哽咽着给齐琛的父母说了一番他们永生也听不到的揪人肝肠的话：

"爹，娘，你的儿子小琛从今天起就永远地不会回家了！你们再也见不着他了。藏北这块陌生的荒原就成了他另一个永久的家。孩儿我知道你们二老是不可能为他送别了，我们这些平时和他朝夕相处的兄弟们替二老为小琛送行。爹,娘,小琛他不会寂寞,我们都会永远把他放在我们心房里最暖和的那一间屋里,把你们二老也放在那里,父母和儿子住在一起,还能孤单吗?你们应该骄傲,要记住你们的好儿子是为西藏的彻底解放献出了宝贵的生命,藏族同胞也会记着他的。爹,娘,我们马上就得出发,不孝之子李生林愧对二老了!"

李生林是排长的名字。

我们站在排长身后和他一起流泪,他的哽咽就是我们的心声。这时月亮从云缝里露出鱼肚似的一点点光亮,还在继续地露着……

我突然生出一个想法,这阵子最好下一场雪,少见的大雪。齐琛躺在地下太冷,需要盖被子,雪被。

……

我把思绪从沉重的往事中拔出,回到现实。

一堆新土,坟,秃秃的,几根枯草在坟前摇曳。为什么还像五十年前我们为他匆忙中建的归家?齐琛,你冷吗?在这荒天野郊。

你为什么不说一句话,难道心里堵着什么委屈不成?

兵血染山河。今天的西藏处处有丰盈的阳光,阳光给这个世界带来了新的含义。

裕还静立坟前,双目微闭,一种完全不想理睬我的状态。仿佛这偌大的藏北就剩他一个人了。他是否忘记自己带着一个老兵踏尘踩雪来到西藏追寻老战友?

我看着这小堆新土却想起了大海,想起了大海涌波的胸怀。我摇了摇裕。

裕被我摇醒后,说:"我们呼唤的人已经走远,我和你再也见不着了!"

我们当然是见不着了。不过我从唐古拉山动身来藏北之前,他还燃烧着感情对我说：你一定会见到你的战友。为什么现在我们已经站在了战友的坟前他却说出了相反的话？

我没有问他，不必问。

人所有的愿望都会在时间里消失。

齐琛带着怨恨离开这个世界的。没有怨恨哪会有擒敌的力量？在他把自己暴露在敌人枪口下的那一刻，仇恨促使他做好了最坏的思想准备，粉身碎骨地献身！因为他最明白只有这样的准备才能保住喇嘛庙。齐琛死了，心满意足地死了，留下了喇嘛庙。谢掉的生命迟早要开花。他在漂浮中不会沉没。

后来，从藏家人祈祷的诵经中得知，那个兵的灵魂超度变成了一块石头。这石头不会砸在人间，而是孵化为一颗星星，照在藏北草原上空。

这当然是裕告诉我的。

我对裕说："你看，喇嘛庙上空真的有一颗星，很亮很高很美的星。是我能看到的藏北最高的有生命的星。"

裕笑了："你真会说话，大白天哪会有最亮的星？"

我说："星星是太阳的孩子，星星怎么会离开太阳呢？"

裕抬头仰望天空，突然对我说："你看到你的战友了，我也看见我的爷爷了！"

我若有所思……

此刻，2006年7月的这个中午，西藏大地上的阳光温馨、明丽、柔美！

藏地一个散射着光芒以及这光芒中弥漫着寺庙香火味的很普通的日子，我千里跋涉来看望战友不死的亡灵！

# 彭德怀昆仑山之行

那是我唯一的一次见到彭老总，无论如何没有想到是在那样一个不堪入目的场合看到敬爱的他的。至今回忆起来，我仍然心灰意冷，揪心地疼。大约是1966年末或1967年初，"文化大革命"的烈火正肆无忌惮地焚烧着共和国大厦。在一个阳光失去色彩的上午，京城落了好些天的雨夹雪暂时停了。天地间唯一的响声是来路不明的风，偶尔三两声不知是哪个角落传来刺耳的警报声。这时候，驻京"三军无产阶级革命派"在我所在的总后勤部机关露天广场召开批斗大会，彭德怀元帅被两个全副武装的造反派押到台上。我不会忘记彭老总站在台子一角后以至整个被批斗过程中，那幅在疾风苦雨中历练出来的坚韧不屈的硬汉子形象。他始终不说一句，无论那利箭似的质问多么咄咄逼人，他概不回答。有时候发言的造反派把拳头伸到他的鼻尖下，他依然气质冷、硬，如一座撼不动的大山。他既不仰头望天，也不俯视看地，只是两眼平视着这个黑白颠倒的世界。那天陪斗他的是罗瑞卿总参谋长，我清楚地记得一幕：一个戴红袖章的造反派一脚踢倒了罗总长坐的椅子，罗总长当时腿有病不能站立，他被踢倒在批判台上。奇迹发生了，他毅然凭着一条腿自己挺立起来了……

彭老总是一座山，大山怎么会倒！总有那么一些人，他们不想爬山，他们看到的不是山，是山脚下的那些小虫虫小杂草！

我想起了昆仑山，想起了彭老总的一次昆仑山之行。那是为了几个兵，普普通通的兵，写给他这个国防部长一封不普通的信，引发他的一次昆仑山之行……

1958年10月19日中午，提前降临的第一场雪在三天前悄悄地落到了昆仑山中。雪后的高原太阳出奇的明媚。天高云淡，本来离格尔木很近的昆仑山，这时看起来却显得很远。公路上的雪已经被来往的汽车飞轮碾飞了，袒露着湿漉漉的路面。天空仍有被微风从山洼里卷起的雪片雪粒在飞舞，久久不肯落在地上。每朵飞舞的雪花都会以自己独特的方式，给人们传递着只有太阳才会孕育的温暖。此时，正在柴达木盆地视察的彭德怀元帅，乘车离开了格尔木，行进在去昆仑山中纳赤台的路上。

此次昆仑山之行，不是青海省安排的，而是彭老总自己执意提出要进一次昆仑山。陪同他的兰州军区司令员张达志中将和青海省副省长孙君一，还有青藏公路管理局局长慕生忠，都劝他不要进山，甚至车已经开动了，还在轮流地劝：

"首长，山上海拔高，空气稀薄，你这么大年纪了，还是不去为好！"张达志说。

"彭总，格尔木是个帐篷城，又是个兵城，我们陪你乘车转一圈，看看新城的新风貌。"慕生忠说。

彭老总没有正面回应这些恳劝，却所答非所问地说："古时候，白蛇娘娘到昆仑山盗灵芝的传说，你们还记得吧！我们这次进山如果能采到灵芝草，大家都会长生不老，这么好的事上哪里去找！"

车上的人都笑了。彭总又说："我们今天要去的纳赤台，传说不是文成公主当年梳妆打扮自己的地方吗，我要不去看看那位皇帝千金待过的梳妆台，她在九泉之下也会提意见的！"说着，他哈哈一笑，才露出了他此行昆仑山的真实打算:"去纳赤台是我早就考虑好了的,此事在我的这次柴达木之行的计划之内。"大家当然不知道他早就考虑的是什么,既觉得好奇又感到是个重要的问题,正想着探问一番。倒是彭老总自己给大家露了一点心秘,他说:

"纳赤台有个硼砂厂,硼砂厂有三个还是五个工人——我记不清了,他们是从山东退伍的海军战士,趁着这次来柴达木工作,我要去看看他们!"

国防部长千里迢迢去看望几个退伍的兵,这情够深了,这意也够浓了!到底是怎么回事呢?

原来,在头年春天,从格尔木纳赤台硼砂厂直寄北京国防部的一封来信,摊放在彭德怀的案头。信上写着国防部长亲启。多大的事啊,还要彭老总亲启?信是几个退伍战士写的,反映的都是他们吃喝拉撒睡的日常生活中存在的一些不尽人意的问题。彭老总看了这封来信,深深地记住这几个退伍战士。再说那几个写信的退伍兵,从内地初到高原很不适应这里艰苦的生活,带着情绪写了这封信,反映的情况虽然基本真实,但难免有些夸大之辞。信上说,昆仑山这个地方太艰苦,终年积雪不化,冰冻三尺;房屋简陋透风露雪,缺柴少煤饭生菜冷;还说他们的工资也不高,那么一点钱到手后想给父母寄些零花钱,连个邮局都找不到……出出怨气发发牢骚而已,创业的人谁能不遇点艰难。信发出去了,气总算出了一半,他们该干什么还照样干好。昆仑山日出日落,不冻泉月辉月晕。生活依旧向前走着,创业的日子平平淡淡又蛮富挑战性。几个退伍兵做梦也没有想到,他们发牢骚的信真的会被彭德怀元帅看到,而且他竟然牢牢地记住了这几个已脱下军装的兵。

雪后的青藏高原变得异样寂静,雪山冰河戈壁都在倾听阳光的诉说。彭老总望着车窗外连绵不断闪过的锯齿般峰峦,对慕生忠说:"那些年,你们就是从这些山岔里把公路修到了拉萨,真不容易!你慕生忠是有功之臣,大家称呼你是'青藏公路之父',要得,要得呀!"

慕生忠忙打断了彭老总的奖赞,给首长汇报起了在昆仑山修路时的一些情况。

汽车在山中的一块平地上停下,纳赤台到了。彭老总先后走访了砖厂、养路道班后,问同行的人:硼砂厂在哪里?走,咱们去看看。大家已经知道了他的心愿,便指着一个山坳里几排矮矮的泥草压顶的小屋说,那就是硼砂厂。彭老总踏碎地上还未完全化掉的积雪,急步前往。路上,他俯身抓起一把沙土,在手心揉揉,沙土从指缝间落下,随风而去,他身上也落了些许尘土。他说:"这里果然干燥得很嘛,荒凉,风头也蛮厉害,一棵草都看不到,难怪初来乍到的战士生活不习惯。"他招招手,让硼砂厂的一位领导来到他身边,嘱咐说:"想方设法种些树,树活不了,就种些草,总会有耐寒抗旱的植物可以在昆仑山扎根的。环境慢慢地好了,人心也就稳了!"

新建不久的硼砂厂条件确实比较艰苦,真像那几个退伍兵信上写的那样"昆仑作墙山洞当房",创业难嘛!彭老总看到好些工人还在临时搭起的帐篷里作息。他出了这个车间又进那个车间地参观,和工人交谈,说的多是一些家常话。他不时地捧起一把白生生的硼砂,说:"这个东西可真是宝贝疙瘩,稀有矿藏,我们要搞尖端科学离不开它。"他鼓励大家说:"你们是在生产像金子一样重要的东西,责任重大。"他在一个车间和厂里几个跟班劳动的负责同志握手时,突然眼前一亮,愣住了:"是你呀!什么时候到了这里?"原来这是一位转业军官,几年前在北京举行的抗美援朝庆功会上彭老总见过他,他还给军委领导汇报过自己的战斗事迹。彭老总竟然记住了他。这位转业军官很激动,在首长面前还有点拘束，他说："我们是按照你的命令集体转业来高原的。"彭老总说："好嘛，你们在朝鲜战场上是英雄，来到昆仑山创业也会成为好样的。现在西北建设急需要人，你们肩上挑着很光荣的担子。"彭老总还说，"我真没想到会在昆仑山见到你这位老战友。"接着他就问起了给他写信的那几个同志："他们的思想疙瘩解开了没有？眼下这里的条件确实差了点，可你们正用双手改造它，还怕它不变吗？会越变越好的。"转业军官忙说："他们都很年轻，心血来潮就写了那封信，我还批评了他们呢，现在他们都能安心在这里工作。"彭老总说："不要批评，他们反映的情况还是真实的嘛。要教育他们用自己的双手改变艰苦的环境，先苦后甜嘛。在这样的条件下才能锻炼人。你们领导要给大家做出榜样，大家爱你们了，也就爱昆仑山了！"

这时，彭老总说："我想见见他们，今天我能来到这里就是因为他们写的那封信牵的线。我来了不见写信的人，情理不通嘛。"

转业军官说："好的，他们也想见首长呢！"

这时，窗户底下有个小同志探头探脑地朝屋里张望，转业军官对彭老总说："他就是给你写信的其中一个小战士，听说你来了，他就等着想和首长说句话，可是一直不敢上来。"彭老总笑笑说，让他拿出写信时的那股勇气，来啊！转业军官向那个小同志招了招手，他就进了屋。彭老总伸出手要和他握手，他还有点胆怯，吐了吐舌头，直往人群里退。彭老总笑着说："怎么，害怕我？怕我怎么还给我写信！"他像拉家常似的和小同志聊天："你们在信上把这里形容得很可怕嘛，连气都喘不过来，是这样写的吗？"小同志握着首长温暖的手，很不好意思地回答："那是刚进山的时候，现在已经慢慢习惯了。我扛起一袋硼砂跑步装卸，没一点问题。"彭老总指着堆满车间的白亮亮的硼砂说："国家建设需要这样贵重的矿藏，你们现在吃点苦值得。你知道白蛇传里那个白娘子到昆仑山来盗灵芝草的故事吗？说不定你们这个车间就是长灵芝草的地方。你们的工作干出了成绩，大家都来学习取经，那个白蛇精说不定也许会被你们吸引来取经呢。哈哈！"

临别前，彭老总再次对那个小同志说："我是国防部长，你们是退伍军人，咱们都是兵，革命战士。我了解你们，谁能没牢骚，谁能没怪话，说出来比憋在心里好，发泄一下就轻松了。我理解你们的心情，今后有什么想不通的事还可以给我写信。但是，我希望你们不要丢掉军队的光荣传统。再有，给我写信的其他几个同志，今日没有见到他们，你回去转达我向他们的问好。"

出了硼砂厂，彭老总来到昆仑泉边，那里早就围满了等候见他的人。彭老总抱起一个五六岁的女孩，问她叫什么名字。还没等女孩回答，他就把她高高举过头顶，欣喜万分地说："我看你就叫社会主义吧！"

写完彭老总这次昆仑山之行，我的心一直无法平静。想说的话很多很多，却不知说什么好，也不知从何说起。后来，大约是彭老总离开昆仑山纳赤台两年后，我去硼砂厂采访，见到了那几个退伍的战士。他们谁也不提当年的事，倒是那位转业的军官给我透露了一个消息：前不久，几个退伍兵又给彭老总写了一封信，报告他们在硼砂厂工作干出了新的成绩，都获得了先进工作者。信写好后，却不知寄到哪里。当时彭老总已经不是国防部长了，他到了哪里谁也不知道。他们只得在信封上写：北京，彭德怀收。

几个兵坚信，这封信彭老总一定会收到的。彭德怀的名字，谁还能不知道！

# 我的三个拉萨战友

　　几十年的军旅生涯，我穿越世界屋脊数十次。日光城的每座喇嘛庙前、八廓街的旋转朝圣路以及拉萨河的牛皮船上，都留下了我的足迹和向往。我在拉萨结识的战友当然不会只有三个，今天单单提说他们，那是因为他们都是长期坚守着一份平凡的工作，扎根在雪域高原，有的三十多年有的二十年，有的索性长眠在那里。青春流失，智慧散尽，都是默默的奉献，有谁人知道他们的名字？我和他们之间发生的那些说离奇却很平常、说平常而内地的人又绝对想象不到的故事，一百次一千次地回忆起来品尝的都是意味韵长的人生感悟。也许苦过，也许乐过，也许困惑过，实话实说，都是西藏山水对军人原汁原味的馈赠。

　　第一个战友叫王根成，将军。我们相识时他和我都是列兵，列兵是兵之头，将军的起点。我要讲的这个故事就发生在他当列兵时。60年代，平息西藏叛乱的枪声响过不久，雪山上空还隐约可闻到硝烟味。我们这些汽车兵日夜兼程地给西藏运送食品、衣物和日用品。四千里青藏公路，每月都要往返两趟。王根成引起我的特别关注完全是因为他的那个灰色帆布兜，斜挎在肩，鼓鼓囊囊，每次车队上路总不离身。天晓得那里面鼓捣的是些什么。完成任务回到驻地，那兜兜就瘪瘪的了。下次出车依旧。我纳闷,问根成："你的兜兜里到底捂的什么宝贝？"

他憨憨一笑说："嘛个宝贝也没有，不信你看。"说着他就抖开兜兜，干馒头块，大众饼干，还有一些咸菜。我说："根成呀，我们吃住有兵站，生活根本不用愁，还用得着你备粮！"他长叹一声，道出了原委。

汽车每次一驶过唐古拉山进入西藏地域，就会看到一些磕长头去拉萨朝圣的藏族男男女女。他们多是些贫困牧人，衣衫褴褛，骨瘦如柴。人间没有求生之门，他们只得用额头去碰长路，将五脏六腑栽入大地，到日光城去供奉求神。遇上落雨飘雪天，这些朝圣者便在荒滩野郊撑起一块瘦瘦的牦牛毡，躲在里面。夜半冷风，难抵奇寒袭身，他们便掏出烈酒，独饮，狂饮。酒把唇舌烫得发热，却冷了心！酒醒后继续用额头丈量漫漫朝圣的路！

经常有朝圣者冻死饿死在公路旁，王根成兜兜里的那点微薄干粮就是给奄奄一息的他们预备的。他告诉我："这点毫米微热难以救活更多苦命的牧人，若能给这多雪的世界增添一点善良的暖意，我也就心满意足了！"我很感动，后来写了一篇题为《一个兵的救命布兜》发表了。四十多年后我巧遇退休在古城西安的王根成将军，重提此事。谁知他连想也没想就说："会有这事吗？我怎么不记得！"他口气淡淡的却很认真。我看出来了，他是有意拒绝曾经罩在头上的那些光环。有了这个境界，只求做个普普通通的老百姓，身后的一切，对他已经不那么重要了！

我的第二个战友叫扎西，藏族，拉萨兵站炊事班长。也许人们很难想象得到，这个五大三粗、脸庞黝黑、双唇敦厚的典型藏家汉子，浑身会储藏着那么丰盈的细腻温柔。当他站在你面前时你会感到那是一个冰化雪消的春天在向你靠近。我和他相识在青藏公路上，那天深夜我的汽车抛锚在无村无店的雪山下，饥饿难耐。扎西和另一个炊事员背着保温桶带着热腾腾的饭菜送到我手里。当时青藏公路刚通车，路况简陋，车况也差，半夜三更常有汽车坏在路上。每夜扎西都带着炊事班的同志兵分几路在公路上巡夜，抢救散落在荒郊野外挨冻受饿的军民。最让我们感动的是他总会在饭菜里埋一个荷包蛋，看着我们喜眉香嘴地咽下。在那个冰冷无助的世界里，这顿饭输送给我们的不仅仅是热量，更多的是力量。那一刻我确实有回家的感觉，扎西就好像是我们家里一个成员，哥哥？不是。弟弟？也不是。但是他像兄弟姐妹一样亲。扎西把春天留给了我们之后，接着又到别处巡夜，寻找抛锚车去了。

我和扎西成了推心置腹的好朋友。后来他被总后勤部评为模范共产党员。再后来，他在一次雪夜巡路送饭时不幸遇到罕见的暴风雪，滑入山崖献出了二十二岁年轻的生命。我是在他捐躯后三年才得知这个噩耗的。我站在拉萨河畔扎西墓前，仿佛看见他不会腐烂的身体，看见他送饭时留在雪山上的那些脚印里长出了一片片嫩鲜鲜的青苗！

我的第三个战友叫皮小海，拉萨驻军某部副团长。90年代初，我在拉萨军营深入生活时，新兵皮小海在临街的一个哨所执勤站岗。他每天从瞭望孔里看到的是拉萨的街景，人流，车潮……开始他也许是无心但是慢慢地有意了，他把看到的一切都写进了日记。我就是这时得到了这本日记，读着日记我仿佛看到了哲蚌寺金砖银瓦的佛殿以及佛灯下绵延不绝的香火，看到了军车出动时的壮观以及穿着绛红藏袍的牧民欢快地跳着锅庄，看到了八廓街上繁华的藏式店铺以及拉萨河晨曦初露的霞光……日记记录着一个士兵对拉萨的所见所闻所感。

皮小海在日记本的扉页上写下了这样的话："日记是整理人生、梳理生活的一种非常好的途径。你在某件事上记有日记，你一事受益；你在人生的某个阶段记有日记，你这个阶段受益；你如果数十年如一日地写日记，你一生受益。"

皮小海的拉萨日记越写越精彩，越写越抑制不住地倾露着他对西藏人文山水的浓浓感情。进入新世纪不久，他的日记里记下了这样一件事：拉萨孤儿院是小海节假日必去的地方，他能揣摩得到那些从小就失去阿爸阿妈的人，在别人欢乐愉悦地度假过节时最孤独。他们有思念，却不知该思念谁；他们也有牵挂，却没有牵挂的亲人。在这样的日子里，皮小海穿着新军装佩戴军衔出现在孤儿院，就是这些孤儿们最亲的人了。他和他们拉家常，聊外面世界的变化，帮他们做些力所能及的家务事。当他得知孤儿达珍一直想拥有一条项链时，便在2010年藏历年把一条亮晶晶的项链戴在了达珍的脖子上。

现在皮小海的日记已经写下了十多万字。不久前他将这些日记整理成册，准备出版，让我作序。书名就叫《瞭望孔里看到的拉萨》。

# 布达拉宫侧影

一个黄昏,我启程去了离天空最最近的地方,那个地方叫拉萨。

对耸立在拉萨西北玛布日山上的布达拉宫长久不变的美好向往,使它成了我心中一座神圣的丰碑。那座可以与天宫媲美的宫殿下有条环形街道叫八廓街,早早晚晚都旋转、涌动着朝圣的人流;斜对着布达拉宫就是西藏最大的寺庙大昭寺,殿堂里点亮的千盏佛灯如银河一般浩渺;大昭寺前面有当年文成公主亲手栽下的唐柳,柳絮上深藏浅露着公主那绿度母般的笑容。

五十年风雪朗晴,岁月悠悠,恍如隔世。我于三个不同历史时期,曾在布达拉宫前遇到过三个藏族女性,有悲凉沉默之忧,有冰清玉洁之亮,有纯朴勤劳之美。今天我在追忆她们的故事时,总能感受到藏族同胞在挣脱了农奴制度后那自由自在的呼吸。

1959 年 3 月的一天,我驾驶着一辆笨重的军用卡车,穿过世界屋脊,一到拉萨天就黑了下来。沉沉落下的夜幕笼罩了布达拉宫,广场周围的经幡绳子随风摇动着几件冒着硝烟的破旧藏袍,甚至能嗅到淡淡的火药味。一个佝偻着腰身的老阿妈,正缓缓而迟钝地把藏袍收到怀里。

当时西藏上层反动分子发动了一场背离党意民心的罪恶叛乱,藏地无处不在的佛灯就要泯灭。我是一个在西藏跑车的汽车兵,奉命随车队执行平叛战勤运输任务第一次到了拉萨。我在布达拉宫广场把一车粮食、被褥、食品卸下后,碰巧遇到了这位老阿妈。至今我难忘老人那满脸皱纹里埋着的沉重不敢讲话的目光。她只是疑惑地望着我,胆怯地后退着。我已经在藏北大地上奔驰了一天一夜,肠胃被飞转的车轮掏空了似的饥饿难耐。我上前向老阿妈打听何处可以得到一些充饥的食品,她恐慌起来,直摆手,竟然连最后一件衣服不收就用袖口掩着嘴退进了不远处的一顶帐篷。后退中脚下一绊,还摔了一跤,衣物全散落在地。这当儿旁边几顶帐篷的帘缝里半遮半掩地挤出几双疑云重重的眼睛……

这就是拉萨留给我的第一印象。我无助地站在布达拉宫广场,满腔疼痛!

很快,部队的藏族翻译赤旦就给我们描述了几天前发生在拉萨的那场叛乱的惨景。那是一个砒霜杀伤阳光的日子,一把蓄谋已久的罪恶大锤砸在布达拉宫的心脏。刚刚非法脱胎而出的由噶厦(西藏地方政府)部分官员和三大寺(甘丹寺、哲蚌寺、色拉寺)的首领等人杂合成的西藏叛乱总部,扬出了"西藏独立国人民会议"的名义,纠集了7000多名叛乱分子,带着武器弹药,涌上街头游行。他们设置路障、砍倒电杆、割断电线、袭击军车、放冷枪……满城惊慌,满城阴云。藏族爱国人士、自治区筹委会委员索朗降措,大汗淋漓地蹬着自行车上街探寻情况,刚走到罗布林卡门前,就被叛乱分子用石头砸死,血浆溅满脚蹬。随后叛乱分子用一匹马拖着索朗降措的尸体在拉萨市游街示众……

冬天还没有化完的雪已经舔尽了布达拉宫顶上最后一缕阳光。西藏沉浸在呜咽之中。

赤旦指着布达拉宫一侧一排低矮杂乱的小屋和帐篷说,那里住的都是苦难的藏胞,是有名的讨饭街。刚才那位老阿妈就是消失在那条街上。我看到那些帐篷参差不齐,冰冷凄惶,篷布像布达拉宫的宫墙一样斑斑驳驳。那是岁月的泪花!

日子一叠再叠,翻动有声。

后来,我又有多次拉萨之行。岁月的刻刀把布达拉宫雕得越来越精致,在我的脑际留下多姿的记忆。80年代初,一次我到了拉萨后突然发现布达拉宫广场变大了,宽阔了,变新了。原先的那条讨饭街出脱成一排整齐的藏式平房,豁亮、体面地站在广场一隅。有布达拉宫的映衬,藏式平房显得更加古色古香,很有藏地风情。有几个身着绛红色藏服的老人在平房前静静地晒太阳。我激动地看看藏房又看看不远处的布达拉宫,陡然觉得这排平房像一艘串联起来的船屋,高仰着头的布达拉宫就是船头了,正指挥若定地带着平房起锚,前行。

那夜,我特地投宿在这条新建的藏房街一户藏胞家中。躺在临街的屋里,隔窗可望拉萨夜空。月亮不知去向,天黑得有点随心所欲,星星像煮爆的豆荚这儿一串那儿一片地闪烁着。后来我才看清,那不是星星,而是布达拉宫的夜灯。我的感觉整个拉萨城乃至西藏都在这闪烁的灯光中睁开了惺忪的睡眼。

夜的想象正在展开翅膀,布达拉宫让生活布满众多新的传说。我没有想到那夜天气突变落了一场大雪。半夜里我只隐约听到屋外有晃动的声音,从天窗灌进的阵阵冷风直渗肌肤。不过,只在我翻个身的工夫那种不适就远去了,屋里依旧很暖和。我太疲劳又渐渐入睡,梦里我走在春天的路上。

次日清晨,我才发现昨晚下的是一场罕见的大雪。在我的印象中好像拉萨没有下过这么大的雪,整个城市被一览无余的白雪覆盖着。昨夜和这之前发生的一切已经不留痕迹地消失了。触动我的思绪使我的心无法平静下来的是那件藏裙，红色的藏裙。我走出藏房时，已经风止雪停，拉萨又恢复了惯有的宁静。我意外地发现房顶的天窗口盖着一件藏裙，虽然雪迹斑斑，但仍然露着红红绿绿的鲜亮。我马上明白，正是这件带着体温的藏裙像一枚温馨的纽扣，锁住了突降的冷雪，为我遮挡了一夜的风寒。藏裙，是雪中一团燃烧的炉火，是亮在我记忆里的一盏暖灯！

谁呢？

我清楚地看到从我住宿的房前已经扫出一条干干净净、滴雪不沾的小路。路尽头有个人影正在猫腰扫雪，路一直向布达拉宫广场延伸。那扫雪人的身子一左一右地移动着，极像在晨曦中随风摆动的蓬勃小树。那人穿着红衣，被白雪映衬得很是艳亮。清纯的歌声响在刚刚扫出的路上。

我踏着歌声上前一看，原来是一位藏家少女正在满脸热汗地扫雪。她的脸冻得红扑扑的，缀在上面的每粒汗珠都含着笑容。她直起腰和我打招呼："金珠玛米叔叔，夜里让你受冻了！"我猜想昨晚大概就是她用藏裙盖在了天窗上，我忙说"谢谢你"！她神秘地一笑，无话。

我知道了少女叫德吉央宗，便和她一起扫雪，一直扫到布达拉宫广场。那里已经有人扫出了一条大路，小路和大路衔接。我告诉央宗，今天我们有一个车队通过广场去林芝，这路扫得太及时了！央宗说，我们昨天就知道这个消息了，欢迎金珠玛米车队。今天的大路和小路都是为迎接军车扫出来的！

进入新世纪的第一年，在国家投资数亿元的巨款对布达拉宫修缮如新后，我在拉萨结识了一个名叫梅朵卓玛的姑娘。那天日光城的天空纯得如天鹅般美丽，布达拉宫广场的游人特别多。我躲开人流独自沿着宫墙一侧的台阶路饶有情趣地一步一高地攀登。风从山顶吹来，带着佛经与酥油的气息，慈善地抚摸着我的脸颊。我看见山头的布达拉宫像一朵莲花在缓缓地上升。于是我觉得我是踏着祥云进入了澄明的天空。就在这时候我听到了一阵歌声，好像在唱："大嘴的拉萨天空给我阳光，大肚的西藏高原给我青稞。呀啦索，用拉萨的阳光娶她，用西藏的青稞娶她。新娘的名字叫卓玛……"

好牵动人心的歌声。我踏歌寻到了这个叫梅朵卓玛的姑娘，她正坐在紧靠着宫墙的台阶上歇息。一位如格桑花一样清爽的女子，她的美丽绝不仅仅在于洁嫩的肤色和纯雅的脸盘，那顶狐皮帽子把妩媚端庄一直深入到她苗条的身段，朴实而精致的藏袍和束腰而围的氆氇带，确实使她越发显得干练、周正，点缀在腰肢上的珊瑚播撒着碎银似的光波。随着秀发缠绕的红绿布条无疑更增添了她的美姿。像所有的藏家姑娘一样，她在亲人解放军面前把陌生、羞涩变成了亲切和无话不说的坦率。她先拿出相机让我为她拍了一张以布达拉宫为背景的照片，然后自报家门，告诉了我她的名字，还说她是林芝文工团独唱演员兼二胡演奏员。之后，梅朵卓玛坦露心迹，说她希望到内地去唱歌，唱西藏的民歌、情歌。她讲得很动情，甚至哭出了美丽的泪水。因为爱唱歌而忧伤！能看出她的话完全是发自内心。我问她在文工团唱得好好的为什么一定要到内地去。她说，内地人需要了解西藏，我们也需要到内地去交流、去发展。她要为西藏唱一支歌，为祖国唱一支歌，为曾经的灿烂和灿烂的未来唱一支歌。在她表达这个愿望时，我感受到了一股芬芳清新的藏家姑娘对祖国深沉的感情。

就这样，一个爱唱歌的藏族姑娘与拉萨的一缕阳光一起走进了我的视野，我过目不忘地记住了这个一心想去内地唱歌的梅朵卓玛。但是，我更喜欢这个姑娘或者说真正认识她，是我们这次邂逅之后，我从她的几封来信里看见她那犹如灯盏般的心灵。

她当时告诉我她最想去的地方当然是北京了。但是半年后我收到了她寄自广州的信,信上比较详细地写了她在街头、歌厅、工厂、乡间唱歌的或美好或忧虑的感受。她讲了这样一件事:一天傍晚,在某小区一栋楼下,一个浓妆艳抹的女歌手像疯人似的在唱歌,惊扰了整个居民楼。那歌手一会儿像哭坟,一会儿像骂街,一会儿又像吆喝野狼。竟然有几个围观的人跟着她唱彩助威。更多的人在愤怒、呵斥她走开。这时走来一个坐着轮椅的老者,他干脆不走了,拨开人群给了那女歌手几个子儿说:"看你粗喉咙高嗓门地喊着怪费劲的,也该歇歇了!"之后他在人群里找到梅朵卓玛,说:"姑娘,前几天我听过你唱歌,太喜欢你的歌儿了。来,就在这个地方给大家唱几段!"梅朵卓玛说老人用手拉她时她觉得那是一种巨大的召唤,她怎能不放声高唱呢!那次她连着唱了好几支西藏民歌,包括才旦卓玛唱红了的那支《翻身农奴把歌唱》。老者带头给她鼓掌,在场的人都鼓掌。她从来没有这么激动过,好像在用自己的歌声唤醒一种生活!

我读着这封信,仿佛站在了那栋楼下听梅朵卓玛唱歌。我坚信这歌声会穿过城市的许多空间,回荡在人们的耳畔,给大家带来西藏的青稞和格桑花的亲切感。在这歌声里,当然难免会有一些沉睡的人继续沉睡,但可以肯定地说,飞舞的人会更加蓬勃地飞舞!

后来,我又陆续收到了梅朵卓玛从张家港、洛阳寄来的信。每封信都盛满歌声,她总要写她唱歌的喜悦、幸福。我和她一起分享这种幸福。后来,不知为什么她就不再来信了,我不知西藏的歌声飘向了哪里?我曾经委托西藏人民出版社王剑箫打听过她的下落,也未有结果。

二十多年来,梅朵卓玛的歌声一直没落,响在我耳畔。听到冰雪融化的声音时我想到她,看见山野的小草萌动的嫩芽时我想到她。永远的歌!

西藏的新时代走了五十年的今天,把沉睡的苦难孵化成温馨的阳光,九曲十八弯的跋涉容易吗?每株草上都带着昨天的露水,每一棵大树下都有昔日的落叶。我们在淋浴幸福日子时,不要忘记常常打开一扇窗看看走过的路,才好迎接明天的光芒。我当然知道我记下的这些文字只是半个月亮,半盆水,半份感情。但是加上今天还有明天,不就是一个整体了吗?

# 昆仑山的高度

一座裸露在寒风中的石碑终年不走神地盘腿坐在昆仑山口，石碑上标明山的高度：海拔 4767 米。它从不说一句话，就这个高度，让该高的高了上去，让该灰的灰了下来。

我第一次走昆仑山口是 1958 年暮冬，当时青藏公路通车不久，石碑周围满是车轮碾下的曲里拐弯的便道。这之后，我大约上百次穿越世界屋脊，几乎每次都要在 4767 米的海拔高度上留影纪念。最近的一次在石碑前照相是 2008 年 7 月，那天的天气格外晴朗，就在战友正要为我按下快门时，一列从北京开往拉萨的火车拉响汽笛，正加速翻越昆仑山。这笛声使高山变矮，在我心里扩大，仿佛随着快门永远定格了。我特别珍惜这张照片，因为它的背景是蜿蜒在昆仑山峰上的时代列车，仰起的车头高过了石碑的肩膀。

我常常站在石碑前遥望远方，留给我的总体印象是：大河、雪峰和湖泊都被我踩在了脚下。我幻想，假如我每年长高一厘米，需要多少时间才能站在昆仑之巅触摸到天畔的星星？

我当然不会触摸到星星，却见证了昆仑山在变高。六月昆仑白头翁，那里一年四季都飞飘着雪花。在昆仑山里最鲜亮的颜色是白色，白得透亮透亮的雪，把人的五脏六腑都映得爽白、舒展。就因了这白，天空也越发的蔚蓝，洁净。互映互衬，白的更白，蓝的更蓝。就在这个纯白的世界里，猛地渗出了红色，妖媚，凄亮。那不是谁寄放了春天，也不是稍纵即逝的恋情，而是鲜血。士兵的一腔忠诚！

这个兵叫毛长卫，他是在执行平息1959年西藏叛乱的战勤运输中献身的。那是初春的一天下午，他驾驶着一辆满载着军需食品的军车奔上便道不久，就抛锚了。因为是跑单车，他没有能力排除故障，又无人相助，只好原地停驶等待后面的车队来救济。按连队原先的安排，他是打头阵的车，三天后车队就会跟上来。

昆仑山一进入夜晚，所有的声响和颜色都消失殆尽，只有一眼望不透的黑张扬着声势占领了所有空间。天气也更加阴冷，黑茫茫的，连山中的积雪也变得漆黑。暗夜可以绊倒一个生命，同样也可以掩护一个生命。毛长卫彻夜难眠地怀抱钢枪坐在驾驶室里。他不能入睡，枪膛里的子弹必须醒着。只有熬到白天，他才能下车活动活动身子，取出随身带的备用干粮充饥。维系生命，守护人车安全，这些少得可怜的干粮就是本钱。毛长卫企盼着战友的到来，度日如年。不知什么原因，在他抛锚第三天时，后续的车队并没有上来。所有的麻烦事就这样接二连三地发生了。备用干粮已经吃完，他断粮了！

必须活着！这是军人为了使命的需要。就在饥饿把毛长卫逼到死亡边缘时，他想到了用地鼠肉充饥。这里遍地可见地鼠，可其肉涩苦腥酸，难以下咽，从来少有人食用。饥不择食，他顾不得那么多了。逮个地鼠并不容易，他掘开好些鼠洞一看，空的。地鼠呢？原来那些诡猾的地鼠为了提防人类的伤害，把窝弄成连环洞，一洞套一洞。它们受到惊吓后就躲进隐蔽的套洞里去。如果套洞又有了险情，还有套洞的套洞可避难。人在明处，地鼠在暗处游戏，你就捉迷藏吧！毛长卫累死累活折腾了老半天只逮住了两只小鼠。当他把血淋淋的地鼠肉放在汽车排气管上烘烤时，一股酸臭咬胃的生血味呛得他直呕吐。他不能不吃，又不敢多吃。那一天他上吐下泻，满嘴的口水都是腥酸味。地鼠肉救了他的命，又无情地折磨着他的身体。

一天过去了，又一天过去了。毛长卫明显消瘦了，眼窝深陷，两腮掉肉。他别无生路，只能靠吃地鼠肉半饥半饱、又吐又泻地维持着生命。他站在高高的昆仑山上遥望春天，可是春天离他为什么那么遥远。他已经弱不禁风，听见了死亡的声音，但他拒绝死亡，他必须坚强地挺立在山上。

也许会有人难以理解这位士兵的所为，他的车上不是满载着食品吗？罐头肉，压缩饼干，脱水菜，举手可得，他何必要忍受饥饿的罪？那个年代在高原汽车兵的心目中，这个信念是十万雷霆也撼不动的：运往边防的战备食品，我们只有分毫无损护送的义务，绝无半点损公利己的权利。毛长卫在接受任务时就向连队党支部表示了这样的决心。正是这个誓言点燃他那盏心的航灯，照耀他弯弯曲曲苦苦涩涩的航道。当然今天的军人也会这样做，只是在风和日丽的和平环境里绝少能碰到那种境遇了。我们走近毛长卫，也就走近了一个时代的高度。

毛长卫坚守在昆仑山的第七天深夜，一群窥探许久、穷凶极恶的野狼合力扑击了汽车。车上的食物被掠抢一空，长卫也惨遭伤害。次日，因受叛匪阻击迟到的车队赶来时，战友们在狼藉一片的汽车旁看到一堆血骨，还有一匹肢体不全的仍在垂死挣扎的野狼……

兵们把长卫的尸骨掩埋在昆仑山口后，背起他的灵魂回到军营。远的在心中更远，近的在心中更近。烈士那不再重复的生命会变成美丽的故事世代流传。长卫的墓丘上终年覆盖着纯洁、透亮的雪，那是群山之上的山，昆仑山的新高度！这个高度闪烁着士兵的血浆。后来在这个墓旁又陆续新添了几座坟茔，逝者均为献身昆仑山的英烈。

2008年夏天,我再次攀上昆仑山口。这儿是青藏铁路经过的地方。那些坟茔早被岁月荡平了,毛长卫和先贤们已经伸展四肢融入大山躺在大地的怀抱里去了。我惊喜地发现,山口的阳坡地上铺满了蓝莹莹、亮艳艳的无名小花,一朵又一朵,长得好蓬勃,开得真艳亮!那是修铁路的工人听了毛长卫的故事后,专程从青海湖畔移植来的山花。我分明听见了花的呼吸,花的倾诉。长卫,你安居花丛,我看不见你了,但我知道你还在昆仑山,你的灵魂永远活着。昆仑山上长眠不醒的英烈们,拉长了一段让我用尽一生也走不完的路!

## 十八岁的墓碑

翻过一座山峰,翻过那个难忘的天空淅淅沥沥飘着雨星的湿漉漉的早晨,来到我十八岁的青年时代。停下来的地方就是我当兵的起点。没有谁替我上路,就是这儿的一座坟茔,让我第一次懂得了军人应该是什么样儿。我记忆犹新,就是这里,昆仑山下,原本有一座坟。虽然只是一个土包,却也是干干净净的沙土。现在消失了,一行骆驼的掌印好似女人的鞋底,我踩着它寻找,心里踏实。我可以断定,就是这里,一丛红柳摇曳的地方,她了结一生,在陌生却是向往的高原叶落归根,安家。不断靠近,又悄然远离。

我们热爱大地,又总被大地无情地抛弃!

安眠在红柳丛中的女孩——是的,还未完婚,纯纯的女孩——你躲在了哪里?

五十年风雨交加,雪霜往复,她隔断了喧哗,滤掉了红尘。历史在昆仑山积淀成了纯金。红柳枝上的露珠像冬天还没化完的雪,一朵云从山巅飘下来,安详地洗净红柳。

我已经远离了放飞青春理想的梦,可她仍然那么光鲜亮丽地准备走进婚房。竹子,十八岁的竹子。今天一个七旬的老人还是要叫你一声"嫂子"!永远十八岁的竹子嫂!

在这个忙碌完手头杂事的黄昏,我把执意要闲聊的几个朋友留在格尔木河岸的小岛上,钻进望柳庄这间客房,开始叙述五十年前的事。昆仑山下很静,淡红色的楼檐下只有一个斜斜的日影,不知什么时候飘起了小雪,雪片从檐口落下,被一棵柳树接住。这个黄昏一切都好,没有了空想,也没有梦。开始写过去的事了,灵魂欢快而痛苦地落到纸上。我的心隐隐作痛,泪水则背对昆仑山,面向眼前这座消失了的坟茔而流。我坐在这里,心里有颗种子,萌发。

那个季节,六月雪很大。

那个季节,没有抵挡寒雪的棉衣……

缺氧,两个可恶的字眼!它把世界屋脊变成了让许多人望而却步的疼痛世界。路疼,地疼,草疼,雪疼,甚至连空气也疼。当然最疼的还是人的头。高原缺氧首先袭击的是人的头部。高山反应从头开始。

这个夜晚,他投宿长江源头沱沱河兵站。安排妥帖车队的事情后,他破例没有到兵们休息的客房去看望大家。今天有点奇怪,高山反应照旧来找他的事,折磨他,可是它不按照常规出牌了,它转移了阵地,从头部转到了腿部。他的两条腿硬邦邦地酸疼,是那种实在无法控制的疼。他搓揉了好久那疼丝毫也不减弱,甚至越是搓揉反而越是扩大了疼的范围,原先只是腿肚子疼现在疼到了膝盖上。怪,高山反应怎么转移到了腿部?他久久睡不着,因为心里也疼。

他是汽车团一位副连长,终年带着一支车队在青藏线上奔跑。这个夜晚是他一年365天中很平常的一夜,他的车队在沱沱河兵站过夜。不同的是这晚高山反应比以往任何时候都无情地折磨着他,难以入睡。他不得不一边按揉着酸疼的腿肚子一边思谋明天或者后天连里该做的事:一排调动五台车到转运站装一批运往西藏边防部队过冬的食品;三排有十台车去格尔木兵站,运两个班的进藏新兵;二排原地待命,准备到藏北无人区执勤……一连之长就是一窝兵的妈妈,妈妈就得有操不完的心。以上是些大事的筹划,还有一些针头线脑的琐碎事,也要搁在心上,包括三更里孩子的被角蹬脱后给他掖好,还得嘱咐他们出发前要准备好防止野狗咬人的棍子……一个连队就是百十号兵的家,这个家看似很大,其实也就只有连长心窝那么大。心窝,比一间房子要大得多呢!这么想着想着,此刻副连长已经淡忘了腿肚子的酸疼,转向体内的色彩,随着血液漂流。他只觉得一颗管不住的心儿又在青藏公路上随着车轮漫游。好像要寻找什么……

寻找什么?你不知道,他知道。她也知道!只是不便说出口。看似漫不经心,其实内心的寂寞像期盼一样沉重。因为总怕天空又要刮风下雨!

在远离她的这个世界里,他想起她难免不带着几分忧伤,当然更多的是幸福。青春初潮那蠢蠢欲动的心境。

夜晚到了这个时辰,非常静。峡谷深处的那种静。窗帘没有拉合,夜空的星星不晓得什么时候不吭声地钻进屋里,仿佛提醒未眠的人:夜已深,月偏西,该睡觉了!他举目隔窗望着秋夜的月牙,陡地想起,好像答应要到她栖身的地方看看她和他的小屋。好啦,不去想那么多工作的事了,那是永远也操心不完的。睡吧,做个好梦,梦里见她也觉亲!反正她很快就上山来了!上山,高原军人把出发到西藏称之为"上山"。这里说的她上山,似乎又不全是这个意思,是说从内地奔向昆仑山。

于是,他转过身,背着月亮。很快,鼾声响满屋里……

沉睡里,仍有一个不平的天地!

他叫刘刚。这个夜晚,夜深人静的长江源头这个时刻,他最应该记住的是,日历翻过这一个月,就是说执行完这一趟跑拉萨的长途运输任务,就是他结婚的大喜日子。不知道他总操劳工作,是不是把这个日子忘了?人往往就是这样,有时候常常把不该忘记的事置于脑后。刘刚,是这样吗?

刚安静了一会儿的腿,又很讨厌地犯疼了,抽筋。不同的是,这回抽筋不单单局限在腿部,还贪心不足地扩散到了额头——此处的疼甚至超过了腿疼。对啦,刘刚突然有所记忆,许多高原人都有这样的高山反应经历:先是头疼,然后引发浑身疼。只是最初的疼不会引起一般人注意,直到头疼加剧时才感到难受。眼下,刘刚的脑壳发疼显然是高山反应在他身上升级了。一阵一阵地疼,时紧时松地疼。不知为什么这使他联想到了很小的时候在田里拔萝卜的那种感觉。一只手拽着萝卜缨子往外拔呀拔呀,萝卜忽地离开土地,他也顺势倒在地上,仰躺。现在似乎有人拽着他的一绺头发,连根带缨子拔着。拔呀拔的,可是总是拔不掉,他只好干疼着。刘刚强忍着剧疼,让高山反应折磨自己。他又浑身昏昏地不听自己的掌控。一片树叶长到冬天的最后一天,却没有落下来。不是冬天高抬贵手,而是这棵树太有能耐。他是那个冬天在拉萨西郊八一农场看到这棵树的,那个农场是当年进藏的18军战士兴办起来的,他们在农场栽了大量的树。树人树心嘛!他刘刚就是要学习这片在寒冬里依然长在枝头的叶子,绝不让那只拔萝卜的手得逞。不是马上就要举行婚礼了吗?高山反应能怎么样,头疼就让它疼一点吧,美梦驻在心就要不了命!不就是个缺氧吗,没什么大不了!小儿科一个!

他又抬起头,透过窗口,真的看到了一棵树。那树枝有一块黑乎乎什么的,很像一只乌鸦缩着脖子蹲在树杈。不,像这棵树留在枝间的最后一片叶子。不会的呀,这个季节会有什么树叶呢?他再细看,是一只鞋挂在树梢上。哎,想必是哪个兵不甘寂寞,把穿坏了的军鞋撂到了树上。好呀,战士的鞋上树变成了冬天最后一片叶子!太有创意了!

刘刚的头疼继续让他不得安生地苦爱着。有高山反应,还得热爱高原。这叫苦爱!

酷爱与苦爱,同音,都是爱。一字之差,却拧了大劲。酷爱,那是一个人对另一个人或某个地方,倾注了极深的感情,爱之真切,那叫酷!可苦爱呢,就另当别论了,是忍受着痛苦去爱。当然是爱你所爱,应该去爱。比如对高原缺氧这个魔鬼,我们称它为魔一点也不为过。你就不得不爱。当兵来到这个缺氧的鬼地方,你如是不爱它,躲之而去,如何履行自己的军人职责!所以再苦你也得热爱高原。因为热爱了,你承忍的痛苦才会少一些,你的付出有所得,是心甘情愿的。

不奇怪,哪个高原军人不是这么想,更重要的是还要义无反顾地去实践!就像月亮总是在太阳落山之后才出来那样合乎常规。军人嘛,就应该涌现黄继光、董存瑞这样的英雄。一身国防绿赋予你的不仅是笔挺笔挺的腰板,更多的是必须承担跟着黄继光无怨无悔冲上去的使命!

可她呢,当然不应该享受这份"特殊待遇"——一个还没有成为军嫂的乡间姑娘。她叫竹子,即将在昆仑山下的格尔木军营里那间简朴的婚房里和刘刚完婚的就是她。其实,人就是这样,有时候奉献是逼出来的。意料不到的灾难临头了,不可避免,你就坚强起来了!竹子的家乡在冀中大平原,一圈密密的白杨树围成一个几乎呈正方形的绿色村庄,就是她祖祖辈辈越住越舍不下的故乡。竹子从出生到十八岁,只跟着爸爸去过一次县城,在乡间女娃的眼里,县城也难比得上他们的村庄让人觉得敞亮,舒服。美不胜收的村庄,村前有一条清清亮亮可以瞭见河底鹅卵石间长着草丛的小河,河岸上除了一年四季变换着各种颜色的庄稼,还有一大片挂满小红灯笼似的枣树林。怎能不把心掏出来贴在这样的家乡呢！十八岁的竹子已经长出了不会告诉别人的心事，包括对咱爹咱妈。那条小河流淌着她思念远方的悄悄话，院中的枣树上挂着她心中的小太阳。未婚夫是青藏高原雪线上的汽车兵，给她的生命平添了缕缕甜蜜。因为常在静夜里望着月亮惦念，这甜蜜里又多了些许的苦涩。大地上没有一滴水或一棵草是多余的，它不是给你带来喜爱就是让你忧伤！

竹子沿着乡间小路爬攀着走向青藏高原。她当然是"整装待发"：脱下了心爱的花衣衫，换了一身类似乡镇妇女主任穿的素装，半高跟也换成了灰色旅游鞋。刘刚在信上对这些细节不厌其烦地叮嘱。怎能不理解刘刚的另一种多心呢？荒野的高原路上把那些外在的艳丽深藏才最安全，漫长而幸福的路程！漫长难免不孤独，而幸福呢，又必然缩短漫长！

旭日，在每个黎明升起。竹子每天望着早霞遥想昆仑山的日出。那里有间空房子，挤满了人，躲在窗帘的深处正朝她张望。

刘刚从接到竹子动身来队的消息那一刻起，心就控制不住地飞到了她身边。竹子过河他的心飞到小桥上，竹子乘车他的手扶在了座椅上，竹子歇脚在小站他立刻递上一杯水。夜里他躺在床上遥望着像清泉水洗过似的月亮，心儿酥酥的美妙。渐渐地，身上从头顶到脚梢有竹笋拱出地面的感觉。真的，那种感觉痒痒的美妙……

刘刚呀，还有竹子，虽然你们都守着孤独却不分枝。

当时，60年代初，刚有三年军龄的我，还是一个"新兵蛋子"，在刘刚所在的汽车团政治处组织股当见习干事。我的具体任务是管官兵们配偶政治面貌的外调以及结婚时与地方民政部门的联系等工作。很琐碎，属事务性质，但我工作得很愉快。刘刚即将举办的这桩婚事有关跑腿出力的事，也就顺理成章地摊到了我手里。说实在的，一个战士，坐在办公室，开个证明、打个电话，也还可以。但是具体操办婚事，我还真是头一次遇到，心里多少有点发怵。当然真正作难的是刘刚本人了。别的不提，要准备的那几桌饭菜（应该说是酒席，可那个年代谁要摆酒席，资产阶级大少爷的帽子等着给你扣上呢！）以及糖果、纸烟就让他小子好几个晚上都愁得没好好合眼。当时所有食品、副食品都凭票供应。我们军人的吃粮标准也从每月45斤减少到40斤。军官们办喜事自然会照顾性多发几张票证，但仍然是杯水车薪，多不到哪里去。没办法，刘刚托了几个老乡，我也发动政治处几个年轻人托各自熟人，四处采购，才算将将就就地把吃吃喝喝的事弄得有了点眉目。你千万别以为是多么的眉目清秀，列个明细单你就知道了：挂面，今天可以到路边任何一个食品店都买到的普通挂面，那时我们好不容易凑了几张票，才买来了三斤；那些糖、烟、酒，你当有多高级？包一块白纸软面糖、比一般公民抽的卷喇叭筒好不到哪里去的劣等烟，从大坛里灌来的几瓶烧酒……就这些，而已。尤其至今不能记忆的是，为了买到几块香皂，刘刚通过我们政治处高主任，高主任又托了熟人，才从西藏驻格尔木办事处服务社弄到了两块……

大家都乐呵呵地为刘刚布置新房。是新房吗？原先和刘刚同住一屋的白副指导员暂时挤到了隔壁一间单身宿舍，占据了另一位回老家结婚同志的床。没想到那位探家的同志提前归队，且带着新婚妻子同来高原度蜜月。这样，不但白副指导员不得不挪窝，就连同屋原先的那位主人也要"净身出户"了。多么热闹而有趣的高原军营流动生活！好在刘刚的婚房依旧是那么简朴而温馨，大家心里都很熨帖。他把自己的床和白副指导员的床一并就变成了婚床，虽不宽敞，却很随意。不要提刘刚心里有多美了，在他把两床一并的瞬间，肯定是闻到了未婚妻的体味，心里涌满了无法抑制的幸福，要不他不会对白副指导员说出这样的话:"老白,我一定让我媳妇给你点一支烟,还是你对咱兄弟好呀!"刘刚讲得真诚,老白心里当然受活,他握起刘刚的手摇了又摇。点烟?此话从何说起?

原来,老白的高山反应比一般人严重得多,犯起来时常常头疼得像裂开了缝一样难耐难忍。为了对付高山反应他摸索出了一个绝妙的办法:吸烟。说来也怪,只要吸一支烟,反应就减缓不少。为此,每次上线执勤时他总会带一盒甚至更多的烟,他就用这秘密武器对付高山反应。这完全是一种条件依赖,没有什么科学依据。可它管用。当然只对老白管用,放在别人身上恐怕就南辕北辙了。白副指导员就这样成了有名的"烟王"。现在刘刚提说要他的新媳妇点烟,老白自然十分高兴,也难免不带着几分幸福,他便借题发挥回应刘刚说:"新郎新娘睡了我的床,我沾了光,高山反应就离我远去了!"就凭这心态,我们也要相信老白吸了这支烟,起码会在不短的一段时间内战胜高山反应。同时,大家也可能看出了,我们这些高原军人在为刘刚操办婚事的过程中多么开心。最让我们开心的是,贴在新房门上的那副对联,五十多年过去了,我仍然坚持认为那是很绝妙很耐人寻味的一副婚联,对联出自我们政治处宣传干事窦孝鹏之手,词是他找来的,然后再由他用龙飞凤舞的书法写上去。上联:花径不曾缘客扫;下联:蓬门今始为君开。大家一定看出来了,这是杜甫《客至》里的两句诗。诗人的原意咱就不去说了,将其移植到此,实在是高手所为。我们只能用"绝妙"二字赞赏。窦孝鹏是一位从我们团里走出来的军旅作家,当时只是初出茅庐,但已出手不凡。后来创作出了长篇小说《崩溃的雪山》。不服不行!高原军营里有的是秀才!

生活永远随处可见,幸福却常常不可知。

那真是一个期盼幸福,虽然盼得心焦如焚却依旧幸福得心里溢香流蜜的日子啊！我和周围的人都可以作证，竹子要踏进营门的那些日子，刘刚那个美啊，快成仙了。他从早到晚脚板不沾地地颠跑着准备这收拾那，鼻翼两侧的条沟里淌满了幸福的汗溪。不用抬头瞧，我听脚步声就断定是他走来了，未见人声音就飘了过来："伙计，劳驾你给会议室再借个暖瓶，开水少了供不上客人喝呀！""小张，你再到管理股跑一趟，借两把椅子，新房里只有三把椅子还是少了点！"每天他总有几次站在营门口朝东边的公路尽头眺望。竹子来格尔木必须经过那个路口，他每个时刻都等着她从天而降似的出现于那个红柳枝儿摇曳的天边。夜里他总睡不踏实，还是竹笋拱出地面的那种痒酥酥的感觉，不离身地一直陪着他。梦里他和她已经多次会面。

因为他心里有盏灯。那人带着光芒朝他走来，天快亮了。

所以，我说好梦最好不要醒。也许好些人一生追求的正是一个梦。

万事俱全，只欠东风。我们大家伙都期盼着刘刚和未婚妻竹子早一天入"蓬门"，刘刚在"花径"等盼已久！

然而，泡影，一切在顷刻之间变成未知数……感情也是海，难道非得要退潮？那个搁浅的早晨……

竹子正走在路上，永远的路上。

那时候，青海境内除了在省会西宁可以坐火车出省外，其他地方都没有铁路。竹子取道兰州乘火车，经河西走廊在峡东火车站下车，倒乘汽车，过敦煌直奔昆仑山下的格尔木。敦煌到格尔木以至拉萨等地，都是汽车部队跑车的长途路线，搭乘军车较为方便。漫长寂寞的路途，离家在外，流浪的感觉。艰辛多少，因为心儿沸腾也就不在乎那么多了。刘刚只在竹子坐火车前接到一封电报，途中她到了任何一个地方都无法联系，只能掐着指头估算着哪天她到了哪里。指尖上的日子过得尤其漫长，刘刚的指头蛋蛋都掐红了，他估摸她才到了当金山。这当然是精明心切的刘刚指头蛋上的地方,不过,没有错,竹子确实到了当金山。他站在新房门口,使劲耸了耸双肩,清楚地看到了自己与竹子的距离。那是岁月的距离吗?

这天吃罢早饭,一撂下筷子刘刚难耐心头的兴奋,对包括我在内的几个要好的战友分头提前打招呼:"我们的竹子就剩下一天的路程了,明日中午到格尔木。周六,也就是后天,我俩在管理股办公室举行仪式,大家来捧场吃喜糖。到时候可别只顾吃,还得劳各位大驾,帮着招呼一下。从沿线兵站来了几位战友、老乡,他们人生地不熟,又很少见过大世面,全靠你们帮忙招待他们。记住,是周六!"这就算发了请柬,口头请柬。高原军人办婚事就这么简单,利索!

可话又说回来,你说简单吧,又不那么简单。怎么说也是一个婚礼,琐琐碎碎的事不会太少。远离亲人,大事小事就忙他一个人,他一个涉世不深的青年,即使三头六臂也难应付得妥帖。自然会有搭帮手的战友,毕竟是帮忙,落实没落实,落实了几分,最终还得他掀开锅盖看看,锅里蒸的到底是鸡蛋还是鸡蛋羹,刘刚快乐地忙碌着。在这个六月还飘雪花的昆仑山里,他要拥着心爱的竹子到乍暖还寒的阳光里。

水流走了,就不再回头。鸡娃子叫了,天却没有亮。就在刘刚的身体与灵魂一起在兴奋中走向成熟的路上,他的心一下子跌进万丈深渊。一场要命的六月雪,卷着冰凌防不胜防地降在祁连山,这催命夺魂的高山缺氧!

世界就是这么浩瀚,又是如此狭小。残酷分明只是一瞬间的工夫,竹子的生命就凝固在冰河里了!她从地球上消失了,永远地闭上了那双长长睫毛掩映着的美丽眼睛!谁也逃不脱被埋葬的那一天,这,她懂。甚至可以说有所心理准备。可是她无论如何也没有想到这一天来得这么突然,这么早。雪原上的风一步三磕地爬过,很快就是春天了,她却留在漫长的冬季。她的人生还没有结出她向往的金灿灿的果实，她的履历表上还有着许多空着的位子等待她在未来的日子里填充。她就这样和她爱恋不够的这个世界告别了。她把未成熟的青涩的果子分给了追云的风，分给了思念的月，独独没有让即将成为自己丈夫的他尝尝。记得太清楚了，那年他探亲回到故乡，他俩的婚事终于板上钉钉了。他俩满意，双方的父母也喜滋滋地点了头。那夜，他返回高原前，他俩在掩遮着麦苗的田垄上走着，他碰了一下她的手，她就羞涩得扭过了身子，给了他个脊背，红着脸说："馍馍不吃在笼里放着呢，迟早还不是你的！"为什么要这么吝啬自己那手指头呢，让他挨一下就蜕一层皮了？她不就是为自己心爱的人活着，才跋山涉水地要来昆仑山吗？既然知道迟早是他的人，为啥不趁早却要推迟呢？

她一定很后悔的！

可是一切都晚了。她的忏悔只能化作幽灵送给还不能称作是自己丈夫的那个高原大兵。生活怎么对她这样无情，死者把痛苦留给了活着的人！她真的不情愿做这样抹泪擦鼻涕的事！

竹子已经无法把自己从峡东下车后，乘上汽车走向昆仑山这一段路途上经受的缺氧的极端熬煎告诉别人了。因为她和这个世界上所有关注她的人做了最终不得不做的了断。大家只能从司机小郑断断续续哽咽着的追忆中，从她留下的仅有的几件遗物中，与她一同承受她在生命最后时刻，在颠簸的路途上所经受的不堪忍受的非同寻常的痛苦！没有人分担她当时的苦难，回忆的人能否分担，我实在难以说清！

缺氧，这两个十恶不赦的字眼……

那天早饭后，汽车一驶出敦煌兵站，眼瞅着一片无边的沙漠就迫不及待地从地平线上悠悠飘来。霎时，天地一下子宽阔了起来，不时有残垣碎石出现于路边，那是比铁更凝重更古老的颜色，是竹子分辨不清的历史。小郑告诉她,这是阳关的遗址。阳关,她知道那是古代战争的伤疤。竹子举目远眺,心里随之亮堂了一些。走过阳关不久,公路边就隔三岔五地出现了一堆堆垒起的石头,上面还牵连着一串串五颜六色的经幡。竹子好奇地问司机小郑,那石堆做什么用场?小郑告诉她,那是嘛呢堆,是藏族人家或蒙古族人设置的寄托信仰的标志。不少石头上刻着"六字真言",石堆间还有各种佛像的泥模。竹子再问:什么是"六字真言"?小郑很为难地笑笑,说:"就是六个字,好像是嘛、呢、叭……其他的字我就说不上来了。总之,是吉祥如意的意思。"竹子见为难了小郑,忙说:"你成天开着汽车跑长路,哪里记得这么多事,好啦,我到了格尔木问问刘刚,到时候也让他给你讲讲……"

这原本是个愉快的话题,没想到今天回忆起来心情却变得异样沉重。生活中常有这样的事,说起来好像明白,动手一做就犯糊涂了。其实,本来朝前迈一步,甚至半步就弄明白了,偏不。许多人就缺少这一步,只得停留在这半明白半糊涂中!小郑后来告诉我,当时他被竹子问得回答不上这样一个常识性问题时,他真的打算到了格尔木找刘刚让他给竹子说说"六字真言",他也一起听听。在藏地跑车,不懂"六字真言"太闹笑话了。可是竹子出了事以后,他见了刘刚哪里还有心情提起此事?他张不开口呀。小郑给我讲了这件事后,我便按捺着发疼的心,给他讲了"六字真言"。我想,长眠在另一个世界里的竹子也能听到。竹子,当时小郑没有给你回答的问题,我现在替他告诉你答案,你听着:"六字真言":唵、嘛、呢、叭、咪、吽。据说这是佛教秘密莲花部之"根本直言",它包含佛部心、宝莲部心、莲花部心及金刚部心等内容。"唵",表示佛部心,念此字时,自己的身体要应于佛身,口要应于佛口,意要应于佛意,即身、口、意与佛成一体,才能获得成功;"嘛呢",梵文,意为"如意宝",据说此宝出自龙王脑中,若能得此宝,入海能无宝不聚,上山能无珍不得；"叭咪"，梵文，意为"莲花"，以此喻如莲花一样纯洁无瑕；"吽"，表示必须依赖佛的力量，才能得到"正觉"，成就一切，普度众生，最后达到成佛的愿望。

我讲六字真言，是给竹子听的。五十多年了，时过情未迁。当时小郑没有给你的答案，我今天替他补上，也替刘刚补上。我知道，你若到了格尔木，一定会让刘刚给你讲的，你会对刘刚说，小郑这孩子连"六字真言"都不知道，我喊他过来，你一起给我俩讲讲。此刻，我多次哽咽着几乎讲不下去了。竹子，你该听到了吧！一个你从未谋过面的，也许刘刚给你提说过的高原军人，现在坐在格尔木小郑住的一间小屋里，给你讲你很想知道的藏地的事情。你在去昆仑山的路上发生的一切都是这位小郑回忆给我的……

司机加速在沙漠里的公路上行驶，好快的车速。眼瞅着一座山刚跳上挡风玻璃，一晃又甩在了后面。只觉得自己的体内储存着一整个秋天的果实，把车开往一个漫长的明天。为什么是漫长呢？他不知道。不管那么多了！他的心里像竹子一样巴不得早一刻赶到格尔木。车过长草沟兵站不久，竹子就隐隐地感到脑袋里仿佛有几只小毛毛虫在蠕动，还时不时地咬一口脑内的某一个部位。凭感觉她推断像似蚂蚁那样的小虫虫，痒痒的，咬得狠了还闪动一下的疼痛。只是无大碍，针尖恍了一下又飞了的感觉。牙一咬，没了！让竹子不安的是，那疼痛散去没一会儿，又返回来，这回就疼得狠了。那疼痛像磨亮的刀刃，没有任何收敛的、得寸进尺地割切着她头部的肉。奇了怪了，高山反应还有尖锐的叫声，好刺耳！可以安慰的是，疼痛是一阵一阵的，在疼与疼的间隙里，她的难受可以稍稍缓解一下。她多么想把这个间隙放大，让它成为刘刚暖融融的怀抱，这样还怕什么吗？想到刘刚，竹子就不顾及那么多了，疼就让它疼去吧，还能要了人命？才不信呢！坚持，顶住它。有刘刚的怀抱,她的身体已成为刘刚身体的一部分,拥抱着热烈的爱,不信这疼痛还不退去!事实却是,头疼不但没有因为她的温情坚持有丝毫的减弱,反而加剧地疼起来。到了后来,她感到好像有人用榔头或别的钝器敲打她的双鬓,还有脑门,撕肝裂肺地疼!

竹子想到了佛,公路边又出现了嘛呢堆。小郑不是说了吗,那是藏族人寄托信仰的标志。佛的事佛知道,人的事,佛也知道。这高山反应,佛该管一管吧!但是,小郑还没有教会她念"六字真言",哪能显灵?她分明感到高山反应的魔爪已经触摸到了她生命的寒冷。疼痛开始在周身漫游了,这种漫游在汽车攀上当金山后达到了难以忍受的程度,无法抑制地包围着她。

当金山是祁连山的支脉,海拔只有3000多米,与和它成毗邻的昆仑山、唐古拉山相比,在世界屋脊上它当个小弟弟还不一定够格呢。当然这只是它的高度,世界上许多矮个子的作为往往让那些高个头的巨人也望尘莫及,高度并不出众的当金山,气候燥烈、氧气稀缺是出了名的。在高原跑车的汽车兵深有领教。竹子的高山反应在上了当金山后陡然加重,越来越重。她面如土色,嘴唇泛紫,浑身像抽筋似的提不起精神。她举起拳头敲打着脑门,本想减轻点疼痛,谁料心绪更加泥泞。

"小郑,停下车吧,我难受!"

小郑靠边停车。竹子下车便呕吐,哇哇的,几乎吐尽了早晨在敦煌兵站咽下的所有食物。小郑一直扶着她,轻轻地捶她的背。"吃进胃里的东西好像掏空了,可是好像又钻进去了什么,还是难受。"竹子这样说,很无奈。又开始吐,干呕,什么也吐不出来。小郑当然知道高山反应就是这个样,即使把肠子吐出来,人仍然难受得干呕。"嫂子,你静一会儿吧,太累了!"小郑一直这么称呼竹子。虽然刘刚还没娶竹子为妻,迟早的事了,叫嫂子总不会错。竹子只是笑笑,轻轻点点头,但一直没有应承。她在小郑的搀扶下,又坐在了驾驶室。竹子的高山反应一点也没减退,小郑眼巴巴地看着可怜巴巴的竹子这样痛苦,却爱莫能助。遥远山野,前无村后无店,连只鸟儿都瞅不着,找谁能帮帮嫂子?他只能不住地喃喃自语:"山神爷爷,你把嫂子的痛苦转到我身上吧,我一个小伙子,身板顶得住!"竹子听没听到这善良的心声,已经无从证实了,只见她用手顶着鬓角对小郑说:"我没事的,咱们赶路吧,早一点到格尔木比什么都好!"

刘刚正望眼欲穿地等着她呢!

竹子仍然用手指摁着鬓角,此刻,这是她可以用来对付高山反应唯一的方子了,有几多作用,她已经难以弄清楚了。小郑也看样学样,不时停下车帮她摁摁鬓角,有用没用他也不知道。就这样走走停停,汽车也在痛苦地挪步。车速仍慢,那些终年不化的雪峰,那些远远望去似乎高过雪峰的冰河,渐渐地,脱离车窗玻璃被甩在了车后。当它们消失在远方后,又有重新迎面扑来的雪峰、冰河跳上了车窗玻璃。小郑自然没有任何心思观赏这些平时他喜爱的"车窗电影"了。他的心里只揣着一个想法:快点到格尔木,越快越好!没想到,车轮就这么煎熬着时间滚动了不足一公里,竹子又抱起头喊着:"我活不成了,头疼得要命!头疼!"

小郑再次停车。路边就是道班房,这是这片荒原上唯一的一户人家。显然小郑有意选择了在这个地方停车,他的手放在双音喇叭的按钮上,不松手地按着。犹如报警器般的呼叫声,唤出了道班房里一位养路人。他看上去三十来岁,矮墩墩很结实的样子,紫糖色脸庞,头发黑白混掺地卷着,给人感觉那每根发际都掩藏着祁连山的烈风残雪。小郑还没开口,那养路人就说:看来这位嫂子病得不轻,快进屋!他俩七手八脚地拥着背着竹子进了道班房。那人赶紧端起竹篾暖瓶倒了一洋瓷缸开水，在缸里倒来倒去等水变凉，喂竹子喝。竹子迷迷糊糊地抿了一口，就推开了水杯。工人又拿来一个小瓶，摇了摇对司机说："我们这里啥药也没有，就这点止痛片，弟兄们害了病，不管发烧发冷，呕吐跑肚，灌进肚里倒也管一阵子用。就让这位小妹咽一片，兴许能救急。"

瞧，这位热心肠的大哥，进得屋没几分钟，又是倒水又是递药，对竹子呢，一会儿叫嫂子，一会又喊小妹。多么实诚纯朴的好兄弟！小郑又感动又感激。他说："面对这位好大哥，我多么想把自己也融入这道班房里，把生命放在最低的位置。在这样的位置上回望我现在的一切，我会对人生有更透彻的认知！"小郑这话当然不是当时说的，而是数十年后他回忆往事时对我这样感叹人生！

我们继续回到那个简朴而温暖的道班房里吧。竹子仍然半醒半迷糊，那位工人递上止痛片，她连眼睛也没睁就吞下去了。高山反应减轻还是没减轻，旁观者谁也无法判断，竹子倒是暂时安静了些许。可是谁也明白她还是承受着巨大的痛苦。此时，小郑的心思不得不放在另一件事上——拦一辆过路车，给部队捎话，赶紧派医生设法救竹子，最好让刘刚陪同医生来。他相信，刘刚得到消息后，必然会马上赶到竹子面前！

小郑飞也似的急忙冲出道班房，正好有一辆去格尔木的汽车驶来，他急头巴脑地蹦到公路中央，站住，伸出双臂拦车……司机紧急刹车，算侥幸，汽车擦着他身体刹住。一场虚惊！司机扶起车轮下的小郑，得知这儿发生的一切，摊开双手，爱莫能助。一个不顾自己安危的人，他把希望留在了路上。过路的车辆，要么点一脚刹车停下，要么飞驶而过……也许希望总会有的，也许希望离竹子越来越远……

道班房里，残月无法复圆，原本可能的存在，渐渐冷却。竹子的病情急骤恶化。她脸色苍白,眼圈泛黑,嘴唇发颤。头发也被她抓撕得乱蓬蓬地卷起来。她依旧双手半松半紧地抱着头,有气无力地喊着:头疼,疼!嘴里还吐字不清地说了些什么,只有她自己知道。道班房外面就是藏族人垒起的一个嘛呢堆,每块石头都湿湿的,是流泪还是雨,不得而知。

忽然,竹子中止了呻吟,微睁双眼,几乎用尽平生之力莫名其妙地问了小郑一句:"这里是什么地方?"小郑仿佛明白了什么,随即告诉她:"这个地方叫南八仙。"她听了微微点点头,脸上浮现幸福的颤动,低声自语:"南八仙!南……"

从峡东车站坐上汽车后,一路上每经过一个地方,或村庄或小镇或一座山什么的,竹子总忘不了问问司机,这地方叫什么。得到回答后,她就很满足地说:"好,知道了,刘刚早就给我讲过了。那年回家相亲,他给我讲了高原上好些地名的来历,这里的地名几乎都捎带着一个真实的故事。花海子、纳赤台、大柴旦、二道沟、雁石坪、倒淌河……多动听呀,不用听它们背后的故事,就这名字准能把人的魂勾走!"

小郑明白了,原来是这样。竹子虽然从来没有到过高原,可是刘刚已经给了她美好的想象,引领着她的心灵在高原上浏览了一回。这时竹子问到的这个叫南八仙的地方,就隐含着一个悲壮的英雄故事。记得刘刚当初给她讲这个故事时,是动了感情,含着热泪讲的。她呢,自然也听得泪流满面。竹子暂时忍痛忘却了高山反应这个可恶的魔鬼对自己的袭击,回忆起了那八个女兵的故事!

那是一个带着血淋淋巨痛的往事,一个无法被悠长岁月埋没的故事,一个凝满年轻女兵壮烈和忧伤的传说……

50年代初,五星红旗刚在西藏上空飘起的那一年,一队通信兵奉命进藏执行战备任务。她们翻过当金山后,在柴达木盆地北沿的荒原上安营扎寨，执行临时任务。飘在军用帐篷上的五星红旗在大风里猎猎脆响，传递着祖国的召唤。她们站在红旗下，无限的天空里，眺望整个中国。挖坑、栽杆、架线、护线，就是通信兵每天不变的重复劳动，却充满战斗乐趣。正是高原上漫长的冬季，极冷的日子里气温骤降到零下四十摄氏度。其实抵御酷寒并不是兵们最紧迫的需求，最糟糕的事情还没有来到。令兵们胆战心惊的是高原缺氧——这个她们过去从来没听说过的恶疾，把这些小年轻折磨得死去活来，一个个脸色紫里泛黑，走起路来头重脚轻，稍有不慎就要栽跟头。最要命的事发生在一天夜里，一场没有任何预兆的罕见的暴风雪突然席卷了柴达木盆地。通信兵的临时营地遭到了致命的扫荡。八个女兵落脚的那顶帐篷被烈风连根掘起，随风在地上没有方向地滚动着。最初女兵们双手死抓着帐篷不放，随着旋滚的帐篷不知奔跑了多远。后来，暴风雪越来越凶烈，帐篷渐渐离开了地面，旋在空中。有的女兵实在难以抵抗如刀似剪的暴风雪残忍摧残，不得不松开紧攥着帐篷的双手，被撂倒在荒郊野滩。有几个女兵仍然死拽着帐篷不放，被暴风雪拖出好远好远……次日，暴风雪缩回到祁连山的某个洼处，青藏高原又恢复了那惯有的寂静，可怕的寂静。静得连远处牛羊啃草的声音仿佛都可以听得见。战友们和当地牧民含着悲愤的热泪寻找八个女兵，终于在离驻地十多里远的山沟里找到了几具女兵的遗体，还有三具遗体始终没有下落。找到的遗体中，有的手里还攥着电话线，有的脚上还扎着脚扣，有的手里还握着帐篷的一个角。特别让大家感动又心痛的是，一个女兵的手里紧紧地抱着一面国旗，旗面已经撕扯得破烂不堪，但那几颗金黄的五角星依然那么醒目。她们至死也舍弃不下崇高的信仰！八个女兵就这样远行，然后经久不衰地站立在青藏高原上——从此她们遇难的那个无名之地，就有了一个美丽而温馨的名字：南八仙。

……

此刻，竹子的生命已经被高山反应蹂躏得即将走到尽头了，她为什么突然询问起这个让自己无比难受的地方的地名呢？推测，她也许不知道自己已经躺在南八仙的怀抱里了。记得有人说过，人这一生向往什么，追求什么，也可以一生未果。但是他不会轻易放弃，即使在生命的最后时刻，他也要回到最初的那个自己。在刘刚给竹子讲南八仙的故事时，她就向往那个诞生八个女兵故事的地方了。这样伟大的女性，过去怎么就没有听说过？是的，总有一些闪亮的生命往往被人们忽视。像我们的生活里有多少值得的回忆，最后却在石头缝里鲜活！可以推想，这一天，竹子冥冥之中感到自己走近了八个女兵，从出发那刻起其实她就惦记着这个曾经只在想象中见过的南八仙。于是她就不由自主地问了司机一句："这里是什么地方？"后来司机小郑回忆说，竹子被高山反应折磨后，一直是闭着眼睛痛苦地呻吟着，只有在她问起南八仙这个地名时眼睛出奇地睁了一下。那亮亮的瞳仁只是闪了一下就合上了，永远地合上了！

八个女兵——竹子，可以说她们同为青藏高原的过客，不过都是落地生根的过客。永远的归宿地。这九个女子在同一个异乡怀着相同的梦想注定要相遇相知相惜。她们确实已经筋疲力尽了，但是她们会使活着的人的明天更像明天。

对了，我险些漏说了司机小郑后来给我讲的一件事。这是让他今天回忆起来仍然幸福着的事。人一生有些幸福或者说这幸福还没有实现时只是在心里甜蜜着，保不准只是一瞬间就从一粒隐秘的花蕾开始。那是竹子在闭眼之前的大约一个小时，她意外地拉起小郑的手，吐字不清地连着说一个字："嫂，嫂……"机敏的小郑马上就明白了是怎么一回事，赶紧把嘴贴近她的耳门叫了一声："嫂子好！"竹子听了唇边浮出浅浅的笑容,将手抽出又放在小郑的另一只手上,慢慢地走了!从峡东车站接上竹子后,小郑就亲切地喊她嫂子,头一天一直这么叫。竹子呢,怪不好意思地纠正说:"事情还没办呢,先把嫂子放着,等婚礼完毕后再叫。现在我就是你姐,叫姐我习惯。"谁会料到在奔往"嫂子"的路上出现了这样不测的事。此刻,竹子似乎想到了事情的悲惨结局,便让小郑喊她一声嫂子。这既是对热心肠小郑的安慰,更是给未婚夫刘刚一个圆满的交代。"嫂子,你会好的,真的,你会好的!"小郑这声嫂子叫得好沉重,他的眼泪像散了的珠子落到竹子渐渐冰凉的手背上……

南八仙的天空蔚蓝蔚蓝,蓝得让人觉得这个世界洁净得没有声音了。竹子如果是一只燕子,她在这蓝天下飞翔,那该是青藏高原一幅无与伦比的图景!其实,不必这样去想象,竹子比燕子更美,更富有梦想。在祁连山的这边、昆仑山的那边,在更高处,还有更美的一幅画面正在悄无声地开放!

梦是满天繁星,黎明到来前,融入晨曦。

司机脱下皮大衣,轻轻地盖在了竹子的身上。之后,这件军用大衣上又压上了一件蓝色大衣。道班工人拿出了自己不久前新做的大衣……

大地很静。正是八个女兵躺在大地怀抱里时那种可以听到牛羊啃草的声音的安静。唯两件军民合而为一的大衣未停止呼吸。抵达昆仑山的途径是多种多样的,竹子穿着这两件大衣肯定会走到刘刚身边的。那是她新生的两只翅膀,可以飞到任何一个她要去的地方!这时竹子静躺在道班房里,她的胸脯似乎还在微微起伏着。这让我再一次感受落雪无声。

深情,含蓄,饱满的生命!

这个时刻,青藏高原呈现着旷世之美。满天跑着浮云,阳光被挤成一道窄缝。

这个时刻，我站在高高的祁连山冈，只望见一个人的影子。

救命的医生赶到了，可是已经无命可救了。是道班的另一位工人闻讯后特地拦便车到大柴旦请来了医生。大柴旦是当时柴达木盆地的首府，一个不足两千人的小镇。一位老中医，哈萨克族，茂密的银须蓬住了上唇，那种慈祥、温馨仿佛挂在嘴边，随时会喷散开来。他问了问竹子的病情，又摸了摸病人脉象，摇了摇头说："我无能为力，就是早一步来我也没得办法。病人几天前就患上了感冒，再加上高山反应，感冒加重。够她痛苦的了！这种病我们眼下还没有制服它的有效办法，十有八九的命是保不住的。"

老医生随口说了几句顺溜：早上患感冒，晚上转肺炎；来日肺水肿，赶快写遗言。

没有丝毫调侃的意思，他说这话时显得十分惆怅，无奈。甚至眼里有了泪花。

小郑后来对我说：爱是艰难的！竹子和刘刚不可能不知道他们在高原会面会有许多料想不到的不测，但他们依然相爱。一切都取决于速度，要快，再快。种子快点长成苗儿，苗儿快点结出果实！

作为组织股具体分管婚丧嫁娶的办事员，我和营部曹军医急三火四地赶到了南八仙，这已经是出事后的三个多小时了。所见让我们目瞪口呆，惨不忍睹：竹子僵硬了的遗体停放在道班房后面的工具室里，她的脸呈现着微紫透黄又见黑青的冷色。这是我揭开蒙在她身上的那两件大衣后看到的。我抱起她的遗体搬动汽车坐垫时，似乎感到了她身上微弱的热气。这是她留给她的恋人最后的体温吗？可是刘刚不在她身边，何时能赶来，赶来后这体温还能不能久留？很难说！于是我先替刘刚接收了，我下意识地将她的遗体靠紧了我的身体，我心甘情愿地替刘刚回报一个男人的体温。这是竹子在人世间得到的最后的温暖。我知道她是不甘心就这样离开这个世界的,只差一天的路程她就可以到昆仑山下,完成终身大事的最后一个程序了。但是不能,悔恨终生!一步之遥,往往成为万里险途。原来死亡也是如此辽阔。荒野上有多少坟堆,安静地靠着美!

刘刚并没有告诉竹子,也许是有意要给她一个惊喜才暂时瞒着。但是竹子绝对能想象得出那间婚房是多么温馨,具有特色的简朴才更显得温馨嘛:在昆仑山下格尔木军营的某一个并不起眼的地方,刘刚布置好了一间婚房,房间自然不可能大,但是肯定干干净净的,还飘散着淡淡的香味,那是刘刚回乡探亲时特地托人从北京王府井百货大楼买来的花露水。当时刘刚把花露水在竹子面前一晃,说:现在不给你用,到了你成为我媳妇的那一天,洒你满身,香醉看热闹的人,让他们闻着香气美去吧,美死去!竹子回了他一俊笑,说:还没等人家美呢,先把你美死!她竹子就一直盼着这一天早些到来。当然,那天刘刚还说了,新房应该布置得有高原特色。可是,高原的什么特色呢?他俩额头碰额头地想了好久,还是刘刚想出了招。他说:"亲爱的竹子,我思谋着还是把格尔木的胡杨树请到咱们的新房里来吧!"竹子问:"就是你让我看的那篇散文里写的那种树,千年不死,死了千年不倒,倒了千年不朽?"刘刚说:"你说着了,就是它!"竹子又问:"格尔木城里生长这种树?"刘刚笑笑:"在城郊,三十多公里外有片胡杨林,一眼望不透的树丛!"

他俩就这样做出了决定,采一束胡杨枝叶装扮在新房里。让这顽强的生命在他们心里悄悄生根,发芽!

此刻,我站在竹子的遗体前,心里涌满对她的同情,一种难言的委屈之情。当然更多的是委屈之后萌生的敬佩。我不由自主地想到了许多往事，心里针扎般刀割般的难受，伤感。就在我抱起她的遗体挪动时，沉重的自愧咬着我的心。我们都活着，她怎么就走了呢？我真的不如她这么勇敢，豪气。这是一个多么了不起的女性！不是吗？她有一百条一千条理由把刘刚拽回老家去完婚，在那里任何一个小饭铺举行婚礼都不会比高原条件差，起码风平浪静，不会让人提心吊胆地颠簸吧！自幼在家乡这块连个遮眉挡眼的大土包都少见的女娃，当然明白自己一个人出远门且要翻山越岭地闯荡世界屋脊，那是在"玩命"！"玩命"二字是刘刚和她商量在高原办婚礼的信上写的，自然是一句调侃的玩笑话了。沉浸在幸福蜜浪中的恋人开玩笑是不讲究措辞的。写信人和看信人都把这话当成了甜蜜的玩笑。谁能想到它却得到了验证。但是不可否认的是，刘刚用"玩命"这两个字开玩笑，是在提醒竹子要认真对待这次高原之行。她起码要有吃苦的精神准备。不就是吃苦吗？乡下柴门里走出来的女娃把吃苦当成喝凉水，渗一渗牙根罢了。他和她都不愿往深处想，想它干吗呀，眼睛一闭，就挺过来了！玩命？万分之一的概率，毕竟太小太小！所以，从某个意义上说，打开始上高原那一刻起，竹子就把生命掂在手里了。她绝对不想扔掉宝贵的生命，而是要牢牢地攥紧它，唯恐它丢失。那是属于两个人的生命呀！正是她，比刘刚更坚定地坚持要把婚礼放在高原上举行。她不是要向别人张扬什么，这个荒凉的莽野当时确实没有几个人能看到他们的婚礼，给谁张扬呢？是刘刚在和她商定在什么地方举行婚礼时说的一句话刺疼了她的心，好疼好疼，她会终生不忘："那是一个女人不去的地方，可是没有女人这个世界哪儿还会有色彩！"刘刚还给她传递了曾经发生过的这样一件事：四年前青藏公路通车后，修路的民工纷纷要求回内地老家结婚生子或孝顺老人，筑路总指挥慕生忠将军一再动员大家把媳妇或未婚妻带到格尔木安家落户，仍然有不少民工跑回老家去了。当时老将军说了一句石破天惊的话："格尔木这个地方没有女人是拴不住男人的心的！"竹子震撼了，她拍着发疼的胸脯，认定了一个理：我和刘刚就要在这个女人不去的地方组建一个家庭。哪怕这个家庭在那里只存在十天半月，那也在荒原上留下了女人气息！

为荒原设计这一幅美景的乡间女孩，彻悟世间，净了昆仑，怎能不让人敬慕！这时，我的目光重新落在了竹子的遗体上，忽然觉得看上去她比活着的时候还要优雅！毕竟，我是自己安慰自己。真的，她在只差一两个小时就要见到刘刚时刻离开了他！

近在眼前，为什么遥遥无期？她终究没有来到她一心想去的那个地方……

刘刚还在哭。我确实记不得他是怎么来到南八仙的，什么时候来的？噩耗传到格尔木时，我们政治处的人像被谁打了一蒙棍，全傻呆了。怎么会发生这样的事？我们都不得不暂时地瞒着刘刚，好像谁最先把这个噩耗告诉他，谁就是罪魁祸首。好在当时刘刚正在新房里忙着给竹子收拾床铺。他傻呀，都什么时候了！可是，很快他就知道了，到车队要了一台车就赶到了南八仙……

谁也无法不让他哭，他哭得撕心裂肺。那哭声就像挂在头顶的任何一朵云上，一招手就立即落下一场狂风暴雨把高原淹没。他抱着她已经渐渐冰凉的遗体像一头怒狮一样狂跳狂叫着，然后静静地伏在竹子胸脯号哭起来，边哭边字不成句地喃喃自语：

"我的竹子呀，我的竹子！认识你以后，你对我的那份感情，对高原的感情，让我抵挡了多少诱惑和浮躁。我怀着对我们未来的向往，等候在高原，盼着你有一天来到我身边，我就会永远和你生活在一起了！可是，你为什么这么狠心，撇下我走了！为什么要这样？为什么？你叫我怎么活呀！我把咱们的新房都拾掇好了，我怎么还敢再回到那间房里去呢？我的竹子呀竹子，你睁开眼睛看看可怜的我吧！看看我吧……"

平时寡言少语的刘刚，在这个时候，丢失了他亲爱的竹子后，突然变得这样多言善说。他边说边哭边捶胸，他的声音已经嘶哑得快破裂了。他抱起了竹子，摇着她哭叫，仿佛要把整个地球摇醒才肯罢休。可是这个世界已经沉睡，身单力薄的他是摇不醒的。我可以相信的是，荒原上每棵小草都摇得流泪。我长这么大从来没见过人和草这么伤心地哭叫，铁石心肠的人看着也会心疼！回头望一眼吧，沙丘上的胡杨树也要长成忧伤树了！

胡杨树旁，已经走得足够遥远。茫茫人生海里，不是所有失去的事情，努力就能挽回。

当晚，汽车把竹子运到了格尔木。路上，柴达木六月的冷风一直吹过死寂的原野，一棵红柳的种子也许还在石头缝里活着。刘刚一步不离地守在竹子身边。他停止了哭声，只是不换眼地看着竹子。竹子的脸上盖着一条手绢，是那种军营里战士使用的绿色手绢。我确实没有看见是谁盖的手绢，但是可以肯定那是司机小郑所为，我们这里就他一个战士。刘刚没有动竹子脸上的手绢，她睡着了，让她安静地睡一会儿吧，不要惊动她。他只是一语不发地攥着她的手。当时天已经快黑了，夜幕从车窗玻璃上徐徐滑下。刘刚一心想着要早一点回到格尔木，那里是昆仑山，昆仑山的夕阳可以换成日出，竹子说不定在那个早晨会睡醒的！

格尔木的灼灼灯光终于跃上了车窗。我闻到了夜风里卷来的察尔汗盐湖的咸味，它是中国西部最大的内陆盐湖，它抖动起来全中国都能尝到沁心的美味。它静卧在昆仑山下，它发誓要把内心的盐，种在东南西北四个方向，让四季和节气流溢出芬芳。那么竹子呢？请你伸出舌头舔舔盐湖的味道,它今天的这一刻是专为你而存在!汽车驶进盐湖中一条便道,车子摇煤球似的颠簸起来。刘刚说,竹子身体虚弱,她怕是受不了!司机便换上低速挡,小心翼翼地放慢了速度。仍然有些颠,刘刚让竹子的头枕在他的腿上,软软的,竹子会好受一些。车过了盐湖不久,汽车转了个"S"形大弯,驶进了格尔木。这时天空飘起了雪花,六月雪。今夜,这大片的雪花会把昆仑山的冰峰砸得粉碎!汽车驶进营门后,我看到许多战友都默默地站在路边等候。刘刚没有下车,站着的人也不动。我们的车停下了,他们也不动。过了一会儿,刘刚才慢腾腾地下了车,我们政治处的高主任上前抱住了他,刘刚仍然不语,停了一会儿,他才放声大哭。高主任给他擦去眼泪。

刘刚是怎么从汽车上下来的,我记不得了。后来有人说,是高主任和两个同志抱着他下来的。为什么要三个人抱?因为他的怀里抱着竹子!没有人不理解刘刚,他的心里永远会住着一个女人的,他俩谁也离不开谁。

刘刚和我们精心布置的那间婚房,就成了竹子落脚的家。这自然是刘刚的意愿了。他说,竹子要在这个家里住上三天,我再送她回娘家。这是我们老家的乡俗,新媳妇回门。可是,娘家?高原上有她的娘家吗?我们都想问他,却谁也没开口。当晚刘刚陪着竹子到十二点才离开,他就那么一直拉着竹子的手。离开之前,他对我们说:"你们都回去休息,我要和竹子说说话。"他这话像针一样戳在了我们的心上,一说完泪水就盈满了他眼眶。

那晚,刘刚到底给竹子说了些什么,没人知道。可是我们一直想知道,却无法得知。那是夫妻间的私房话,永远进不了别人的耳门。它出唇的时候,她已经出了远门,她把那悄悄话从一座山带到了另一座山,压在心底下,有意让它找不着回家的方向。

第二天，第三天，刘刚每晚都陪竹子到夜深人静。她孤身一人，要远行了,高原路上风大雪吼,他要给她嘱咐的事情太多,太多。临行前，夫妻间总有说不完的话。一次他陪罢竹子从屋里出来，怎么也迈不开脚步，回身一看，满天的星星簇拥着他。有一颗最亮的星星，他认定那就是竹子，他跑上前双手相握，不想空空如也！

　　到了第四天，吃罢早饭,刘刚送竹子回娘家——营房对面的山坡上，那是刘刚为竹子选的墓地。他说那儿就是竹子最后的家，也是她的娘家。他要送她回家。他告诉战友们，这些天夜里他陪竹子就是和她商量在哪儿安家的事。他说竹子的英灵对他说："刘刚，我的丈夫，我身在路上，心在昆仑山，我不能无家可归。躺在军营对面的山上，可以天天看着你起床，出操，上班。我踏着军号声和你走在一起。能看到你的地方，就是我的家！"竹子说得对，她千里迢迢追随我到昆仑山，不就是为了成家！

　　我，还有刘刚的所有战友，此后好长一段时间都没有勇气走进我们为竹子布置的那间婚房。拾掇好房子那一刻，我们原以为幸福就可以掷地有声地降临在昆仑山的军营里，一个新组建的高原家庭就会诞生。谁会料到，新的故事还没开讲，就抢先一步地有了悲惨的结局！

　　我们企盼的是昆仑山的彩虹，为什么出现的却是一道伤疤！

　　此刻，蒙在竹子脸上的那块薄薄的军用手绢，把这位还没有成为新娘的"军嫂"永远地隔在另一个世界里！

　　掩埋了竹子后好长一段时间，我们都没有见到刘刚。营门的哨兵告诉我们，刘刚每天执勤回营后都要去对面的山坡上竹子的坟地探望。一堆黄土，一旁几枝红柳摇曳在坟头，似乎是竹子正轻轻梳理着她的秀发。刘刚双手放在身后，不停地来回踱步，能看得出他无法丈量出昨天和今天的距离，但是他要努力地缩短这个距离。昆仑山太空旷，竹子初来乍到，她还不习惯在这样的环境里落脚。刘刚要陪她一些日子，直到昆仑人家——那些先于她在此落地生根的高原亡人，认可她正式成为他们之中的成员了，他再离开。

她消失了，应该让她长久地出现。

这天，我找到刘刚，小心翼翼地提出要为竹子建一份档案——其实是"死亡档案"。可我实在说不出"死亡"二字。我做这件事完全是个人行为，与我的本职工作无关。它出于我对战友的情分，当然还有更重要的一点，是对竹子的敬佩。一个身单力薄的乡间女娃，跋山涉水上高原在军营里安排自己的终身大事，她的血脉里不流淌着军人的血液，谁会相信呢！但是要为竹子做一份档案，我左右为难谁都可以理解。她不是军人，也不是军人的妻子或子女，她仅仅是一位从农村来高原准备完婚的女娃娃。她进入不了军营的死亡档案，就意味着无法享受军队的有关待遇。我建议要建立的这份档案充其量是一纸空文，只可以让刘刚，还有我们这帮见证了他和竹子这场未走进婚姻程序的"军婚"，有个无奈的结局。大家在心里记着这位只能永远站在军营大院之外，观望自己心上人的可怜巴巴的未婚女！她确实是值得我们每个军人敬爱的"军嫂"！如果昆仑山阳坡上只有一朵雪莲开放，我确认那是献给竹子的！

我要建立档案的设想，刘刚并不认同。

"我的心里像钻进刺一样发疼，让该结束的尽快画上句号。可是我做不到。也许句号画上了，我会更加痛苦！在今后的相当长一段生活中，我不可能忘掉我亲爱的妻子竹子！"刘刚说这些话时没有眼泪，但是我知道他咽进肚里的眼泪有多少！这种无奈，与其说他在摆脱痛苦，还不如说他在痛苦挣扎更确切。

我理解刘刚，说："竹子进了咱们军营，按乡俗就是你的人了，也是我们的嫂子了。我以后就叫她竹子嫂！"

我绝对不是安慰刘刚,而是出于真心。

"你和我都有今后,她呢,她的今后在哪里?"刘刚稍顿,又说:"这样吧,我也想了好些天,我们还是做些实实在在的事情吧,在昆仑山里给她安排一个名正言顺的家,毕竟她下了那么大的决心要在这里安家。我们给她做一个墓碑,算是门牌号,她就有了户口!"

我满口答应。世事的公平或不公平,我们不能抱怨太多。现在我能尽量做到的只是让刘刚感到这个世界对自己亏欠的不是太多。我们几个战友都忙着给竹子嫂操持家。墓地是刘刚已经选定了的——就在离昆仑烈士陵园约200米的一个向阳的山坡上。她进不了陵园,就遥望着它吧。"如果我能一直在高原干下去,到老。那么我就把坟地选在陵园内与妻子不远的地方,她望着我,我望着她。从来没有离开,一直这么近,那么远!"刘刚这样说。

竹子嫂躺着的那个山坡顶端,就是终年积雪不化的山峰。为做墓碑,我跑遍格尔木的角角落落,才找来一块柏木板。你以为呢,能那么容易吗? 60年代初,几乎寸草不长的戈壁荒滩,更不会有树了。格尔木人用一根钉子一块砖都是从内地运来的,可以想象得出,能有什么材料给竹子做墓碑呢!我们几个小伙子从汽车修理厂木工房找来的这块柏木板有多珍贵!那个小青年帮我们把木板刨得光光的,跟石质一样耐看。墓碑上的字自然是刘刚来写,他胸有成"竹",提笔就洒下一行字:十八岁的竹子,永远的家!

只是,他爱得太深,提笔的手抖得像旋风,写下的"竹"字歪着,快倒下了!

我长久地默诵着这块墓志铭,终于读懂:这里没有死亡,竹子永远是十八岁!

刘刚跪倒在墓前，抚抱着墓碑，满眼泪水。

随即，他从一丛红柳上摘下一枝，放在墓碑上。不是用死亡去祭奠另一种死亡，那枝红柳会落地生根……

# 十八岁哥哥告诉小英莲

——一等功臣韩廷富的爱情故事

我决定写他,是在一个似乎不该出远门的时刻踏上了漫漫长途,去采访他的事迹。他是汽车兵,我也是汽车兵出身,而且都是在2000公里青藏公路上跑车。其实,这不重要。我和他站在一起,差距显而易见。他能问心无愧走到的高度,我,还有像我一样的不少汽车兵,也许曾经想做却未必能到达。当然,我们都像一棵树朝着一个方向生长,我无意间长出了一些多余的枝叶,他没有。或者说一度有过,后来被岁月剪枝了。他在生命的最后时刻苍劲地咬碎了病魔的缠绕,仍然百折不回地运载着一车战备物资穿越世界屋脊,向西藏边防义无反顾地飞奔而去。他倒下去了,却竖起了一个军人神圣的尊严。那是他身患癌症后在高原上执行的第八次运输任务。那一刻,汽车快到山顶了,坡极陡,险峻之极。山顶的雪莲花顿显孤高,巍峨!

在青藏高原生活的人几乎每顿饭离不开牛肉,高原人在你面前一站你就会感到他的内心有牦牛在奔腾!没错,他就有这一股劲头!

我果断决定放弃春节的休假,为韩廷富写一篇报告文学。我的采访路线:先到昆仑山下格尔木他所在的汽车团,然后直奔他的家乡甘肃临夏回族自治州临夏县麻尼沟乡郭山庄。只有到他的部队和家乡去,连根带土地深挖，才能寻找到他的生活和灵魂。那里是他长途跋涉的发源地。

那是春节的前两天，汽车团年轻的副指导员韦升泉，带着他写的一封长信《应把连队最高荣誉给他》，从昆仑山下出发，专程来到总后勤部机关，要求宣传他们连队驾驶员韩廷富的事迹。韦升泉此次到机关简化了逐级汇报请示工作的程序，直接出现在总后赵南起部长的办公室，在座的还有总后政治部主任王永生。他递上亲手写的韩廷富的事迹材料后，按捺不住激动的心情，又把韩廷富的事迹给领导汇报了一遍。赵部长是一位从部队练兵场上摸打滚爬出来的将军，他当即拍板指示，这样好的兵不能让人家白干，我们一定要好好宣传。他让王永生主任负责具体落实。我就是在这时候看到了韦升泉那封长信，毅然决定西行去采访。不幸的事发生在我动身前，韩廷富最终没有扛过疾病的袭击，永远离开了我们。

我的采访包里装着犹如一封报丧的即将寄走的信，满满的沉重不便言说的话语鼓胀着信封，等待启封，又怕启封。坐在西行列车的窗口，我的心随着铿锵的车轮飞旋。车窗外的景色变换着形状和色彩，不管你留意还是不留意，它就在那里，也许十年八年了，也许百年甚至千年了。有的人终生都不曾有机会与这些在本本上银屏上找到的美景结缘。可是此刻坐在列车的窗口，我的视角完全可以痛痛快快地来一番放逐，追随那蓝得如同清水拭过的碧空，遥望那起伏得如锯齿般绵延的雪山，近瞧那平滑明镜似的湖面……我的心儿与荒原上正奔跑的藏羚羊一同疾飞。从我眼前流水般闪过的每一个镜头，都呈现着满满的美。那是大自然的美，是很少受到人类践踏的天然去雕饰的大美……对这些稍纵即逝的景物我却视而不见，唯一首无影无踪的唐诗总是那么清晰夺目地从远古的征途上连声带形的幻成画面，反反复复地呈现在我眼前：

> 青海长云暗雪山，
> 孤城遥望玉门关。
> 黄沙百战穿金甲，
> 不破楼兰终不还。

韩廷富曾经把这首诗工工整整地抄录在笔记本上，数千年前征战士兵用热血壮写战歌，让人难以忘怀。你可知，诗中的青海长云、玉门关、楼兰、祁连山，还有古战场上士兵们可望而不可即的日月山、昆仑山、长江源头……韩廷富都驾车飞奔而过。作为一个曾经的汽车兵，抽丝记忆，我能想象得出韩廷富跨越这些地方时那种豪情自得：那些山冈挺腹颔首，那些湖泊闭目养神，唯有那些急促而喘息的河流，每每随山势打个回旋总会伴随他向西缓缓流淌一段后才转身东去。韩廷富和他的战友们一直在青藏山水之间寻找生命与世界的真谛，也在强化自己灵魂背景。他在这一盏灯的辉映下出征，又从另一盏灯下返回。这样，王昌龄诗中的长云、暗雪山就活脱脱地变成另外一盏灯。那灯便是他自己。

山野深远，人生广阔。我们俯身于世界的空与高并非无根据，因为总会有前行人领路。

天阴着脸，被云压得很重。列车一过西宁，一直憋在云里的雪终于飘落下来。铺天盖地的雪花，与大地共眠一枕。没承想车在日月山下拐了个弯，又见朗日高照山地晴好，无雪也无雨。雪子融消的细碎声伴随着阳光的亲吻，静悄悄地潜入车轮碾压的每一粒泥土。我依着窗口，无心观赏高原突变的天气，便又一次捧起《应把连队最高的荣誉给他》潜心入意地阅读。不曾记得这是第几次读这封长信了,每次读来总有一种触电般的震撼,扯心地痛!单就写作技巧而言,它并非无可挑剔,但那种粗粝中鲜露着清纯的质感,那种不可重复的对生活和生命一眼望穿的透彻,那种在城府深沉世态中不免显得天真或几分幼稚的设想,真的消散了我心里对现实社会一些不尽如人意的抱怨。我如梦初醒般想到,原来还有这么善良美好的人像蜜蜂一样在酿造生活!我联想到了文学创作,文学,这个在"文革"中几乎消亡的东西,其实一直旺盛地活在我们身边,存活在许多热爱生活和对明天抱有期望的人们心里。韦升泉,还有他在信中赤胆忠诚颂扬的那位被一些人特别被诸多作家忽略了的韩廷富这样的普通人,就是在"文革"环境里的文学胚芽。像每朵花都带着大海的声音一样,他们是那个年代送给写作的催化剂。给包括我在内的那些打算或已经"马放南山,刀枪入库"的作家注入了生机勃勃的文学活力。这是来自平凡的震撼。我们把那些曾经的恐惧、担忧搬到体外,采一束阳光填满。这就让我们相信,文学所更新的与其说是作家的经验,不如说是作家的心灵。韦升泉,还有韩廷富,我没有理由不对他们刮目相看。

在西行列车的窗口,我萌发了一个强烈的想法,我要把韦升泉的那封信原汁原味地在我的报告文学里展示出来。把它放大的方式之一,就是我要写成报告文学,让更多的人感受文学的力量。在这位连队副指导员的笔下,他带领的兵的生命和感情总是和自己紧紧连在一起。通过他的忧愁喜乐映衬出兵们的品格。他用写信的方式为自己的情思意蕴建立了适宜表达的空间。

列车正扯着时断时续的车笛声,穿过一个长长的隧道,向昆仑山逼近。车窗外,白肥绿瘦,山坡上一间老屋旁,一位老农正举着镢头刨挖着什么,那么吃力。给人的感觉即使到了春天,这把老镢头指不定也打不开老屋的锈锁。

下面就是韦升泉给总后领导写的信。解放军报在1985年4月3日摘要刊登了这封信。我在这里抄下的是一字未改的原文,所以你在读时得小心点,那信里有些内容你只能意会不可言说。

### 应把连队最高的荣誉给他

总后首长:

我是五九零一九部队六十二分队的副指导员韦升泉。我怀着极其复杂的心情,向你们推荐我连战士韩廷富的事迹。

今天是1985年1月31日,我的心里难过得说不出来是什么滋味。现在韩廷富正躺在西安第四军医大学附属医院内三科的病床上,刚刚经过剧烈的呕吐,现在又昏睡过去了。如果不是生病,他将享受双喜临门的幸福。几天前,团党委批准我们连队两名战士荣立三等功,他是其中之一。还有,已经办过结婚登记手续近一年的韩廷富和王英莲也应该在预定的冬月三十(元月20日)举行婚礼了。眼看着这位即将踏入幸福之门的好战士倒下去,我作为一个连队干部是愧对于他的。

我和韩廷富去年年初先后调到二连。当时,部队接到了援藏运输任务。为了充实基层的力量,我从团机关调到二连任副指导员,韩廷富从团司机训练队调到二连一班任副班长。我们一起从驻地古城洛阳开赴青海格尔木。在严重缺氧、路况很差的情况下,他和全班同志八次执行运输任务,十六次翻越素称"世界屋脊"的唐古拉山,出色地完成了任务。仅他个人驾驶的汽车,就安全行驶22640公里,运送援藏物资38吨,节约油料462公斤(名列全连第四),节约材料费650元(名列全连第三),而他的车况却是全连最差的。谁也不知道,他的病也在这次执行任务过程中悄悄地恶化着。好几次,我发现他总是把手抱在胸前,便问他是不是不舒服。他每次都说:"没事,肚子有点胀。"到去年11月初,部队执行第七次运输任务返回格尔木时,我发现他的脸色发紫变青,很难看,又劝他住院检查身体,他摇了摇头,到炊事班熬了几个萝卜,说:"顺顺气,治治消化不良。"到执行最后一次运输任务时,我和连长考虑到他连续执行了七趟任务,车况又不好,决定把他留在驻地。他知道后,找到我们说:"连里驾驶员少,新兵又比较多,我不去,不放心。"就这样,他又顶着寒风大雪上了唐古拉山。连队出发后的第四天,他们班里的09号车在离当雄15公里的地段,被地方的一辆车撞翻了,车上运的大米包散落在地上。为了保护粮食,韩廷富和几位党员、骨干守在荒野整整看守了一昼夜。当时,气温已是零下三十摄氏度,我们穿着皮大衣还觉得冷。第二天上午交通部门来到了现场,小韩又和大家一起,把散在地上的平均200斤重的米袋一袋袋装上汽车。一个身患重病的人,这样工作着,该需要多大的毅力啊!

就在这次运输中,好几次吃饭的时候,我看到别人在吃饭,而他不是在那里检查维修车辆,就是为大家看管车上的物资。我当时只是为他的工作精神所感动,还在全连大会上表扬了他。我完全不知道,这正是他病情加重的表现。没有多少可以干活的时间了,他抓紧工作呢!严重的肝硬化已经使他吃不下饭，睡不好觉，以至于吃了饭就吐，肝区疼痛得他彻夜不眠。

　　写到这里，我不得不停下笔来，小韩在叫我。也许，这是我与他的最后一次对话了。我记下原话，供你们参考。韩廷富在昏迷中对我说："副指导员，我没见过女人。"我好像预感到了什么，心里一热忙俯在他的耳边问："你想见谁？是不是王英莲？"他说："是。你给我找她来。"我预料的没错。可是我怎么才能找到她呢？为了使他平静下来，我不得不问："小韩，你知道你现在在什么地方？"他答："格尔木。"显然，他的意识已经不大清楚了。他明明是在西安的医院里。格尔木，那是他的部队所在地，是他出发去执勤的地方，怎么会忘记呢？我又问他："还去拉萨吗？"他说："去。"我问："怎么去？"他回答："开车去。"虽说这些话不是一名优秀战士的豪言壮语，可我却怎么也抑制不住内心的感情，眼泪夺眶而出。

　　他在生命的最后时刻想见王英莲，让我心酸难忍！记得12月22日，也就是韩廷富病危，团党委决定用飞机把他送到西安治疗的头天晚上，他的几个老乡给他送来家乡临夏县的一封信。信是他舅舅寄来的，写得很简单，告诉他婚期已经定好，无论如何要在农历冬月三十回家结婚。他忧心地对战友们说："现在我病成这个样子，怎么回去呢？算了！"老乡建议他给家里去封信，他说："到四医大再说吧。"后来我才知道，去年春节，他和王英莲就登记结婚了。按照农村的规矩，办了酒席才算正式过门。就在全家忙着置办结婚家具的时候，他的假期到了。他得知部队要去执行援藏任务的消息，按期归队了。在执行任务期间，家里曾几次来信，要他请假回家办喜事，因为部队执行任务紧张，他一拖再拖，一直拖到现在。就在他病重期间，我曾几次问他是不是写封信，让王英莲来医院。他都没有同意，怕她来了看到他病得连个人样都没有了，心难过。

昨天上午，他忽然哭了，哭得很伤心。这是我第一次见到他流泪。我问他为什么哭，他说："我知道自己是不行了。"我安慰他，让他放宽心。下午，他请我代笔给他的家里写一封信，信是这样写的——

舅舅、母亲：春节快到了，家里一定很忙吧。我在西安住院不久，部队就来了人，天天守候在这里，还给我买了可口的罐头、橘子、糕点等，病情有所稳定，请放心。听说妹妹腊月十七要出嫁了，我很高兴。当哥的本应当为妹妹操办点事，可我现在身体不争气，请妹妹多原谅。父亲现在在医院陪着我，我舍不得他走。妹妹的婚事如能按计划操办好，我和父亲也就放心了。祝全家春节好，身体健康，工作愉快！

信写完，我给他念了一遍，问他还有什么话要说，他说："要说的话很多，英莲虽然说没过门，可她也应该算我们家的人了。应该给她写几句呀！"我提起要写时，却不知该给这位未成为妻子的姑娘写些什么……可是我又不能问廷富，怕勾起他的伤感……

一个24岁的年轻战士，在他即将走完自己短暂的生活道路时，他想着连队，想着亲人，特别是不忘还没成为妻子的英莲。人呀人呀……我多想有一种回天的医术，能治好他的病啊！

现在，我一闭上眼睛，就仿佛看到他把手按在肚子上坚持工作的情景，那情景常常使我想起焦裕禄。小韩生性不爱说话，就知道不吭不哈地工作。他1979年入伍，当过通信兵、炊事员、驾驶员和司机训练队的教员，为连队培养了15名司机，先后5次受到连队嘉奖，还被团里评为安全标兵、先进个人。去年9月，由我主持党支部大会，吸收他为中共预备党员，但我却没有保护好这位好党员。我真后悔，如果当时劝他看病时态度坚决点儿，或者想办法请一位医生来，结果都会比现在好得多！到连队当副指导员快一年了，我第一次明白了应该怎样爱战士，关心战士。

连队的战士听说韩廷富病危后，都很难过。他虽然才来连队一年，就已经在大家的心目中留下了不可磨灭的印象。例如在一次运输任务中，23号车的车灯坏了，天渐渐黑了，在青藏线上，没有车灯夜间行车是很危险的。本来23号车不是他们班的，他完全可以绕过去，继续往前开，可他没有这样做，而是停下车来，直到把车修好，到达兵站已经是深夜十二点了。兵站没有多余的床位，他和那位同志硬是在车厢里睡了一个晚上。类似这样的事情还很多。在年终评功评奖的时候，大家异口同声："要把全连最高的荣誉给他。"而现在，他的庆功会不得不在病房里举行了。23日下午，我受团党委之托，专程到西安向他授了三等功奖章。躺在病床上的韩廷富接过这枚奖章，又像往常那样，憨厚地笑了。而我的心却在默默地流泪……

就在我动身来北京的前一天，韩廷富永远地离开了他深深热爱着的这个世界。这样一个好同志走了。不过，他带走的只是一个躯体，却把爱生活的灵魂留下了。正是在给他开庆功会的病房,我们又不得不开了追悼会。在整理他的遗物时,大家发现他的那本随身带着的笔记本里,工工整整地抄写着《九九艳阳天》的歌词,还加了个副标题:"献给我亲爱的英莲"——

> 九九那个艳阳天来呦,
> 十八岁的哥哥呀坐在河边,
> 东风呀吹得那个风车转哪,
> 蚕豆花儿香呀麦苗儿鲜。
> 风车呀风车那个依呀呀地唱哪,
> 小哥哥为什么呀不开言?
> 九九那个艳阳天来呦,
> 十八岁的哥哥呀想把军来参,
> 风车呀跟着那个东风转哪,
> 哥哥惦记着呀小英莲。
> 风向呀不定那个车难转哪,
> 决心没有下呀怎么开言?
>
> 九九那个艳阳天来呦,
> 十八岁的哥哥呀告诉小英莲,
> 这一去呀翻山又过海哪,
> 这一去三年两载呀不回转,
> 这一去呀枪如林弹如雨呀,
> 这一去革命胜利再相见。

> 九九那个艳阳天来呦,
> 十八岁的哥哥呀细听我小英莲,
> 哪怕你一去呀千万里哪,
> 哪怕十年八载呀不回还,
> 只要你不把我英莲忘呀,
> 只要你胸佩红花回家转。

  我拿着这个笔记本,把这支歌默默地唱了好几遍,这歌里珍藏着激活韩廷富生命的音符。我甚至这样推想在他离开人世之前的那个白天或者晚上,他已经什么也不去想了,只是想着他的小英莲。他的爱情是承受了命运的无情打击,但他仍然是挽着妻子的胳膊走向远方。他走得多姿多彩,浪漫而且风流!

  韩廷富实在是一个好兵啊!可惜我自己没有本事把他的事迹写出来,你们能帮帮我吗?我恳求你们来部队写写他的事迹。

  此致
敬礼!

五九零一九部队六十二分队　韦升泉<br>
写于西安<br>
1985 年 1 月 31 日

  正是韦升泉在这封信中写到的韩廷富在生命最后时刻,提出见王英莲一面的这个细节,以及他抄写在笔记本上《九九艳阳天》这支歌,如电石火花一下子点燃了我的创作激情,使我一直飘在天上想写韩廷富的想法,变成了落到土地上的行动。这之前,我苦苦寻找写作灵感的突破口,现在有了。它来得仿佛不费功夫,中间却可能走过万水千山。

"我没见过女人!"就这6个字,似乎没头没脑,它有来头,却没去处,也仿佛不合乎事实。可是韦升泉明白,当时在场的人心里也明白。读信的我以及所有读信的人,也都知道韩廷富说这话是什么意思。要和他舍不下的世界告别前的瞬间,爱情的胚胎在他身上鼓胀难耐地顶出了芽。我读了信中这个细节的那天晚上,久久无法入眠。这是从一个意志如同钢铁般的普普通通士兵心里发出的清香的爱,它是爱亲人的人性味道。那清香不仅是领了结婚证却没有来得及成为妻子的女孩的清纯味道,还有夜风卷着母亲唤儿归来声音的味道,以及离乡时走在秋收后土地上一步三回头被露水咬湿了裤角的味道,还有村庄前面小河里船娘拿桨板打浪的味道……爱情就是如此简单而如石击水,不管它以什么形式出现,谁都难以抵挡它来势勇猛的魅力!小韩在讲出这句话的那一刻,在他心里也许不求普度众生,只为世间一人能识。那个人就是英莲。

毕竟,随着病魔对他生命的掠夺,爱情在时间的流逝中离韩廷富越来越远了。可是我们听着他的呼唤,反而觉得爱情的故事离他的心还是那么近,那么近!

韩廷富,多么心急火燎地奔跑在要娶英莲为妻的路上!

也许正因为韩廷富用他独有的形式创造了他和王英莲的爱情故事,这次我重返青藏高原,更加爱上了高原的阔远和苍野。生活可以灿烂,不管它在什么时候。

列车继续飞驰着。

我和韦升泉面对面坐在窗口，远山后退，流水向前，车在走动，我们不动。聊天，除了韩廷富别无话题。多是他说我听，当然是我提出问题让他说。他有时反问我，这样我们的话题就会很丰富，渐渐走向了深层。我真的佩服得五体投地，他的脑子里怎么就装了那么多韩廷富的故事。当然如果仅仅是一个韩廷富就罢了，使我惊叹的是，往往讲起韩廷富的事，他会把许多兵甚至连队干部的事串起来。这样从他嘴里讲出的故事就有立体感。立体感？因为这些故事里浸渗着他和战友们一同劳动时的汗水，才如此鲜亮；还有他始终不变的对高原山水的热爱，才如此执着。他讲的韩廷富和王英莲的爱情故事，因为他熟知他俩故事里的某种元素已经进入他的体内，所以他讲得很美，美得任性。

我问他，听说韩廷富讲了他没有见过女人这句话后，把一张照片交给了你，我想知道那是一张什么照片，他为什么要交给你？还有这张照片的下落？

我的问话好像刺疼了他，他犹豫了一下，许是在整理自己的思绪吧。稍停了一下，他才说："照片就在我手里。"

说着，他从放在身旁的军用挎包里拿出笔记本，里面夹着一张照片，展示给我看——

照片是以艳阳高照的布达拉宫为背景，全连的班长们正在开会，十多个人坐成了月牙形。凝神静听连长宣读文件。

不能说我找的不认真，我翻来覆去地看着照片，从前排第一个人找到最后排末一个人，始终没有见到韩廷富。我见过他的标准半身照片，对他的相貌特征有很深的印象，略带方形的脸盘上那双滴溜儿转动的大眼睛，尤其能把瞅他的女孩埋进去。可是在这张照片上都对不上号。

当然是韦升泉帮我找到了，他指着后排角边那个战士说："这就是韩廷富！"

也难怪，他藏得那么深。只露了一小半脸，唯帽檐上那颗红五星亮亮地闪着光。韦升泉告诉我，小韩平时都是这样，只求把工作干好，不愿意露面。那天团里的宣传干事领了个摄影记者为电视台拍片子，那记者肩上架了个录像机到处显摆，每拍一个镜头他都要费心地导演一番。干什么工作呀，摆什么姿势呀，讲什么话呀……一套一套的全听他指挥。韩廷富很是看不惯，太假了，烦死人了！本来安排有他手捧红宝书学习的镜头，他窝在宿舍里硬是不肯露面。几次叫他出来，他都推脱说，正给未婚妻写信商量结婚的事。有什么办法呢，总不能为上个不值多少钱的镜头搅黄了人家的终身大事，只好作罢，让摄影记者另请高明。

"这就躲过去了？"小韩这倔劲难免不让我有几分担忧。

躲过了初一，躲不过十五。后来，那位记者又出了个新招，拍一张"全连福"，在荧屏上展现高原汽车连队的凝聚力。小韩便出来了，这不，他站在最后一排，遮遮掩掩的，还不肯露出整个脸。他就这牛脾气，很少听见他高喉咙大嗓门地唱高调，一旦吐句话，地上就能砸个坑。听他是怎么说来着："我们做的都是平平凡凡的事，上什么电视呀上！开车嘛，把物资安安全全准时运到西藏，心里就美气得很！"

美气，陕甘一带人吊在嘴边的土话，大实话，就是做"最美"的事，就是少耍花腔，干不美气的事。说得真好！高原军人的憨厚耿直和踏实灵动彰显。

我和韦升泉继续谈论着照片。

小韦："我明白韩廷富把这张照片给我的用心，他是让我把它转递给王英莲的。我接过照片心情一下子变得沉重起来，好像谁用榔锤猛击了一下胸肋。"

残缺不也是一种美吗？

可是，这张也许可以称作"残缺"的照片，无论如何无法让人把它和美联系在一起。好端端一个人，为什么只照半拉脸！凶多吉少的预兆吧？我们都不愿意这么想，却由不得自己。我还是多此一举地问了小韦一句："榔头猛击胸肋，你为什么会这样呢？"

小韦的解释也显得多余，他说："我实在没有勇气把这张只有半拉脸的照片送给王英莲！我能给她说清楚吗？说得清楚或说不清楚，都无法减轻她对廷富的揪心思念！"

无语。车轮压在轨道上的哑哑声，填平了列车外的深沟暗壑，轰隆隆地滚痛我的胸口。

刺心的沉默。我实在承受不起，开口对小韦说："小韩既然把照片托付给你了，总得给他有个交代，好让他在另一个世界安心地闭上眼睛！"

"照片当然要交给英莲，我考虑的是如何找个适当的时机交给她。"

又是飞轮填满沟壑的声音，飞一样响着飘向远方。

飘雪的白天过去了，天色渐渐暗下来。雪停了，天空仍然静静地在蜿蜒的青藏公路上旋转。我们的汽车不断奔跑，道路不断延伸，没有尽头。山巅的碧空一只鹰在不紧不慢地盘旋出飘移的坚定。阳光把它的影子一寸一寸地拉长，又一寸一寸地缩短。它活在自己的位置上，活在独行里。

许是因为心里牵挂着望眼欲穿盼着部队来人的英莲——我们已经提前和对方武装部门沟通了情况。真实地说，我们是怀着忐忑恐慌的心情准备把韩廷富的遗物交给英莲的。那个装着笔记本的小木箱，尤其是那张看不到他模样的照片……层层叠叠的心事，明明灭灭地掩没着我眼前通往那个陌生村庄的路。英莲得到这些遗物的同时，我的心里十分清楚,她也明白,她已经完完全全失去了心上人!接到这个木箱的那一刻,像不像她的爱情一点点暗下去的一刻,像不像一点点暗下去的一天,像不像一点点暗下去的一年……

到了格尔木汽车团那天上午,因为汽车抛锚耽误了预定的时辰,我们一下车就直奔会议室。一连三个收集小韩事迹的座谈会,一直持续到夜里十点钟。我带着记录了大半本的笔记,还有小韩床下装满了从拉萨、敦煌、西宁,当然也有从格尔木买来的一木箱书籍,沉甸甸地离开格尔木,踏上了去临夏的征途。

坐汽车,乘火车,再坐汽车,然后步行……漫长的旅途把季节撕成了碎片。晨在雪原迎日出,傍晚戈壁送晚霞。

一天一夜的汽车连轴转,颠簸得人浑身乏困,到了敦煌还是没有赶上当天去柳园火车站的末班长途汽车。我们只好心慌意乱地歇了一夜。敦煌千佛洞的夜景虽然诱人,却对我毫无吸引力。次日我们坐火车,到兰州已经是第五天的中午了。一出站就买上去临夏的长途汽车票……

路有多远,不去想了。只要快捷的赶路,任何没有尽头的路都长不过脚尖。当我们止步于一堵不知是砖块还是土坯垒起的矮墙前时,正好是朝霞升起的黎明。山区的寂静在这时显得格外空旷。

麻尼沟乡是公路的终点,就是说剩下的20公里路,只能靠我们用脚步去丈量。下了汽车,我们连提兜里的洗漱工具都没有拿出来,只在乡政府的小卖部匆匆忙忙吃了几块烤土豆,填了填空空的肚子,打问好去郭山庄的路,就直奔而去。山里的天黑得早,空气中的阳光正在收紧,枝头的残阳渐渐淡去。风清露冷正好赶路。快到村里时,我看到庄稼里跪着一片农民,好像在拔麦田里的杂草。一位头扎羊肚手巾的妇女站起来,手放在额头搭凉棚似的看我们,我便上去打听韩廷富的家。巧了,她正是韩母。显然她已经知道今天部队要来人,便撂下手头的活儿领我们进村。一路上她无语，总是欲言又止，很为难的窘态。老人满脸的阴云绣着深深的皱纹，我知道是儿子的病逝让她在这还不该老的年纪突然老了。在她面前我算真正体会到什么是未老先衰。我理解老人此刻的心境，她隐忍着失去儿子的疼痛。我便有意躲开敏感的话题，问：

"大娘，眼瞅着就过年了，还忙地里的活儿？"

我想退，她却进，扔下一句话砸给我："你们不打算见英莲？"

"当然要见，咱们先去她家！"我的回答没有丝毫犹豫。在这样的娘面前，我无法也不能来半点虚假。她有苦难更有忧伤，但让我激动。

大娘继续带着我赶路，再也不说一句话了。我能感觉到，她内心感伤的火触手可燃。我们默默地走了约莫十分钟，进村。她指指左侧的路，我明白那是通向英莲家的路。大娘在前，我们低头还得弯下腰才走进了英莲家矮矮的虚掩的木条钉成的街门。这是一户极为简朴透着丝丝缕缕疲惫和孤独的乡村农人之家。斑驳的泥土与砖瓦混搭成的院墙下，靠放着一辆锈蚀的独轮推车，墙头上栽着几个瓷盆或瓦罐的半圆碎片，那是为了吓唬山里的野虫进院。瓦罐里卧着一只半睡半醒的流浪猫。两间土木结构的上房和偏厦占去了院子的一大半，砖缝瓦砾间的梭梭草逍遥自在地随风摆晃。算不上天井的那块顶多十平方米的空地上，长着一颗老枣树，叶子落尽，曾经一树的芳香，现在刚进初冬就挂满陌生的凄凉。噢，枝条上的节骨像小黑豆似的裸露着，分明是紧抱着枣树浓重的体温，等待来年再为主人送一树枣花。窗台上放着一个被什么人咬了一口的苹果，此刻好像在努力地弥合缺口……

树下站着英莲娘，正抽抽地撩起衣角擦眼泪。还没等廷富娘介绍，我就自报家门：

"大婶，我是廷富部队上的，来看看英莲！"

"她在屋里哭呢!"

说着她就转身进屋把英莲领出来,开始她拉着英莲的手,很快英莲就挣脱开她,走向我。我惊叹,山沟沟里竟然能出脱这么靓丽的女娃。均匀而壮实的身材,微黑的长睫毛下那一双大眼睛见了我,羞涩地合闭了一下,显出的是流动的宁静,不含一点杂质。鼻梁两侧微红泛亮的脸蛋是太阳镀上的天然的美容霜。红袄配绿裤,绣花红布鞋。一条长辫像吊兰一样垂挂下来,不甘示弱似的越过肩膀伸到胸前,拐了个小弯,恰好盖住了凸出的地方。西北农村的女娃没有嫁人以前都梳着这样的辫子,一旦成了人家的媳妇,后脑勺就会挽起一个发髻。我一看到英莲这般纯美朴实的女娃,其他风景都可以省略了。她留给我的第一印象是:天塌了!

英莲站在离我不近稍远的地方,无话可说或有话不知从何说起的样子。廷富娘对英莲说:"孩子,部队上来人了,人家就是说看你的!"

英莲却没有走近我,只是瞭了我一眼。我感到那眼神似乎含着疑团,又好像有了发泄的欲望,然后就一头栽到娘怀里失声痛哭起来。她分明终于等来了可以倒出满腹泪水的机会。我看不见她的眼泪,但我绝对感觉到了她的悲痛仿佛是我带来的!不是吗?实际上我是一个报丧的人!足足有三分钟,她才抬起头,抹去眼泪,对娘说也是对我说:

"部队来的同志我没脸见,是我没有把廷富疼爱好,让他走了!怪我,克星!"

她说着竟扑通一声跪在我面前。我承受不了这样的刺痛,实在难以接受她的这个跪拜。我想扶起她,可我觉得我这半辈子都没有积攒够扶她起来的力气。尽管扶她几乎无须用力。

当然,最后还是我扶起了她。我不知道该怎么给这位姑娘转达韩廷富躺在病床时对她的浓浓思念,深沉爱意。不想那么多了,直接把

我最想表达的话告诉她,也告诉廷富的其他亲人:

"英莲,你是一个值得廷富深爱也值得我们大家敬重的好姑娘。病魔夺走了廷富年轻的生命,全连同志都十分难过。那天在医院,当我们把一等功的立功奖章戴在他胸前时,他硬撑着从床上坐起来,一再说着父母对他的苦心抚养,你对他的情意。就是在他的生命最后一刻,也念念不忘家乡的亲人们!"

英莲反复地责备自己:"是我把廷富克走了,都怨我,怨我!"

听着英莲这样怨叹,如芒针刺我背,羞愧咬心,愧到自责。我明白,这个山乡的女娃渴求爱情的心像玻璃一样透明和容易破碎。她是带着纯洁和巨大的忠实爱上了韩廷富,那么认真和谨慎,任何一个怀疑,更不要说失去亲爱的廷富,对她而言,都是惊天动地。她的心里太疼太苦,压抑在肋骨间的私房话无处说也不能说,才如此责咒自己。她承受的委屈太多太沉重,所有不便说出的话都深埋在心中。哭吧,哭吧,等到明天甚至我们转身走后,她还要下地去劳动。她确是苦女子!倒是我,作为部队派来看望廷富亲人的代表,当然我也可以替韦升泉在他们面前,问心有愧地反省自己,我们对廷富的关爱是很不够的。严格地讲对他的病故负有难以推卸的责任。他抱病坚持上路执勤,不是一次两次,而是八次。连队干部不是不知道这些,虽然也劝过让他去治病,但只是敷衍塞责,更多的被他顽强的精神所折服,没有果断送他住院去治病。甚至在一些会议上的训话时还表扬他轻伤不下火线的美德。美德在这种时候则变成了一块顽固的可爱的遮羞布。和平年代作为爱兵干部没有必要让一个士兵身负重疾,用年轻的宝贵生命去兑现承诺。

我这一生都无法想到的事情,就在麻尼沟乡这个农家庄院里出其不意地发生了。是的,完全出乎我的预料,却仿佛在情理之中。这时,英莲突然站到我面前，问：

"同志哥，中国还有个叫英莲的姑娘，你该是知道吧？"

英莲？什么我知道这个英莲？可我真的一时想不起来哪里还有个英莲？

英莲逼问："你知道！识文断字的人能不知道英莲！"

可我真的不知道呀！看来她不想为难满脸茫然的我了，便轻声哼唱起来：

"九九那个艳阳天来呦，十八岁的哥哥呀细听我小英莲……"

噢！我突然明白，是她呀，《柳堡的故事》里的英莲！同时，我立刻想到了韩廷富抄在笔记本上的《九九艳阳天》。当时只认为那是小韩在借题发挥，抒发自己对爱情的向往而已，竟忽略电影里的那个叫英莲的姑娘。原来，意味深长呀！好个情种韩廷富！明白了，我马上跟着英莲唱起来：

九九那个艳阳天来呦，
十八岁的哥哥呀告诉小英莲……

二重唱。我只是低声唱——因为我明白，我不是主唱，此刻只是在扮演一个角色。英莲的唱声一直嘹亮着，而且越唱越亮。二重唱，原本是英莲和韩廷富对唱，可现在我却不得不阴错阳差地顶替了上来。显然英莲太激动了，她唱的那些我十分熟悉的歌词，近在咫尺，我却不能触及。她的歌声里有一些近乎绝望却又走向重生的凄美，一种凝聚着幽怨可又闪射着清亮的难舍，还有一种引发着的向往却分明已经远去而值得记忆的永恒。肯定是过于激动，她唱起歌来难免有时跑调或者忘词，甚至把词张冠李戴。这时我就放高一个或几个音阶，起个提词作用,她就会跟着流畅地唱下去。唱这样的歌应该拒绝所有的烦躁。唱完后,她已经泪流满面,含笑的眼泪!给我的感觉,她这一唱把失去的爱情又领回了家。其实,她明白,我也清楚,她爱情的翅膀已经断了,只是歌词还在。爱情已经无法挽回地远离了麻尼沟乡这个小英莲。她唱的只是《柳堡的故事》里那个小英莲的爱情。歌声既然唤不回爱情,那就带一腔思念吧,痛彻心肝的思念!廷富呀,英莲成了多愁善感的织女,你为什么做不了牛郎!

英莲侧着身子背对我望着院中枣树上那几颗未落净的虽然干瘪却依然饱满的枣出神,很久不语。她的眼里含满了故事,分明要说但牙齿紧紧地咬着不让它出唇。那是一个姑娘对爱情最初的含苞待放的最美的神态。这是一个表面柔弱内心坚强的姑娘,哪怕望她一眼,再硬心的男人也会丢盔弃甲溃不成军。这时我似乎才理解了韩廷富在生命的最后时刻为什么那么急切深情地惦记着她。他们的爱情已经成熟了,虽然一半青一半紫,紫也甜,放在唇边就化了!我很坦率地,可以说一句也没隐瞒地把韩廷富在病床上对她的思念,原原本本地转告给了她,包括廷富抄在笔记本上的那支歌《九九艳阳天》⋯⋯

歌声不老,不会老。

我拿出了韩廷富的那个笔记本。恰逢其时,并非事先的安排。生活就是如此精巧。

英莲接过笔记本,眼睛睁得大大的,喜出望外的惊愕。她翻阅又翻阅,说:"这个笔记本是我送给廷富的,他喜欢写日记,需要笔记本。"

停顿了一下,她接着说:"笔记上面的歌词也是我写的!"

"你写的?"我似乎没听见,或者说没听懂,只觉得头部"轰"一下,好像被什么东西触动了。但是绝不是要爆炸的那种感觉,而是葡萄成熟了,雪莲花已经开了的那种柔酥酥的很美丽的柔情感觉。我不得不这样问她。

"他唱一句,我就跟着唱一句。然后,他再唱一句,由我写下来一句。"

我再问:"你们为什么要唱这支歌,又为啥要记录下来?"

英莲答:"因为这支歌里也有个英莲。我说那个英莲不是我,廷富说那就是你呀,你看我不就是那个'这一去三年两载不回还'的班长吗?"

英莲说着又唱起来了:"九九那个艳阳天……"

这回我没有跟上她应和,只是任由她投入地唱。我完全能听得出,她回到了当初和廷富同唱这支歌的气氛里。犹如一匹脱缰的马,四蹄飞扬,任她驰骋。我也明白了,所谓初恋,不就是一再回到开端吗?或者说,一直地为自己重新找到开端。如果刚才她唱这支歌还有点打磕绊的话,那么现在她十分流利地唱着。我明白,她不是只唱给自己,因而唤醒的又岂止是千山?她那个亲爱的人就在歌里,廷富随着歌声来到了她身边。音乐可以消弭人们之间的距离。我一下子感到英莲好像成为我们部队的一名战友。我也恍惚感觉我步入现实的历史,步入那滞留在原地的美好岁月。

我百感交集!

韦升泉肯定如我这样想。我是说他对于英莲和廷富撕不断的爱情的认可,我们都有切肤之痛的透心理解,同情。心里有多痛,这种同情就有多深。不用说了。这时,韦升泉上前一步,把不知什么时候已经取出来拿在手上的那张照片递到英莲面前,颤颤巍巍地说:

"嫂子,这是廷富告别他一直舍不下的你之前,委托我们转交给你的一张照片!"

英莲含着热泪正要说什么时,升泉显然料到她会说什么,便抢先一步堵住了她的话,解释道:"我要叫你嫂子,必须叫你嫂子,因为今生我叫你嫂子的机会不会太多了。你不要拒绝,也不要问为什么。你已经和廷富领了结婚证,你就是军嫂了,我理应叫你嫂子!"

韦升泉说着不由自主地流出了热泪。他立正恭恭敬敬地给英莲敬了一个军礼。

英莲饱含泪水地接过照片,又要跪拜时,升泉赶紧扶起了她的身子,泪声连连地说:"嫂子,敬爱的嫂子,你一定要保重!保重!"

英莲顾不得抹去泪水,翻来覆去地在照片上找着,却不见廷富。她还在找……

当韦升泉指给她廷富的位置以后,她控制不住自己感情的奔流,终于放声大哭,大哭,边哭边说:

"廷富,你在哪里呀,为什么不让我看到你?我要见你,要见你!我夜里做梦都见到你回来了,今天你终于回到家了,却不照面!你好狠心呀,回到家了还不露面!你来得及死,却来不及爱我。我一切都准备好了,就让你好好地爱我,我也爱你!你不会狠心的,我知道你还像过去一样,是和我藏猫猫玩呢!你快出来,不要逗我了!我等你都熬得发心慌了!你快出来,让我好好看看你,哪怕看你一眼,就看一眼,我的心里也安然呀……"

英莲就这样像一位老人一样絮絮叨叨地说着,她不时地拍打着照片,有时声音急促,有时又很缓慢。没有人劝她,任她这么述说,这么痛哭。说吧,哭吧……

"廷富呀,你到哪里去了?为什么不回来看我一眼就走了……"

揪心地问,撕不断的刻骨铭心的悔恨的爱!

韩廷富,你在哪里?

听见英莲在呼唤你吗?

此刻,我浑身欲罢不能地涌腾着创作欲望。我再一次想到了我要创作的报告文学。这之前我一直在觅找落笔的开口，何为真正的爱情？真正的爱情何在？真爱爱在一个真，在真实的情感里，在失去所爱的人后撕肝裂肺的真情哭唤里！凌空摆腰的作秀姿态不是真，虚假的矫揉不是真。真并非十全十美，也不一定崇高，平平凡凡的淳朴细节往往流淌出一股可以催开冰凌花的清泉，英莲拍打着廷富恨怨他来得及死却来不及爱的呼怨，让我的心永远地疼颤！韩廷富在大难中逝去的生命，在大爱中凝聚的力量，在脉管里流淌的精神，呼唤着有良知有责任的作家用文学的形式，四方四正的汉字，一笔一画地书写出来。倘如我不能把韩廷富办了结婚登记却无法举行婚礼，以及他生命之光即将熄灭时渴望见到合法妻子却未能如愿这样凄美冷艳的故事写出来，不说别的，首先愧对王英莲给我唱了那支《九九艳阳天》的歌，愧对韩廷富让我千里路上为英莲转递的那张照片！我即使生出十只手也推卸不掉这份文学责任。生命中的任何色彩都有保鲜期，每个故事终将会成为历史。韩廷富和王英莲的爱情只成活了一半，但它比消失的那一半更疼痛。它肯定会走在越来越近的时光深处。

我们不能让它在岁月的流逝中积满尘埃。

那晚，我在麻尼沟乡昏暗的油灯下，展开了稿纸……

写到半夜，天上下起毛毛雨，接着又是雨夹雪。住笔，我踽踽独行在乡野尘土飞扬的小路上，鞋底沾满了湿湿的牛粪渣，脚步反而变轻快了。我喜欢这样的夜晚，有雨，有雪，还有风，都渗进泥土中了。雪渐渐变大，覆盖了所有真相，一切好像重生。我真的好喜欢这样静静的夜晚。远处有一座寺庙，茫茫雪夜闪烁着一排灯火，似乎还传来诵经声。不知为什么，我多想把自己变作一炷香，虔诚地献在佛前，很想对着那灯光说些什么……

## 草原藏香

从汽车抛锚在藏北草原的那一刻，以至五十多年后到今天我回忆起来，始终认为那个夜晚是我人生中最黑暗也最郁闷的一夜，当然也是我温馨地享受藏汉民族深情厚爱的一夜。如果用伸手不见五指来形容那晚的漆黑和阴森，显然太轻描淡写了。我和助手昝义成共同的感觉是，我们掉进了深不见底的井里，成为随时都可能漂走或沉没的浮在水面的木桶。嵌进骨髓里的可怕、孤独把我们逼到黑暗的深处，绝望的境地。或者更确切地说，我们的身体也仿佛变成了黑夜的一部分。当时我已经从驾驶室下来站在了汽车保险杠前，什么也看不见，但是我莫名其妙地感到我离天很近，所以我多想用指头在夜幕上戳个洞让太阳光射进来。没有太阳钻进来有几颗星星也行啊！

我们要干活呀，坏了的汽车需要修理！

偏偏又是车灯坏了，无月无星无车灯，怎么修车……

那天，我们从拉萨出发赶回西宁时，已经是后午两点多钟了。原计划是次日清晨回驻地，我和助手为了赶到驻地执行另一次运输任务，就提前颠了。生活中发生的所有事与愿违的事几乎都是突然袭来的。我驾驶汽车赶路行驶到藏北草原不久，车灯就莫名其妙地坏了。当时大约是深夜一点钟，无村无店，夜色浓重得仿佛刺刀也戳不出一点火星来。四周是黑洞洞的深渊，我们的眼睛完全失去了功能，车和人整个地被夜色淹没。那条延展在汽车前后的青藏公路也随着车灯的熄灭匆匆远去。

我们还得候车，必须候车！

藏北夜晚的这一刻，变成了一部厚厚的无字的书。世界仿佛不存在，也没有了时间的概念。我们要创造新的故事，因为夜色里有两个醒着的军人！

我对昝说：拿扳手来，咱们把灯修好！

他递过来的却是钳子。

我又说，给我电线。他回应：摸遍了工具箱都摸不到。

黑夜不仅使时间变得漫长，也让人的思维错乱！

我索性自己在工具箱里摸揣着我需要的一切。我想，哪怕能摸出一颗星星也好！我确实有一种本能的感觉，我的指尖能把黎明牵出来，让它突然出现在这藏北夜色浓浓的时候……

她就是在这时候出现的——藏族姑娘卓玛。

我是在闻到一股淡淡的无法抹掉的幽香之后看到她的。确实淡淡的。有的时候正因为淡，才无法轻看它！她那温和宁静的身影虽然融在夜色里，我却能感觉出，她的眼神远远地将生命的甘露射向我们冰冷的心田。

那是几点晃动的微光，有时又晃成了一个点。不是火，也不像灯。如米粒般微光。微吗？又很倔强，夜色始终没有吞没它。它坐在夜的皮肤上，很不示弱地将微光展示给藏北。乍看一眼，很像饥饿的果子，多瞅一会儿，心就被它烘暖。那是拯救饥饿的圣火！我们对它，不，首先是它对我们饱含着激励和爱意。我捅了捅昝：

"不要惊动它，多看一会儿！"

"别出声，让它走近我们！"昝的声音很小。

我俩暂时停下手中要干的活儿，毫不夸张地说每一个毛细孔都怀着既是惊讶又不是特别疑惑的温暖心情，瞭望着不远处，那一束犹如蔷薇花似的静静开放着的光点。向往的喜悦使我心头的倦意渐渐消失。

天在夜里，山在雾里，光在夜行人的心里。

藏北夜的精灵，魂的眼泪……

我突然有了一种愿望，索性把自己融入夜色的血管里——我深信藏北的大地会有血管，那微光就是它流动的血液——甩掉身上的压抑、寒冷和疲倦。让这纯净的微光把心儿洗净。

是的，正是这点离我们渐行渐近的光亮，打扫了黑沉沉的夜色。

我做梦都没有想到的是，那束微光在快要逼近我们的一瞬间，竟然发出了声音："金雕来了要找窝，金珠玛米来了要歇脚。你们为什么宁愿在山里挨冻，却不进藏家的帐篷去暖暖身子？"

女孩的声音，带着草尖上露珠和太阳暖色的柔美声音。绝不是隔山架岭，她分明就在我们眼前。虽然她并没有现身，声音仍然来自那一豆微光。坦率地说，这是一个我们无论如何没有预料到的结果，会有女孩来请困在山野的我们到她的帐篷里歇脚。我一时手忙脚乱，竟然不知对她说些什么。昝毕竟是我的助手，他知道这时候自己该有事情做了，便迎上去说：

"谢谢姑娘的好心好意，我们的军车坏了，需要在这里修好。麻烦你借一盏灯给我们照亮，你的帐篷我们就不便进去了！"

姑娘执意让我们到她帐篷里去歇脚，她说："修车可以等到天亮出来太阳的时候，这么冷的天气，荒天野地你们要挨冻的！帐篷里就是家，先暖和了你们的手脚，再暖和你们心。还是进家吧！"

这番话吐露得好忠恳！说毕她自报家门："我叫卓玛，是阿妈让我出来请你们到帐篷里去歇脚。她知道是金珠玛米的车才让我出来请你们的！"

　　善良最能抹去人心的距离。会说话的卓玛打动了我和昝的心，我俩不约而同地不由自主地上前一步，要细细看看这个姑娘的脸蛋。藏家人有这样的俗话："善解人意的姑娘最漂亮，漂亮姑娘总是把自己的热心肠挂在红红的脸蛋上。"这样漆黑的夜晚，我当然看不清卓玛的脸蛋了，但是我却清楚地看见她手里捧着一束正点燃着的藏香。点点火星，明明灭灭，喷吐着浓浓淡淡的扑鼻香气。她的脸庞在藏香的映照下，显露着明明暗暗的被高原风雪镀得岩石般的光，一束束编扎得精密、细小的辫子修剪着她的脸蛋，使她显得羞涩也越发美丽。让人欲看不能，舍之不忍。啊，好一朵藏北深山的格桑花！卓玛，你是用花擦亮了脸蛋的姑娘！藏北的小溪，清澈见底又深藏不露！

　　我逮住了卓玛在谈话中透露的这样一个细节：她说是她的阿妈让她出来请我们这两个金珠玛米到帐篷里去歇脚。这使我好生奇怪，黑沉沉的深夜，老人又没有出门，她怎么会知道是金珠玛米的车？

　　卓玛回答我："阿妈是我们藏村里人人都尊敬的智慧又善良的老人。她虽然双目失明，可是她的耳朵很灵敏。不能眼观六路，却可以耳听八方。她长年坐在地铺上，手里捻着佛珠，安静地听着帐篷外公路上的各种声音，动物跑过，行人走过，汽车碾过，甚至就连风儿吹过……她都能分辨得很清楚。特别是对金珠玛米的汽车声音辨得最清，司机一摁喇叭，她就知道是亲人的汽车开过来了！"

　　"怎么一听喇叭的声音，就能辨别出是金珠玛米来了？"

　　"军车司机过藏村时，车子开得很慢，摁喇叭总是轻轻地，绝不会狠摁不放。特别是在夜晚，他们的汽车更是像吹了一阵轻风一样过藏村，怕惊扰了牧民的睡梦！"

　　我深情万种地看着手捧藏香站在面前的卓玛姑娘，心里涌满着激动和爱怜之情。对她，更多的是对我还没有谋面的她的阿妈的感恩，钦佩。藏北草原是那样辽阔，远方仍然有夜幕笼罩，星月也没有钻出云层，可是我已闻到了迎面扑来的亲人的气息和温馨。有人说，有时一棵草就是一片草原，也许这棵草尖上的露珠还带着没有褪净的苦涩，但毕竟让我尝到了清凉。我当然很愿意走进帐篷去歇脚，尤其想给热爱着金珠玛米的老阿妈行一个正规的军礼。但是军情在身的我们无暇兑现这个心愿，只有待来日再回拜慈善的老人家了。我对卓玛姑娘说：

"我还是那个请求，借一盏油灯，就是你们藏家的酥油灯，给我们照明，让我们好修好汽车赶路！"

卓玛竟然那么固执，说："酥油灯就不必借了，我再燃起一束藏香，照着你们修车。你要知道两束或者三束藏香的光亮会像酥油灯一样明亮！"

为什么非要用藏香照亮呢？

卓玛这样回答我："阿妈这大半生都是这么坚信不改，她认为藏家人迎接尊贵的客人，就像进寺庙朝佛拜神一样敬重。我们请回来的藏香只有进寺庙时才用。对于心中的活菩萨金珠玛米当然也不例外！"

一片温暖的祥云在藏北的寒夜里升起，我和助手麻利地借着卓玛手中藏香的微光，修理抛锚的汽车。也许我们依旧看不大清楚一些东西，但是因为我们的手指尖上长了特殊的眼睛，特别是我们的心里装上了阿妈赠送的"酥油灯"，很快就整修好了汽车。告别卓玛，上路了。我要收藏这淡淡的藏香味，就像收藏月亮的清辉和太阳的明媚。我当然也会留一些激情，去点燃那些遥远的或在身边的仍然沉浸在雾霾中的星星！

# 神女泉

牧民追着羊群游走了，草坡上留下了两顶黑帐篷。它不在坡顶也不在坡根，而是在坡顶靠下一点的一个山阶上。那独特的地理位置浓缩了山坡的一个侧面。一条无名小溪铺展着，无声，平静。唯远处天边一朵白云，静谧地移动着，也许千百年前它就如此宁静地移动着。如果找个恰当的位置透视，那朵白云就好像成了特意在两顶帐篷中间装饰的一朵花。一圈密密麻麻的石块，不规则地码砌着它的围墙，石缝间偶尔蓬勃出一丛也许是苔藓也许是梭梭草之类的植被。

两顶黑帐篷孤独却不寂寞。太阳落了月亮照着它，春天的草谢了冬雪伴随它。它包藏着一个新诞生的藏村的雏形，还有一个初建的军人之家苦涩而甜蜜的历程。

黑帐篷是藏地很普遍的民居建筑，俗称牦牛帐篷。它有相当久远的历史，据记载出现在人类住洞穴时代。最初它是以树枝和兽皮做简单掩体搭建而成。随着畜牧业的发展，牦牛的数量不断增加，牧民便用牛毛编织为主营建适合游牧生活特点的民居。建构黑帐篷所需的木材不多，只有三件木质材料，即梁、柱子与木橛，主要用料是牛毛。一般用五根或六根牛毛线编成扁平状毛绳毡，将其缝合在一起，再用六根牦牛绳子牵拉起来，即成帐篷。相当结实。转场游牧时，将帐篷一卷让牦牛驮着游走四方。黑帐篷给生活在严寒极地世界中的藏族牧人，赐予了极大恩惠。不管是风霜雨雪的日子，还是风狂日暴的天气，它总是以看似柔弱的身躯遮挡风寒，为牧人营造一个温馨舒适的家。

此时，我们看到的这两顶具有青藏高原牧区特色的黑帐篷，是在长江源头，即沱沱河兵站后面的草坡上。如果那是牧民的住家，我见的多了，多次走进去双手接过了阿妈递来的酥油茶，一仰脖子，抿得吱噜响。不，恰恰不是这样。这两顶黑帐篷是两位军人的婚房。军人，又是汉族？雪山的影子重叠着影子，牦牛绳帐篷却不是虚构的故事。转身，一个姑娘和她的妹妹转身，把爱情留在了长江源头。迎面而笑，展现各自遥远的相爱，在年轻的心田筑起爱的堤坝。

从黎明就飘起六月雪的这个早晨，站在昆仑山下格尔木转盘路口的女人是你吗？童玉梅。你的身体依附着你的魂，三年前就定格在长江源头那个只有十八个兵的沱沱河兵站了。今天你站在这个东到西宁、南上拉萨、北通敦煌的转盘路口，等候顺路的便车返回长江源头属于你的那间婚房——黑帐篷。"沙沙沙"飘落的雪把这个早晨洗白，西行上山的汽车明显比往日稀少了许多。你一次又一次举起手臂拦车，却没有一个司机停车。你并不是一个人搭车，身后还站着一个姑娘。两个人捎脚，落雪的天气在这高海拔空气稀薄的路上行车，哪个司机不提心吊胆！

我没猜错的话，这个姑娘是你的妹妹，而且我知道她的名字，童玉娟。昨天我到格尔木一落脚，就听到了你们姐妹俩的故事，它就像长了翅膀似的到处飞传，都是纯洁美丽的赞扬，当然也难免有几声缥缈的嘈杂。很快，玉娟就不仅是你的妹妹，还是和你同住沱沱河兵站小院里的军嫂了。她要改口叫你嫂子了，是这样吗？她大概还要在你的那间婚房里住几天，适应一下高原的气候、环境，才由你当伴娘护送到另一间婚房。玉娟的老公和你那位是称兄道弟的亲密战友，一个是排长，另一个是副排长。这样你俩也就顺理成章地成为亲密妯娌了。世界怎么变得这么窄小，而且美好，奇妙！

从亲姐妹到亲密妯娌，这中间有多大的跨越！

如果那年盛夏她不随舅舅到昆仑山下来观光，说是观光，其实是避暑。八百里秦川的气温已经达到了三十八摄氏度，还在往上攀升。可是昆仑山下，嗖嗖的北风中还夹杂着冷着面孔的雪片。"退一步说，我虽然到了昆仑山下，如果不遇到张志群，那么我的人生肯定就不会是今天这个样子。会是什么样子呢？谁知道！"童玉梅说这番话时，眼眸子亮亮的，你一时弄不清她是看山还是看河，那眼神就像一只不再飞翔的蝴蝶。人呀，多会儿都是这样，说的话，永远没有想说的多。

人一生都走在路上，每天在忙忙碌碌地赶路，常常看不清擦肩而过的别人的面容，有时连自己也看不清。唯其这样，人总是不断地放弃，又不断燃起希望之火。

舅舅是驻扎在昆仑山下格尔木某汽车团副营长，肩上的军衔一杠三星，好靓丽。在他的眼里，全天下没有一个地方能与青藏高原媲美。那里的蓝天像镜子一样能照见你的头影，用那里的泉水洗脸可以退去你眼角的雀斑，望一眼那里山巅的六月积雪，你立马洁净得能融进雪里。你相信这些比喻是出自那位撂下镢头扛起枪的大老粗舅舅的口吗？千真万确是他！难怪有人说昆仑山的水土能长出诗画能养育诗人，敢情没错！那年舅舅回西宁探亲，他简直成了传播昆仑山美景的义务宣传员。随身带着他用傻瓜照相机拍下的那一摞高原风光照片，见了人管人家情愿还是不情愿，就摆放出来叨叨个没完。每张照片都带着他早就准备好的一个新鲜故事：不冻泉是当年文成公主进藏时思乡的眼泪滴成的一口泉；格尔木河的源头瑶池是远古时期统治青藏高原的西王母会见周穆王的地方；还有"青藏公路之父"慕生忠将军，在白蛇娘子盗灵芝的崖下修架起了昆仑桥的故事……舅舅是看图讲故事的高手，那些本来平面的照片经他讲的故事一点燃，全都放射出了生命，活跃起来了。很抓人心。末了，他还总少不了这么客气几句："我是个业余摄影爱好者，手中的傻瓜照相机拍的这些片子上不了档次，如果有数码相机的话，效果会更好。当然，你们如果能有机会去看看真实的昆仑山，那才叫真正嘹咋咧的美山呢！"

童玉梅就是这样被吸引来到了昆仑山。当时她刚从一个中专学校毕业，在家闲待着，上高原观光旅游不单是打发时光，还会开阔眼界呀！世界这么大，并不是你的故乡才有最美的风景！

凡是舅舅说到的那些风景点，玉梅都"贪得无厌"地看了一遍，而且留影存念。有的景点她还看了两遍，比如昆仑神泉，那清冽冽的水总是日夜不停地咕噜咕噜冒着，却不往外溢出一滴。神了！她第一次去没看够，第二次又去特地从泉里灌了一瓶水，要带回西安长久留念。舅舅说的，神水能治百病！昆仑山大自然的情韵，天的高远，山的纯净，滋养、丰富着关中年轻姑娘的胸怀。当然，还是高原人，尤其是那些外表质朴甚至有些木讷、内心却很灵美的战士，无法拦挡地走进了姑娘的视野，弥漫在她的心间。他们一个个像茅盾笔下的那些高原上的白杨树，长在雪山下，城里的大厦也高不过他们的肩……

张志群点燃了玉梅的心火，顺便把爱情也带来了！

张是舅舅所在营的一位排长，常年带领一个排的车队驻扎在沱沱河兵站，为可可西里自然保护区以及西藏执行后勤保障运输任务。最初，玉梅并没有怎么留意他，那实在是一个朴实得不能再朴实、简单得无法再简单的高原大兵。他的话语永远是那么少，不轻易承诺什么，也不随便索取。事情往往就是这样，复杂的复杂叫轻取，简单的简单叫感动。你一旦和寡言少语的张志群搭上了话,对了胃口,尤其看他开车或摆弄开车的那一套熟练甚至带着表演的技术,就再也不会忘记他了。他的智慧和才华似乎在他的双手上才可以大放光芒。这时候你也许会感到,他的光芒或许因为他的过于质朴有时或多或少略显黯淡。这无大碍,他就是这么一个人,你把他的行动当成他的发言就足够了!

一次,他从沱沱河兵站回到格尔木给团部汇报工作,完毕,正逢周末他便到家属院看望营长,玉梅正好在舅舅家,她坐在一旁一边看书一边时不时听他们聊天。开始她并没有太在意他们的谈话,汽车部队的那些事关她什么痛痒。后来她听到他们并不是在谈工作,而是一会儿东家一会儿西邻地侃家常,甚至扯起了团部一位参谋的老婆生了一对龙凤胎,把那些光播种不抱蛋的军官和妻子眼馋得鼻孔里都流口水了!玉梅想,原来军营里的男子汉也有家长里短,好新鲜!于是她便把手中的书一合,腾出双手撑在下巴上,听他俩聊军营中那些她平时难得听到的趣事。舅舅见外甥女对他们的聊天有了兴趣,便有意无心地把话题引到了张志群身上:

"玉梅呀,你别看这个张志群的样子长得像个庄稼汉,矮墩墩的个头,黑黑的脸膛,走起路像台压榨机。可是他外粗内秀,是我们团为数不多的一级技术能手。他当驾驶员时安全行车 12 万公里。那辆笨重的从德国进口的'大依发'牌汽车,到了他手里变得可轻巧了。爬雪山,蹚冰河,过险桥,从来都是他在前面探路开道,后面的车队跟着他蹚出来的路走。没错,不会出半点麻达!"

玉梅心想,他张志群是个开车的,不把汽车摆弄好,怎么能当上排长!当然啦,他这个排长肯定很出色,要不营长能当着一个生人的面那么起劲地夸他吗?玉梅只是这么想着,又打开书,把视线埋进了那一行行密密的小字中了。

场面一时变得冷清。倒是玉梅有点按捺不住了，抬起头冲着舅舅无话找话地说了一句客套话："人家张排长登门看望你，上午还不改善伙食招待客人！"

不能排除这个提醒也许带有逐客令的意思。没想到舅妈在内室接上话茬了："吃饭的事，玉梅不用操心，十一点钟到望柳庄饭庄就餐，预定好了。玉梅，到时咱们都去！"

原来人家早有准备啊！

舅舅又把话题引到了张志群身上："玉梅，你们女娃娃绣花难不难？当然难！可是要当好一个称职的汽车驾驶员，没有姑娘绣花那细致耐心和精密技巧，是很难在世界屋脊上开好汽车的！"

听得出，舅舅是在无话找话。哪跟哪呀，绣花，开车？

玉梅呢，怎么也变傻啦，竟然跟着舅舅无话找话地问了一句："男子汉大丈夫，绣花？那就让他提针穿线绣一朵花，让大家见识见识！"

舅舅笑了："我是打个比方嘛！你真要让他绣花，那可就难为他了！"他一转话题："这样吧，今日下午志群在礼堂给全团今年从汽车教导营毕业的新驾驶员上技术课，讲在高原怎样开车和保养车，到时候你列席去听听！"

玉梅没有吭声。实际情况是，那天她没有去听张志群讲课，但是她很后悔没有去。为什么没有去，又为什么后悔，她自己也说不清楚。直到后来，她成了张志群的妻子，仍然后悔失去了在那样一个数百名军人大会上一睹志群风采的机会！

爱情从开始孕育到最终结果，总是有着长长短短的距离，最幸福的事莫过于明明是在爱情的过程中忙碌，自己却不知道。

舅舅和舅妈的良苦用心渐渐浮出水面：他们要牵针引线让外甥女与张志群喜结连理。捅破这层窗户纸，是在发生了这样一件事之后：

那天，玉梅从路边的小摊上买了一小碗凉皮，滋溜带响地填到了肚子里。好久没吃家乡这档小吃了，一碗不解馋，又要了一碗。夜里她就闹起了肚子，谁让她贪吃嘴馋！舅舅到西宁办事未归，就舅妈一个人陪伴她，舅妈还要管她的表弟，顾了这头丢了那头，一个人总不能劈两半吧！这时玉梅想起了张志群，他来格尔木学习，住在招待所。她便对舅妈说，你给志群打个电话，让他帮个忙送我到医院。舅妈想了想说："玉梅，你听舅妈的一句话，这个电话你打比我打管用，不信你试试！"玉梅没有犹豫，按照舅妈说的电话号码拨了过去，志群跟声就过来了。给她找出租车，背着她上车下车，到医院挂号、就诊，陪着她输液。忙完后又送她回到住处。这时已经是凌晨两点多了。玉梅心里很过意不去，但不知为什么她没有说更多感谢的话，只告诉他，以后需要我帮忙的事，只管开口就是了。张志群憨憨地一笑："我一个身强力壮的大小伙子，吃穿部队都包揽着，你就放心好了！"说罢，志群伸出手，玉梅稍微迟疑了一下，才把手伸了过去。

在玉梅被张志群背着出出进进于医院、宿舍之间时，她感到那真是战士的肩膀，坚实而温暖。她真想永远靠着这副肩膀去开拓自己的人生之路！她还想把从门前流过的那条格尔木河的水揣在怀里，让自己在昆仑山下度过的这个夏天再高远一些！

抓在手里的阳光不能放开，姑娘的心已经被一个兵带到了远方……

800多里外的沱沱河到底是什么样儿，童玉梅实在想象不出来。但是她知道那儿海拔4600多米，空气中严重缺氧，天气寒冷，一年四季人都得穿棉衣。她还知道那里有个兵站，有个叫张志群的排长带着一队汽车兵忙忙碌碌地执行给西藏运送物资的任务。那么一个粗粗壮壮、有宽厚结实肩膀的年轻军官……牵去了姑娘的心，她希望有更多的机会和他在一起。当然她不是想让他背着自己进医院，她再也不愿意到医院去了，在高原上得病的滋味她算是受够了。那天要不是他背着她跑跑颠颠地找医生看病，她真不知道怎么熬过那个痛苦的黎明……那副肩膀实在太让她向往了。靠着那副肩听他讲沱沱河军人的故事，她是听不够的。因为她相信发生在那里的每一个故事都会与他有关，甚至他就是故事的主人公。不是吗？谁让他是排长呢？排长就是兵的头头嘛……

可是，格尔木离沱沱河太远，800多里，踮起脚尖也望不着呀！

也许张志群把玉梅姑娘也放在了心上，他常常在节假日请假到格尔木来，看望战友。每次都要去营长家串门，说是汇报请示工作，其实是去看望玉梅。玉梅傻呀，难道她能看不出来志群是冲着她来营长家的！起码有一半心思是为她而来。有时志群邀上几个战友在昆仑小吃店聚餐，也要通过"曲线救国"把玉梅叫上一起参加。战友们都心知肚明，乐于当这种"隐形红娘"。随着见面次数的增多，一种在汽车排长身上熏染过的汽油味，在长安姑娘身上渐渐密集。他跟她或她跟他搭话的机会多了，话角也密了。原本少言少语的张志群在童玉梅面前竟然变得能说善道，玉梅也少了往日的羞涩，提出一些她想知道的关于沱沱河的事情。有意思的是双方提出的一些话题有时明明是"没话找话"，可对方还总是有问必有答，答必引起提问人的兴趣。

这天，张志群终于搜肠刮肚地找了个文绉绉的词儿，作为对话的开始：

"你可不知道，长江源头的蓝天透亮得像能照人的镜子！"

玉梅差点笑出声来，舅舅回西安探亲时不也是这么说的吗？看来高原上的军人都背熟了同样的词儿夸赞他们的高原呢！不过，她还是接上志群的话说：

"我真想到那儿去照照自己！"

"你可别去，千万别去！把你照到天上成了仙女，人间少了个美女，营长会找我算账的。"

玉梅爱听这话,笑笑,没吭声。没想到,志群马上口气一转,坏坏地说:"其实,那面蓝天镜子有时还能把美女照成丑女,万一这丑女轮到你头上,营长这回就不是找我算账了,他会建议上级开除我军籍的!"

玉梅真想伸手打志群一把,只是她现在还没有这个勇气。

张志群马上又说:"长江源头的云彩白得耀人眼睛!"

玉梅:"我要采一朵白云回来插在花瓶里!"

"白云插到花瓶里它就变成水了!"

"那我就把这瓶水倒回沱沱河去!"

……

这种看似"无话找话"的对白,其实是他们最想说的话。一切仿佛都很平静,可是各自的心里沸腾着波涛,波涛难平却不能溢出来。谁也不去说出那句对方盼着听到的话。时候不到?

一次聊天中,志群说兵屋里整天都很寂寞,特别是到了节假日闲得人心里涩慌涩慌的,总想找个人说说心里话,没有人呀!玉梅听着一声也不吭……

什么都想说,什么话也出不了口。这大概就是爱情发芽的时候吧。索性什么也不说,有人知道我……

就在这时候,母亲从西安给玉梅来了一封信。这封信是射来的"横炮"吗?先别下结论。来信要玉梅回西安,说是在城里给她说了个对象,是个转业军人,人挺实诚的,让她瞧瞧去。妈妈在信上特别说了这样一段话:老大不小的女子了,该成个家了。不能成天嘻嘻哈哈东跑西颠的不着家,总让老人为你操心!这回如果合适就把证领了。

瞧这当妈的,八字还没一撇呢,就领证!

玉梅丝毫没有违背妈妈的意思,但是她觉得这件事不应该瞒着张志群。她把一切如实告诉了志群。之后她望着志群，看他啥反应。停了许久，志群才说：

"你要是回去结婚了，我们还是朋友，别忘了我就行。以后我从高原回家探亲路过西安，也有个落脚的地方。我爱吃陕西的臊子面，你就端一碗臊子面招待我！"

玉梅显然很不满意志群说这样敷衍的话："男子汉大丈夫，说的婆姨话！"说着便拿出两张早就准备好的自己在不同时期拍下的照片，送给了他："想我了你就看看，如果不想我，你就把它退还给我！"

说罢，她转过身，给了志群一个脊背，却没有走开。她还生志群的气呢！为什么提着灯盏走夜道！傻呀！

志群怎能不明白，他一步走上前，站在玉梅对面，说："这两张照片我不会退给你的……"

玉梅回到西安后没有见那个转业军人，既然心里已经装上了所爱的人，她就不愿意再打扰那个小伙子平静的生活了。她站在盘腿坐在沙发上的母亲面前，拽着老人家的手，给她讲了那条盘绕在世界屋脊上的青藏公路多么重要，讲了志群带着汽车兵在那条公路上跑车的艰苦生活，甚至把志群给几百名战士讲汽车技术课她没去听课，后来找到实况录像看到志群站在讲台上的帅气风采都给母亲复述了一遍。还能说什么呢，女儿的心里已经被她所爱的人占领了！但是妈妈还是把自己的担忧说了出来：

"梅儿，你找什么人陪伴你终生你自己决定，我和你爸都不会包办婚姻的。但是老人的担心你也应该理解，结婚这件事毕竟不是捏泥娃娃玩耍的事。志群是个军人，我们都相信他的人品不会错，可是你不能不想到他在那么远的地方当兵，你们结婚后会有许多困难。你总不能跟着他常年生活在沱沱河吧！"

妈妈说出的这番话，在玉梅的预料之中。她的回答也是早就想好的："志群他们当兵到了艰苦的青藏高原，一干就十年八年，有的甚至是更长的时间。他们把一生中最美好的青春年华献给了边疆，为的是谁呀？还不是为了我们这些人过上安宁生活？"

妈妈："这些道理妈都懂！我是为你着想！"

玉梅接着说："妈妈，你知道吗？他们身在高原，没有条件谈女朋友。不少女孩一听说他们在高原当兵，吓得直吐舌头！妈妈，你应该记得我舅舅的事吧，他当时都快三十岁了，还没有对象。谈一个吹一个，人家都叫他'吹灯连长'！要不是我现在的舅妈站出来主动跟着他上高原，保不准他现在还是'吹灯营长'呢！高原军人应该享受爱情的幸福，他们值得姑娘们去爱！"

妈妈真的没有想到，女儿今天抬出她弟弟当年找不到女朋友的事，把她在这儿挡住了！作为大姐，她这一辈子都要感激弟媳妇，要不是她当初不顾别人的反对勇敢地来到她家，指不定弟弟这个"吹灯连长"还要当多久呢！此刻，妈妈突然觉得她的玉梅姑娘长大了，明事理了，成熟了！女儿成熟了！女儿的懂事让母亲顿觉自己的狭隘，可不是吗？我为什么不能像女儿那样去认识孩子的爱情？如果不那样，常常就可能错失生活中最鲜活的爱情，就在我们的眼皮底下！

回到西安短短的20天里，玉梅收到了张志群从沱沱河寄来的三封信，信上说，春天到了，繁忙的运输开始，西藏需要大量的物资，汽车兵展示本领的时候到来了！他们的车轮白天黑夜追太阳赶星星地忙碌转动着。信上还说，战友们好不容易盼来的休息日聚会时，总会提到玉梅。都说少了玉梅聚会也不热闹了，希望她早日重返高原。玉梅看罢信，暗笑，心里对自己说，你个张志群还真会拐弯抹角，自己有心事不直说，拿着战友们当挡箭牌。小心点，看我回去揭发你！

说话算数。玉梅真的又回到了格尔木,时间是1998年春节过后不久。一个月后她就和张志群办理了结婚登记手续。他们的婚礼是在汽车团家属院食堂办的。几张饭桌并起成为招待来客的席座,每人面前摆一盘柴达木自产的枸杞子代替了水果点心。由志群的同乡战友、被人嬉称"吹灯红娘"刘大个,介绍这对小夫妻恋爱经过,成为整个婚礼最让人期待的点睛之笔,雷鸣般的掌声和嬉笑声几乎能把食堂的茅草顶篷掀翻!

从结婚之日起,童玉梅就萌生了一个无法遏制的想法,跟上志群去一趟沱沱河。她要亲眼看看志群他们怎样在那个艰苦的地方生活和工作。还用说吗,现在成了他的妻子,就应该到那里去体验体验,夫妻同苦同乐嘛!自己年轻轻的,不吃一番苦那才叫虚度年华呢!可是志群总是不松口,心疼她,不让她上山。她故意刺激丈夫:"你就这么心甘情愿十天半月下一回山见见我,过这种牛郎织女生活?"志群笑笑:"你不是现在有情况嘛,等孩子出生后,你差不多也适应高原生活了,再考虑上山。"

玉梅没言声,轻轻摸摸腹部,自语:瞧你这小人儿,还没出世就挡住了娘上山的道,娘记住这笔账,以后要算的!

直到2000年8月,他们的儿子张玮晨已经两岁了,玉梅才带着儿子,花了400元钱坐上一辆桑塔纳出租车到了沱沱河。儿子想见爸爸,妻子想见丈夫,一坐上车他们的心就飞到了山上。可是,踏上了上山的路后玉梅却是喜忧参半,喜的是她可以和志群在一起了,忧的是儿子的高山反应太严重,这让她实在揪心!离开格尔木上路不久,玮晨就哭叫着头疼,到了昆仑山上他的头疼加剧,上吐下泻,整得司机时不时就得停下车。在青藏公路上跑车的不少司机都学得油嘴滑舌,爱取闹,尤其是对乘车的女同志,荤的素的都说得出口,但没什么歹意。

这位显然也是爱凑热闹的角色,说:大妹子,你这是何苦呢!想老公了,打个电话或捎个话,让他下一趟山,他巴不得长上翅膀飞到你身边呢。这不啥问题都解决了!儿子的命要紧呀!玉梅无心辩解,只敷衍了一句:大兄弟,你就别闹了,是我想上一趟山。没想到让娃儿遭这么大的罪!司机不吭声了,只想着把车开得快些,还要尽量稳当点。

车过可可西里,玮晨的头疼到了难以忍受的程度,在哭叫了一阵子后,他不言声了,只是蔫头耷脑地躺在玉梅怀里,身子不时地抽搐一下。玉梅焦急得鼻梁上渗了一层汗粒,心都快崩出胸膛了。她不时用手摸摸娃儿的鼻子,试试他的呼吸。还不时将自己的脸贴紧孩子的额头,恨不得让儿子的痛苦一下子全传到自己身上。没想到她自己的头也不争气地疼了起来,像针尖戳似的,一阵一阵的疼。真是的,这个时候仿佛所有的人都逃脱不了高山反应的袭扰!

司机停下了,该他显灵了。他常年在青藏公路上跑车,这样的高山反应他见多了!他便给玉梅递过了宽心话:大妹子,别着急,初来乍到上高原的人谁都要过这一关,孩子只是缺氧头疼,过会儿总会好些。说着他一把方向,把车靠边停下,拿出一块毛巾,从五夹仓桶里倒些水蘸湿,让玉梅敷在娃儿的额上。这样做能有多大作用,他也不知道,反正这一手他常用。玉梅照着做了,孩子果然安静了些。想想也是,湿漉漉的毛巾放在滚烫的额头,降温,能不舒服吗?

司机快速开车,提前半小时到了沱沱河兵站。停车,他对玉梅说:嫂子,到了,快喊大哥出来迎接你娘儿俩。玉梅听了心中暗笑,他一路上大妹子大妹子的叫着,到站了才舍得喊了声嫂子!她正要喊着丈夫出来接娃儿,只见志群和一帮战友已经迎上来了。奇怪的是,一直闭着眼睛的玮晨这时意外地睁开眼睛,奶声奶气地叫了一声"爸爸!"就向志群扑过去。

孩子的高山反应来得猛也去得快,小玮晨很快就适应了山上的气候和环境。他好了伤疤忘了疼,竟然天不怕地不怕地在山上跑来颠去地玩得好快乐!

玉梅上山的第二天就对兵站后面半坡上的一棵树产生了极大兴趣。说来好奇怪,在这个树丛草木从不落户的地方,却孤零零长着一棵树。树身不高,树叶奇异,两种叶子。树干上半部为杨树的叶子,椭圆形;下半部有一部分叶子像红柳的叶子,刀尖形。一树长两叶,实属罕见。玉梅问志群,这树是咋回事,杨树不像杨树,红柳不是红柳,奇了怪啦!算哪一家客?志群说,管它哪家客哪门亲,它在这地方能给咱这些大兵长活一棵树,让我们的眼里飘来一丝绿色,我们就给天老爷地菩萨叩头作揖!其实它长起来可不容易了,那全是我们副排长龚顺祥的功劳。这样吧,我让他给你讲讲这棵树在沱沱河落地生根的经过,你也开开眼界!

世上任何事情都有它的来源、现场、去向。这棵奇异的树是怎样落户沱沱河的?

那天是个汽车兵难得遇到的没有出车的日子,志群把玉梅领到连队棋牌室一角一个桌前落座,对早就等候在那里的龚顺祥说,你嫂子对咱们高原军营的什么事都好奇,你今天先给她讲讲种树的事,其他的故事之后慢慢说,有的是时间。

顺祥见了玉梅还有点害羞,脸都红了,他站起来很客气地问玉梅:"嫂子,上山这些天还习惯吧?"

玉梅按着他的胳膊让他坐下,说:"这不已经来了快十天了吗,好多了!开始几天真受罪,端起饭碗吃不了几口就反胃,想吐。夜里睡觉尽做噩梦。走起路来头重脚轻,直打晃。"

顺祥听了笑笑,说:"这就叫高山反应。不要说人,在我们这里种树,连树也有高山反应。"

顺祥说着指指窗外，玉梅看见了那棵奇异的树。

当时满山遍野都是还来不及融化的积雪，一片白皑皑的雪原连着天。正是那棵长在山坡上的奇异的树，使积雪的山野睁开了眼睛。这样的树，怎能没故事？在它的头顶，天空更蓝，更干净……

那年七月，龚顺祥从内地探亲返回沱沱河路过格尔木时，正是这个高原新城的人们挖坑种树的时节——不用奇怪，昆仑山下的六月天空还飘着雪花。七月，才是这里真正意义上春天的门槛。当时，顺祥看见那些嫩鲜鲜的树苗，他按捺不住心头的诱惑，就买下了十棵杨树苗。买下树苗后才意识到沱沱河是不能长树的，从古到今，人们在那里没见过一棵树！管它呢，过去不长树也不等于现在不长树；过去那里没有人居住，现在不是有了兵站吗？世上的事哪个不是从第一次开始的！咱们就在沱沱河种一次树吧！

探家归队的当天，龚顺祥就把十棵小白杨树栽在兵站后面还带着冰碴的向阳山坡上。从埋下苗儿那刻起，他和战友们就像侍奉自己的娃娃一样操心着杨树的冷暖饥渴。当时不时有夹带着雪粒的寒风从坡顶吹来，他就脱下大衣给树苗穿上；夜里气温下降，战友们就给树娃娃们再增加一件衣裳。看到翠生生的叶芽，谁个心里都兴奋得想癫狂起来。大家排着班次轮流及时给树苗浇水、施肥、保暖。还好，十棵树苗排成一行队伍直挺挺地站在兵屋一旁，它们也像战士啊！夏天走了，秋天也随之逝去。进入冬季后，十棵树只留下了两棵。寒冬把它的枝干磨炼得壮实了，叶脉变得厚墩墩的。顺祥指望春天回到沱沱河时，它的枝头再爆出叶芽。可是没有想到春风倒是吹走了山坡上的积雪，那两棵走过冬天的杨树苗却僵死在了春风里。顺祥摇着树干不住地呼唤它回来！回来！它还是不吭一声地走了！

在沱沱河硬硬的寒风变软的又一个夏天，办事从不服输的龚顺祥又到格尔木林场买回了杨树苗，这回不是十棵，而是二十棵。他就不信沱沱河这么辽阔的荒野上容不下一棵树！人都能在这个所谓"生命禁区"落户，树为什么就扎不下根，难道它比人还金贵？瞧，他就这理论！可贵的犟劲！这回他学得聪明了，买到树苗后他没急着返回沱沱河，而是到格尔木林场向那里的技术员请教。技术员问清了他们种树的经过后，笑笑说，种树这活儿像办其他事情一样，也要学会化繁就简，你们只知道冬天给树苗"穿棉衣"，这当然有必要，防冷冻嘛。可是你们却忽视了树苗冬天既需要防寒的棉衣，更需要吸收阳光。太阳是万物的神父，它给这些树苗的除了看得见的温暖，还有看不见的活力，即生命。这一点"棉衣"是代替不了的。因为"棉衣"给它暖和与太阳给它的暖有本质的区别，一个是死的，一个是活的。技术员这么一点拨，龚顺祥心头豁然开朗。这二十棵杨树苗在走过夏天和秋天后，到了雪漫千山的冬季，顺祥和战友们隔三岔五就揭去"棉衣"，让它们晒一次太阳。日头偏西，天气开始变凉了，又给它们穿上"棉衣"。

小白杨第一年成活了五棵；第二年又有三棵僵死在寒风里；第三年，只剩下了那棵"独生子"——就是玉梅看到的那棵杨树不像杨树，柳树不像柳树的奇异的树。

听完龚顺祥讲种树的故事，玉梅自然会提出这样的疑问："杨树是活下来了，可是它却变成了另外一种树，这是为什么？"

顺祥似乎想也没想就回答："沱沱河缺氧，树像人一样为了适应这里的环境就得改变自己，不变是无法活下来的。"

玉梅回味顺祥这话，心里自语：是这个理！

顺祥接着说："树、人是一个理，嫂子，你想想，你嫁给我们排长后，是不是也变了？一个白净秀气的西安姑娘变成了高原军人的妻子！

嫂子,是不是?"

玉梅默认。没想到顺祥还问:"嫂子,你变了没有?"

玉梅只好回答:"变了,当然变了!"

顺祥再逼问:"怎么个变了?表现在什么地方?"

玉梅当然知道顺祥要的答案是什么,故意答非所问:变得更热爱沱沱河这个地方了呗!

顺祥朗声一笑,说:"我替你回答吧,变得更爱我们的排长了!"

玉梅伸手要拍打顺祥一下,没想他跑了……

之后,玉梅便用一双发现真善美的眼睛看沱沱河的这些兵了!

这天,她回到自己的帐房,志群已经做好午饭,小桌上两个碗里放着两双筷子,等候着她。她确实有点饿了,却没有动筷子,而是有点急不可待地对丈夫说:"你手下的这些兵,首先是你的那个助手龚顺祥都是很不简单的人精!"

志群光笑:"简单不简单,咱们另说。现在要紧的是解决肚子的问题,你饿了,我也饿了,该吃饭了!"

玉梅端起饭碗,才想起儿子,乐得快晕乎了,把儿子都忘了,便问:"娃儿呢?"志群说:"几个战士带着他到草滩上看藏羚羊去了!"原来这个季节正是分散在可可西里各处的藏羚羊,成群结伙地奔向草原深处的卓乃湖、太阳湖等地产崽的日子。羊们云彩一般涌动着,远远看去很是壮观!每天都有好几拨藏羚羊从沱沱河兵站旁边自然形成的藏羚羊通道上蜂拥而过。遇上这等稀罕景观,玮晨怎会放过,几乎每天他都让叔叔们带上他去瞧热闹。这孩子自从适应了沱沱河的气候以后,可野了。成天不回自个的家,一个兵屋一个兵屋地串门,见谁都亲,见什么都新鲜。有时还捧着个小脸盆说是要给藏羚羊送水送吃的呢!战士们可喜欢他了,轮流着抱上和他亲热!因为有了玉梅和儿子,沱沱河兵站这个平时寂寞得空气似乎都凝固了的军营里，格外地有了生机和色彩。能不这样吗？遥远的兵站，自打建站之日起，就是清一色的几十个兵，没有女人，更没有小娃娃来添热闹，要多清冷有多清冷！今天玉梅带着儿子住在兵站，这是历史性的喜事！

一个急刹车，一处巨大的旋涡。谁也没有想到，整天快乐得像兔子跑来窜去的小玮晨，一夜之间变得蔫头耷脑。高山反应又袭击他了！玉梅也随之昏昏迷迷像喝醉了酒，茶饭不思。大部分人都经历了这样的事，高山反应"二进宫"，是最危险的。有的战士咬牙切齿地称其为"资本主义复辟"！怕娘儿俩发生意外，志群赶紧在公路边拦住了一辆军车，要把他们送回格尔木家属院。战士们依依难舍，送了一程又一程。尤其是龚顺祥，抱着玮晨坐上车待了一会儿才下的车。大家多么希望嫂子在山上多待几天，可又不忍心让她和孩子承受高山反应的折磨。有几个兵竟然偷偷抹起了眼泪。大概只有在这依依不舍的惜别时刻，玉梅才比任何时候都感到，自己和儿子不仅是属于志群的，也是沱沱河兵站的一员。山上的官兵们需要她呀！分别的日子，她估算着和大家再握手的一天。踏上返程路，当玉梅再次看到路旁不时跑过的一只或一群藏羚羊，她总觉得内心其实已与这块滋生高山反应的土地一起复苏。她恍然明白，沱沱河一刻不曾离去。

回到格尔木，住进自己的那间房子，像一粒尘埃归于静寂，却是暂时的。呵，沱沱河，这遥远的小天地，虽有高山反应，但来来往往的志群和他的战友的背影，隐藏了她对生活的向往和敬畏。她总觉得自己在那里有多少愧疚，或者说遗憾，像空白的纸，等待她去涂抹。有多少美好的时光等待她去更改。那个龚顺祥，为什么总在眼前飘晃……噢，这个已经27岁大家齐声称好的军官，还没有找到对象……

龚顺祥和张志群是同年入伍的山东兵，这样，童玉梅与他来往频繁并有了较多的了解就不足为奇了。龚顺祥性格内向、聪明好学。因为质朴，他这个毕业于解放军后勤工程学院的军校大学生，常常被一些人误以为是个没有多少文化的来自农村的乡下青年。他确实不善于交际，再加上家里有点实际困难，婚姻大事一直未能如愿解决。他的母亲两年前就患了直肠癌，常年卧床不起。为给母亲治病，家里几乎花掉了所有积蓄，也不见明显效果。给小龚介绍女朋友的人倒是不少，可是女方一听说他家的床上瘫着一个身患癌症的老母亲，一个个都摇摇头走开了。那些穿戴体面的姑娘们，总是想着结婚后潇潇洒洒地跟着老公过日子，傻瓜才愿意去伺候一个病瘫的婆婆呢！小龚自然很苦恼，但是他无法勉强任何一个姑娘嫁给自己。他心里始终不变的谱儿是，顶顶重要的是尽最大所能治疗母亲的病，让可怜的老人家从痛苦的深渊里解脱出来。他节衣缩食每月照例会拿出工资的一半作为母亲治病的费用。凡是他千方百计打听到的偏方土方，都会寄回老家让母亲试用。孝敬老人，谁嘴上不会说？要在老人心里有了阴云浓雾后，能给他们送上一片驱散苦愁的阳光，那才叫孝顺呢！母亲的病牵痛着顺祥的心，再加上部队运输任务繁忙，他每月都要带车队跑一两次西藏，便渐渐地淡化了找不到女朋友的苦恼！

　　龚顺祥在遥远的青藏高原走了很多路，经历了很多坎坷，吃了很多苦楚，身上虽然没有明显的伤痕，但他的脸上却带着明显的疲惫。始终不变的是，在他心里，苍茫尘世，除去青藏高原，再具体点说，除去青藏高原上的沱沱河，没有什么地方比这儿更纯净了。难怪有人说，爱会让一个人变得偏执，果然如此！童玉梅是在知道了顺祥的母亲患癌症后不久，才了解到这个可爱的军官的终身大事还悬在空中。热心又善良的这位嫂子，真不明白，有才干又有孝心的顺祥还愁找不上媳妇！她要管这个闲事了！这不，嫂子玉梅送来了她从四处八方打寻到的给老人家治疗癌症的藏药。当嫂子把用一块白净的布包得四方四正的藏药递到顺祥手上时,这位壮实得像头牦牛一样的汉子,一边伸出颤抖的双手接过,一边热泪盈眶地说:

"嫂子,你为什么要这么好!第一,我要感谢嫂子你;第二我还要感谢我们的好排长张志群!排长爱兵,你爱关心兵的排长,我们也爱你!"

玉梅啥也没多说,只嘱咐顺祥快点把药寄回家,给老母亲治病。当然还留下了一句话:你的终身大事,嫂子既然知道了还没解决,我就会插手过问!

至于怎么过问,她一字也不透露,顺祥也没问。这种事怎么好意思张嘴。

顺着一路风和日丽,玉梅把龚顺祥的爱情领回到自己家里。还没找到男朋友的妹妹一生如果能有这样一个知心人该多好呀!当然,妹妹的终身大事只能由妹妹自个儿决定,她只是穿针引线。

妹妹童玉娟从西安某幼儿师范学校毕业后,分配到一家幼儿园当老师。年轻姑娘的心帆不可遏制地长成了翅膀,西安的地盘拢不住她了,她梦想到更广阔的天地飞得更高。那年舅舅回西安探亲,逢人就描绘青藏高原的美景,打动了两个姑娘的心——姐姐童玉梅、妹妹童玉娟。玉娟拽着舅舅的手恳切地表示,愿意到青藏高原为幼教事业贡献一份力量。舅舅说你再慎重考虑考虑,我也好好想想。这么大的事一旦成行了吃后悔药就晚了。其实这是舅舅能说出口的理由,他真实的想法是,他要带着玉梅上高原,童家有一个女儿参加西部建设就够有贡献了,怎么能把姐妹俩都挖走?使他万万没有想到的是,姐姐在格尔木落地生根后,妹妹要来高原的决心更迫切了。她还专门给舅舅写了一封信,再次表达了无悔的心愿……

眼下，玉梅顺水推舟把沱沱河兵站龚顺祥这样一个好军人的形象牵到了玉娟面前，好比在本来已经燃起的心火上泼了一勺油，这要让妹妹不动心绝不可能！

为此，玉梅专程回了一次西安，那一天加上那一夜，姐妹俩贴胸搭肩地畅谈，说的全是私房话。玉娟顺风乘船，辞掉了西安的工作，来到格尔木，她要把美好青春献给西部建设事业。

姐姐的有意使无心的妹妹很快就对龚顺祥有情了！从相知、相爱，用了不到半年时间。他眉间花开，她发间落雪。一个春天的傍晚，在静静流淌的沱沱河旁，一丛红柳花拦住了俩人的脚步。这时，玉娟得知顺祥的母亲眼睛失明，她便下决心嫁给小龚！

那天是个周日，玉娟约顺祥一同外出游玩时，顺祥却无心应约。因为他刚接到家信，得知母亲因癌症恶化引起眼睛失明。小龚为母亲的生命前景揪心担忧，玉娟替小龚分忧。俩人抱头痛哭，分身千里之外，心随老母滴血。正是这一刻，玉娟向小龚吐露了心迹，愿意和他相好百年。让病榻上的老母早一天见到儿媳。她要尽力尽心地孝敬老人。

爱情的果子熟了，孕育、结果都在长江源头沱沱河。战友们将原先存放汽车器材的库房打扫、修整得里外干净，通亮，作为小两口的婚房。此房正好和姐姐姐夫的房子是一樑相连。一房生辉，两家添喜。

婚后不久，玉娟就跟着丈夫回老家淄博认了婆婆。她给婆婆洗衣洗身体，熬药喂药。张口妈闭口娘，叫得好甜爽。最神奇的是那天玉娟给婆婆擦洗身体，通身上下，擦了洗，洗了再擦，搓下来的汗泥滚了一炕沿，有的竟有米粒般大小。婆婆有点不好意思，玉娟却给她说宽心话，娘，今天给你搓掉一点汗泥，明天再搓掉一点，你的细毛孔通了，就会少得病。婆婆乐得真想把儿媳的手推开，却又舍不得！农村老妇人从来没有被人这么周到地伺候过，她一下子觉得周身清爽得几乎能飘起来了，先前沉闷的眼睛也好像有了光感。终于，她还是按住儿媳的手，说：

"娟娟，我身上太脏，你别擦洗了，快入土的老身架，活不了几天啦，脏就让它脏去吧！"

玉娟忙把婆婆的手压住，说："娘，可不要这么说，我还要好好伺候你呢！"她一边继续为婆婆擦洗身子，一边说，"妈，不脏的，这是神水！"

"神水？"老人抬起头，不解。

玉娟随手提起身边一个暖水瓶，拉起婆婆的手摸在暖瓶上。她告诉老人，当年唐朝皇室女儿文成公主为了藏汉两家和谐相处，远嫁藏王松赞干布。公主走到今天的日月山下，思念故乡长安，回头东望家乡，乡愁袭身，摔碎了陪嫁的日月宝镜，那宝镜的碎片随即变成一座山，后人称为日月山。公主愁嫁的眼泪感动得山下的河水也倒流了，陪着公主西行而去。这就是今天日月山下的倒淌河。倒淌河流经的许多地方，溢出了不少清泉，那是能健身治病的不冻泉，温泉……

婆婆听了玉娟讲的这些神奇传说故事，一直喃喃自语：日月山，倒淌河，神泉……她拉起儿媳的手，说："娟娟，娘看见了，看见我儿媳的心了！真的，我看见温泉了，那是神女泉……"

老人说着拉起玉娟的手，摇着，摇着，久久不松开……

## 雪山酒香

见到汽车团团长姬成录非常偶然。从此,我们便有了来往,我敢肯定地说,在我认识的所有高原军人中他那粗犷、豪放的性格最令我难忘。

夏日某天,在西藏境内唐古拉山下安多兵站的车场上,姬团长没佩戴他的上校军衔,壮实的躯体紧绷着一套工作服,在一辆汽车的保险杠前正帮几个战士修理汽车机件。他是带领两个汽车连队从拉萨执勤返回格尔木的途中,与我不期而遇。

我说:"早就听说过你的大名,相见恨晚!"

他爽声一笑:"粗人姬成录,除了生就的翻越唐古拉山的野劲外,别无本事。"

我很喜欢他的直率、质朴,便细细地打量起他来。这是一个典型的高原汉子,微胖而瓷实的身躯像扎地挺立的石柱或铁桩。他步行在世界屋脊上,你会觉得昆仑山和雪水河都会随着他的脚步颤动。尤其让人注目的是他那黑乎乎的一脸络腮胡子,除了一双可以望透雪山的眼睛以外,面部的所有器官几乎都在这浓而黑的胡须遮掩之中。这样使他的眼睛就显得更加有神。老姬不知从什么时候开始有了一个习惯,遇着不顺心的事而要发怒时总要先摸摸胡子。团里流传着一句顺口溜："天不怕，地不怕，就怕团长摸下巴。"其实，老姬是不轻易摸胡子的，更多的时候部属们看到他的每一根胡梢上都挂着亲切的笑。

姬成录有个雅号："巴顿将军"。战士们说，姬团长浑身都是故事。

我纳闷，曾问过一个战士：他何以得了这么个尊称？

战士回答：他这个团长当得够格，像个团长。巴顿将军像他，而不是他像巴顿将军。

这话说得极为到位，让我思忖良久。还是战士了解自己的团长，我想。

在青藏线上，只要提起姬成录，大家都会说到他喝酒的故事。似乎不把酒与他连在一起就不足以说明他是个够格的团长。人们戏称他的"酒瓶像他当团长的水平一样高。"可是，我问他时，他却只字不提酒，只说：

"在青藏高原所有汽车部队的团长中，我这个人毛病比较多，抗上，考虑问题有时欠周全，碰碰磕磕的事时有发生，假如还有点长处的话，那就是关中冷娃的秉性改不了，在工作上操的心多，猛干，干好。"

我仍然不离酒的话题，问他，你的酒量有多少？他说："这很难说，收敛一点，一杯就将就了。真要放开干，一瓶说不定还欠些。"

酒注入了他的血液，也注入了高原的山脉冰河。没有酒，哪有青藏山水间这条刚烈的汉子？他和兵们的故事无一例外地是那么凝重，那么悲壮。

这当然都是因为了酒……

## 酒"害"了他

1988年春天，姬成录还在当营长，他带领两个连队运载着一支友邻部队进藏。漫天的飞雪把他的车队迎进了可可西里草原，麻烦事也出在这儿。正在翻修的一段公路，在渐渐变暖的风雪里只剩下路面的一层冰了，稍靠下面的路基已经变成虚软的砂土。汽车走上去无疑是要打滑的，折腾得久了，路基陷落，车轮还会歪进坑里去。这实在是一段走快也不行、走慢也不行，狠走也不行、轻走也不行的万般无奈的艰难历程。

姬成录的招法是：空车通过，选准路线，拉大车距，中速行驶。

他把棉皮帽的护耳卷起，大步流星地走到停驶的车队中间，脚一跨，站到一个土坎上，冲着乘车的友邻部队可着嗓门吼起了口令：

"战友们，委屈各位了。现在，你们听我这个编外营长的一次指挥，各人准备好行李，下车！"

指战员们呼啦一下全下了车，霎时，整个的一条龙似的车厢里变得空空落落。空车轻轮好赶路。

姬成录站在险路口，指挥着车辆通过。风头很硬，结了冰的雪团砸在他的衣帽上，发出嘭嘭嘭的脆响。他的胡荏很快就凝结了冰雪，活生生的一个雪人。有个战士心疼他，喊道：

"姬营长，多冷的天呀，还不快放下帽耳！"

逆风而立的他，大声回话："只有耳聪目明才能当一个清醒的带队人，放下帽耳我既成了聋子又成了瞎子！"

两个连队的汽车顺利地通过冰雪路，老姬的络腮胡每一根都被雪染得倔倔地立起来，像一小片落了雪的松树林。这时，在场的兵们包括乘车的友邻部队的指战员，都把目光投向老姬，那目光除钦佩外还有一种惊诧：伍子胥一夜白了头，姬营长不到半天就霜染了圈脸胡须！

中午，车队行至唐古拉山兵站，海拔5200米，小憩，吃午饭。友邻部队的同志对姬成录说："营长，一路上数你最辛苦，既是汽车部队的营长，又是我们步兵的营长，操的双份心。今日我们在唐古拉山上慰劳慰劳你。"

对方说着就拿出了酒。部队平时不让喝酒，这天喝的是啤酒，用大碗喝的。喝了多少？不知道。反正姬成录是喝足了，他拍拍腹部，可以管三天，一直到拉萨滴酒不沾都行。

车队昼夜赶路。巍峨的唐古拉山从飞轮下一闪而过，攀上了藏北草原的桃儿九山，这时，一辆拉着通信器材的车开进路边的沟里，翻了。幸好，没有伤着人。姬营长十分恼火，同志！这是拉着部队进藏，你偏要翻车，虽没死人，影响多坏！但是，他没有发作，只是把这些话憋在心里罢了。他知道这时发火，只能添乱。他只让翻车的驾驶员留下，他和他们一起把翻了的车鼓捣起来，就又赶路了。驾驶员看得清楚，姬营长的一脸胡茬一直不安分似的翘着，满面阴云。他心里填着火气啊！

当夜12时，车队投宿西藏那曲城。姬成录的身体开始有了不良反应。他觉得整个肚子里装的全是啤酒，不想吃饭，也睡不着觉，浑身没有一块舒服的地方。他只能坐着，不住地打嗝，让肚子里的酒气往外吐，身上才觉得舒服些。整夜里坐着总不是个办法呀，后来他便给身下垫了一件大衣，半躺半坐到天亮。

次日，他仍然未吃一口饭。友邻部队的同志看着实在心疼，就悄悄给他塞了一瓶五粮液。也怪，他不想吃饭，却不厌酒。这瓶酒伴着他度过了三天时光，这三天他过得很充实，干重活、熬大夜都不带累。

酒转换成了一种刚劲的支撑力，使他这副七尺汉子没有倒在缺氧的世界屋脊上。这就不可避免地带来了另外一个问题：身上的元气恢复以后，他便有了发泄窝在心里那口闷气的不可遏止的力气。执行完任务返回到昆仑山，他终于忍耐不住了，把两个连队的连长找来，还有翻车的那个驾驶员也不放过，叫他立在二位连官的后面。姬成录冲着两个连长一边摸着胡子一边臭骂：

"乌龟王八蛋，你们知道你们犯了什么罪吗？车上拉的是军人和装备呀，是战斗力，你们偏偏翻了车，幸亏没有死人；别说死人，就是弄成残疾人，你们都成了历史的罪人，我这个营长也担当不起的。今天我严正地告诉你们，一定要吸取教训，下不为例。以后如果再发生这样的事情，看我怎么收拾你们！"

二位连长愧疚离去。老姬又去教训驾驶员，口气自然缓和了许多：

"我剋连长并不能代替你的错误，因为车毕竟是从你手里翻的。翻车的原因是什么，技术上或思想上？现在我不让你回答我。回去后找准并制订出今后的防范措施，写成书面检讨交到连里，由党支部研究处理你的意见。"

驾驶员走后，老姬开始考虑自己应吸取的教训。他说过：我是车队的最高指挥员，我不会逃避责任……

就是从这趟任务之后，姬成录的胃结结实实地落下了毛病，腹部发胀、发痛，吃饭不香。有意思的是，只要他端起酒杯抿几口，胃就不疼了，饭量也有了。

偏偏有些老乡、战友不能替他着想，他们完全出于友谊和义气，经常请他赴宴，主要是喝酒。他如果稍一推辞，话头马上就递上来了："烂团长，摆架子，有什么了不起！"你说，能不喝吗？他赌气，一口气灌下了八杯。

妻子为他喝酒的事不知费了多少口舌，每见他喝酒就说：你不要命了？他一笑回敬道：命就那么容易失去吗？我翻越了上百次唐古拉山，不是照样还活得好好的吗？

妻子拿他毫无办法！

## 酒也"救"了他

　　在一次胃疼得实在难以忍受时,他不得不进了医院,医生一检查,说他患的是"胃寒"。难怪他胃疼时喝口酒就好受多了。他明白,就是那次没记数地大碗喝啤酒,和后来的那瓶五粮液害了他,使他得上了这讨厌的胃病。当然,不抱怨送酒人,人家是出于好心,主要是他自己喝起来没节制。现在,天气稍一变冷,他就犯胃疼。胃一疼他便喝酒。其结果必然是越喝胃病越加重,胃病越加重他还得用酒止痛,就这么恶性循环着。为了保护胃不受凉,在夏天里他也穿着一件红肚兜,这样也可以少喝几两酒了。去年六月他带车队到西藏执勤,衣服穿得薄了点,挨了冻,胃疼了二十多天。他天天喝酒,当然,每次就喝一两。总之,他是离不开酒的。就这样,酒,他不喝不行,喝多了也不行。

　　平时,他只要一说胃疼,马上就有人递上话:你是想喝酒了吧?他哭笑不得。唉,他恨酒,又离不开酒。酒是他在高原上工作少不了的动力,如果有一天这个世界上真没有了酒这个东西,他姬成录真不知道还能不能把这七尺身板撑在高原上,带领一个汽车团奔驰?容易吗?他们团是个有着光荣传统的团队,至今团荣誉室还挂着参加淮海战役和抗美援朝战争时获得的一面面奖旗。他也记不清自己是第几任团长了,反正,一句话,这个团不能栽在他手中……

　　一次,他在线上跑,团里的工作人员给他反映,九连的一些驾驶员早晨发动车时图省事,不是手摇发动车,而是请别的车驾驶员帮助拖车发动。他听了,问这个反映情况的工作人员:你们都是吃干饭的,为什么不管?对方答:人家不听。老姬一拍大腿:好家伙,反啦!我就抓他们这个反面典型。

　　原来,团里有规定,早晨连队出车时,必须手摇发动。这样,人虽吃些苦,但对车辆有好处,也节省油。九连违犯规定,且不听招呼,老姬决心逮住他们,让他们在铁证面前曝光。

这天,他打听到九连晚上在安多兵站食宿,就改变了原来在沱沱河兵站住下的打算,对驾驶员说:"赶站,今晚安多见!"说罢,他抿了一口酒,用指头尖在胃部戳戳,便上路了。

傍晚,夕阳在雪山顶旺旺地燃烧着,他们赶到了安多兵站。

九连连长站在老姬面前。老姬问:"听说你们连早晨出车时有拖车发动的?"连长:"不可能吧!噢,对啦,是有这种情况,那是个别几台车手摇发动不起来,只好拖。"老姬:"什么叫手摇发动不起来,是你们干部管理不严,驾驶员懒。你这个连长就这样强调客观原因,还能管好下面?"连长见团长来了火气,忙说:"好好好,从明天起,我们就手摇发动。"老姬:"一言为定,如果再让我发现你们拖车发动,咱算总账。"

姬团长记住了这个连长的承诺,但是他必须亲眼看到他宣言后的行动。

第二天,姬成录早早起床,准备去九连车场看他们如何发动车。不想,刚一爬出热乎乎的被窝,胃就疼了起来,他抿了一口酒,才来到车场。老姬在车场转了一圈,没见到连长和连里其他干部,他便找了一台所谓不好发动的车,登上了驾驶室,让驾驶员摇车……

摇了好几圈,发动机不起火。

老姬说:"再摇。用劲摇!"

驾驶员又摇了好一阵子,满脸的汗珠乱飞,还是发动不着。

老姬说:"加油,再摇!"

驾驶员拔出手摇柄:"受不了啦,真没劲!"

老姬大吼一声:"别歇气,马上就发动起来了!"

……

车子终于发动着了,突突突地吼叫着,好像在唱一支赞美的歌儿。姬团长满脸溢笑地对驾驶员说:"你辛苦了,喝口水去吧!"

这会儿,连长和指导员还睡在床上做梦呢!车队出发前,连长才匆匆忙忙来到车场。姬成录对他说:

"连长大人,你迟到了。像你们这样懒懒散散的领导,在工作中根本就没有发言权。什么手摇不好发动车,谁骗你们还不容易?"

连长没有勇气抬头看团长一眼。

这时,姬成录手一挥,对头车的驾驶员说:"出发!"

他的胃病又犯了,痛得针穿一般。但是,他没有喝酒,今天的征途上要翻几座雪山,行程艰难,要保持清醒的头脑。胃疼,忍一忍,咬咬牙就过去了。

车子开动后,坐在驾驶员旁边的姬团长,一直用右手的拇指狠劲的摁着胃部……

## 没有酒的宴席

青藏线部队有个传统习惯,团职干部到兵站后可以进大食堂一侧的小屋里就餐,即吃小灶。所谓小灶就是单炒菜,稍有些油水,烹调上也讲究一点。但是,肯定没有高档的菜,高原这地方山穷水尽,到哪儿弄那些山珍海味。每个车队的报饭车总是先一步到站,给兵站通知就餐人数,要特别说明有没有团领导就餐,兵站好给小灶的餐桌上准备饭菜。当上团长的最初,姬成录没有留意,每次吃饭就被请进了小屋里,他硬着头皮吃了几次后,觉得特别扭,便对报饭的司务长说:"报饭就报饭嘛,你给大家报饭,给我报什么饭!这是给兵站出难题,也是给我丢人嘛！大家都吃一样的饭多好！"报饭人渐渐地摸着了团长的脾气，再也不给他单另报饭了。

姬团长和大家同桌吃同样的饭，觉得可口，吃得也香。可是，战士们开始有点拘束，筷头戳在碗里都不知道该怎么扒拉饭了。时间一长，习惯了，饭桌上无大小，平时不敢当着团长面说的话，这时一边往嘴里填饭菜一边也可以说了。

"团长，你吃小灶是理所当然的事，不会有人说你搞特殊化，何必放过这一桌饭菜呢！你不吃我们去美餐一顿行吗？"

"想好事。等你们当上团长那一天再说吧，现在没门！"

"我们都干到团座的时候，团长，你可真的就是巴顿将军了，还不当它个司令、总长什么的！"

"你们可别抬我，我绝对没有那么大的野心，能当上今天这个团长这已经是我祖宗八辈都没有的大官了。不扯那么远了，当上团长，上不愧党，下不愧兵！知足了！"

"咳，团长，据我们所闻，你的酒量可海了，今天我们大家陪你行不行？"

"嘀，要我出血了！这样吧，等咱们完成任务，或者等春节放假的时候，你们选出代表来，选九位，一对九，刚满一桌，我把家里存放了十年的五瓶茅台全贡献出来，咱一醉方休，喝它个痛痛快快！"

"一言为定！"

……

老姬就是在这种和下属说说笑笑中吃了一顿又一顿饭。也怪，大家平时见了团长挺怕的，这会儿觉得他那么可亲和蔼，没有丁点儿官架官腔，就连他那倔倔的圈脸胡也变得可爱了。陌生人根本看不出餐桌上还有一个团长在座。

大家把老姬和战士们坐在兵站大饭堂里吃饭称作为"没有酒的宴席"。

老姬带领车队在拉萨过"八一"节。拉萨兵站款待劳苦功高的汽车兵，加菜，摆酒。老姬有言在先：酒，可以喝好，但不能醉。

当夜，兵站满院飘散着鼾声，酒香。醇香与响鼾凝在一起，院里盛不下，顺着拉萨河流向远方。

月如银盘，极大，极亮。

姬团长未睡，他静静地站在院里，望月，听鼾，闻香，心中填满惬意和舒畅。脚下的这个世界屋脊是地球上最美的土地，他这么想。

他向拉萨河边走去，河里的那个月亮一定泡得很香很香了，他要捞起来……

## 海拔 5300 米的军礼

汽车攀登到唐古拉山巅已经是下午三点钟了，我们从昆仑山下格尔木起程时东方天空刚吐出曙色。此刻海拔 5300 多米的世界屋脊，日朗风不静，更远的鹰其高度在天空云之上，从容地延续着神秘的生命。汽车停在公路边一块巴掌大的平地上，跟随我的车同来的张洪声团长对我说："小王，带我去感谢多吉顿珠阿爸。"说着他将一个红纸包递给我。我指着山弯里一顶矮矮的、牦牛绳编织的蘑菇状帐房，对团长说："那就是老阿爸的家。"

一个率领着浩浩荡荡数百辆军车驰骋在世界屋脊上的汽车团团长，为何去拜谢一位深山里的藏族老人？这要从我与老人的那次相遇讲起。那场美丽的六月雪降下来的时候，不管它多么轻柔，但还是旁若无人地砸疼了我的心。我车上卸下来的三吨半战备物资，招引老人走出他温暖的帐房，像我一样成了风雪之夜的守山人……

我的 59 号车技术状况在连里还算是比较好的，所以经常跑单车或随三五台车的小分队执行任务。可是没想到那天傍晚行驶到唐古拉山上突然抛锚。说起来还是怨我，连续昼夜行车，我实在太疲劳，上山时车速慢我就让助手昝义成开上慢慢爬坡。这小子的技术不熟练，拐弯时一个错挡就把变速箱的齿轮磕碎了三个。眼下无条件修复，带队的秦副连长当即决定，卸下车上的承运物资，联系兄弟连队顺路返回的车将抛锚车拖回驻地修理。小昝随车护送，我留在山上守候。副连长让司务长给我留下足够的干粮后，他用温和的口气给我下了命令："估计你三五日不会饿着渴着。人在物资在！我们会尽快安排人上山救援。你压倒一切的任务是守护好这些战备物资，一斤一两也不得缺失！"我明白，一车物资三吨半，可我肩上的责任何止是三吨半呀！

那个年代，西藏不通火车，空中也是禁区，进藏所需的大量物资全靠汽车运输。后来边境上又起了战事，这样我们这些汽车兵的任务就翻倍地增加。大家追日赶月地在世界屋脊上跑车，汽车轮子把公路都摩擦得发烫、变软，谁都恨不能再借别人的手脚一个人开上两台车跑。偏偏就在这运输吃紧的当口，我的汽车抛锚了。车上装的是运往边境某地的食品，卸下来的货物码得四方四正地堆放在公路边，像被时间搁浅在渡口的一片孤帆，我日夜守护。

唐古拉山的夏夜，没有任何方向的风像一根根无法拔掉的刺，搅乱了山的影子。高原入睡了，我枪膛里的子弹醒着。我守在山上的第三天黎明，一场防不胜防的六月雪突然降临。雪落地就化成水，物资垛虽有篷布掩盖，那也只是遮了个顶端，雪被风旋着从四面八方浸浇着。无奈之际，我脱下皮大衣盖在上面，杯水车薪，能有多大作用！就在这时候，一个黑影自远而近地朝我移动。确切地说，它几乎是与风雪同时来到我眼前。偷袭者总是披着夜幕行事，果然会让我遇上？枪的扳机不能轻易扣动，我只是端着枪厉声喊道："谁？站住！"接应我的是一句暖心的藏族佛僧"六字真言"，然后才是一句半生不熟的汉话："藏家的亲人莫要惊慌，感恩金珠玛米的信徒来到了你身边！"只见一位头戴藏家鸭舌帽的老人双手合十地站在了我面前。他银须蓬嘴，背着杈子枪。这时他用手指彬彬有礼地点了点额头，将吉祥如意掸向我。

然后指了指身后，我这才看清不远处站着一头牦牛，黑乎乎的像一座小山包。这阵子风雪好像发威似的比刚才凶猛了许多。

在我深感无助的时候，就这样认识了多吉顿珠老人。他一站在我面前就火急火燎地说："快把你堆放的这些宝贝盖好，夏天的雪一挨上风就成了水，不能打湿了金珠玛米的货物。"说着他就很轻巧地从牦牛背上拽下来一卷牦牛线毯子，展开，让我拽住一头，他扯着另一头，忽闪一下，就搭在了物资垛上。接着我俩又搭上了第二块第三块……三块牦牛线毯子把物资垛包掩得严丝合缝，活活像一间结实的小帐房。在我突然遭遇风雪，一时无所适从时阿爸送来的这间帐房是我的无路之路，成了我的港湾。老人虽然浑身落满雪粒冰碴，我却不希望他离我而去。他就在我心里！在日后漫长的日子，这瞬间出现的他的形象，足够我一生铭记。

我和多吉顿珠交谈后，得知这位身板硬实干活麻利的汉子，是一位五十岁挂零的孤寡老人。他不知道父母是谁，也不记得自己出生在何年何月，只听别人似是而非地讲过，他被父母遗弃在羊圈时干瘦得像一只饿慌了的小狸猫。好心的拾荒老人才让把他抱到自己的岩洞里，用捡来的一堆散乱的羊毛裹住了他，收养他做干儿子，给他起名多吉顿珠。老人身无分文，心却是满满的。他总是挨冻受饿，也不让多吉顿珠受半点委屈。阿爸去世那年，十岁的多吉顿珠将老人掩埋在岩洞边的向阳山坡上，他说不忍心远离阿爸，儿子要为阿爸守墓。好像只是转眼之间，阿爸的坟头就杂草丛生。他舍不得割去那些草，他料定其中必有一棵草会长成大树，给阿爸冬挡寒雪夏遮烈日。阿爸走了，多吉顿珠依然穷得常常吃百草充饥，饮山泉解渴。山里无定向的野风凄雨竟然把他锤炼成一个铁塔似的硬汉子。50年代初，进军西藏的解放军在草原驻扎后，有心把他安排到一个牧村去住，性格像牦牛般倔强的他坚持要住在岩洞里，给阿爸做伴……

夜里我和多吉顿珠阿爸一同守护物资。我挎着冲锋枪，他身背杈子枪，一军一民，藏汉联防。风雪暴烈，大山沉静。那是我们一同守山的第一夜，我绕着物资垛巡视一圈，发现离我们两米开外的地方蹲着一个黑影，便问阿爸那是什么。他笑笑："它是我的伙伴，从现在起它也是你的伙伴。"说着他打了声口哨，招招手，那黑影就走到了他跟前。原来是一只藏獒。阿爸蹲下去拍拍藏獒的脑袋，对它嘀咕了几句。我略有知，好像是说"金珠玛米是咱自家人"一类的话。藏獒便过来舔了舔我的军鞋，算是认了我。我和阿爸守护战备物资，藏獒给我和阿爸放哨。

我在唐古拉山守护物资的五天里，和多吉顿珠阿爸形影不离。白天，我把连队留给我的干粮送到老人帐房里，做成藏汉两个民族风味的饭食，共尝生活的甘甜。夜里阿爸总是领着藏獒陪我守山到很晚才回帐房。提起那风味饭，那是我今生今世也难忘的粗茶淡饭！就地取材，自己动手。阿爸现宰一只羊，他掌勺我做助手。两只像小盆盆一样的藏家木碗里，羊肺几片，羊肝几尖，羊肚几条，还有嫩鲜鲜的羊头肉。我们连队烙的锅盔饼，泡在滚烫的汤里，阿爸再给汤里点两勺酥油，那个美气呀，还没吃到嘴里香味就渗满了全身每个毛孔。这一刻我享受的是有意义的生命拥抱。我对阿爸说："咱俩是军民鱼水一家人！"他笑笑说："不，还是叫粗茶淡饭藏汉亲。"在我们吃饭的时间里，阿爸总会指派藏獒几次到公路边去巡看物资。我真佩服，藏獒怎么让他驯服得那么听他招呼！

后来，确实是后来，我走下唐古拉山后，突然萌发了按捺不住的创作欲望。那时我已经是文学青年了，从十四岁开始就断断续续在《陕西文艺》《青海湖》《甘肃文艺》等报刊发表作品，那时真把文学看得像生命同等重要。可是守在唐古拉山的那些日日夜夜，我竟然没有想到要写点什么，心思全凝聚在枪膛里。现在下山了，好像只是一瞬间，灵感爆发，一夜之间就写了一篇散文，题目就是多吉顿珠说过的那句话《粗茶淡饭藏汉亲》。这就是文学，它是具象的又是抽象的。写什么，什么时候写，有其自身的发展逻辑，既不能急功近利，也不能随波逐流。我的这篇散文刊登在我们部队的油印小报《高原快报》上，团广播室也反复播送过。张团长就是看到这篇散文后才专程赶到唐古拉山……

我领着团长来到多吉顿珠阿爸的帐房前，只见门帘上吊着一只藏靴——这是阿爸自己做的暗号，告诉找他的人他出门放牧去了。我们转身往右边走了不到五分钟，果然看到老人在草滩上放羊。他大步朝我走来，人还未到声音就像洪钟般传过来了，是一句在藏地流传很广的谚语："怪不得早晨山畔的雪莲花开得那么艳眼，原来是尊贵的客人上门来！"他张开的手像虎钳一样抓住我的手，摇得我的身子直打晃。我赶忙把今天的特殊客人介绍给他："这是我们汽车团的张团长，他特地从格尔木赶来感谢您对我们亲人般的支持！"阿爸忙摆动着手说："草原上每一朵格桑花都是因了金珠玛米的浇灌才开放，我就是把这身老骨头搭上做点事也是应该的！快不要一家人说两家的话了！"这时张团长双手把那封用大红纸包着的感谢信递给多吉顿珠老人。感谢信是我们汽车团的藏语翻译用藏汉两种文字写成的。然后，他双脚并拢，立正，举起右手，恭恭敬敬地给阿爸行了一个标准的军礼。我站在团长身后，也将右手举到帽檐上……

高处，海拔5300多米的世界屋脊上，两代军人像从天上举起凝重的手臂，为西藏送去的这个军礼，谁能描绘出它的金贵，又有谁能想象出它的芬芳！此刻，太阳穿云而出，唐古拉山通体闪烁着透亮的阳光。这个故事有了一个精彩的结局，我仍然是一个快乐地开着汽车跨河越山的高原汽车兵！

## 一把藏刀

2006年8月的这个中午,好像注定我要走入另一种生命。当我在书房望柳庄忙忙碌碌地触摸媚丽的阳光时,茫茫尘世的另一端一位藏族老人的双眼刺穿我记忆深处的疼。

为了找到很久以前收藏的一张青藏公路地图,我翻箱倒柜,把书房几乎倒腾得底儿朝天。地图最终也没找着,倒是一本厚书里"咣当"一声滑落下一把小巧的藏刀。它像一个武士从队列里站出,要同我交谈。我有些措手不及,但很快就镇静下来。

我是收藏这把藏刀的主人,但我仍然不厌其烦地把它打量:刀鞘上镶着松耳石,象牙柄上嵌着红玛瑙。自然有些陈旧了,多年的尘埃使它失去了体面的色泽,但是烈性的锐气犹在。锋利的弯月,青铜的寒风,尖刃上仍然能行走迅猛的呼啸。

藏刀在时间上已经沉默四十多年了,刃面上一层薄薄的锈迹记载着岁月的留痕。冰是火的化身,无声是有声的极致。我知道藏刀一直醒着。

看着藏刀,我很亲切又很陌生。

日子用最粗糙的砂纸,打磨掉我眼前早就板结了的雾障,强迫我想起生命中那些无法忘掉的往事。已经死去数十年的黑夜开始变亮,和窗外的阳光混在一起，拽我走进拉萨八廊街。

藏刀，我骨髓里的忧伤乃至悲愤是你造成的。你的主人们生存的艰辛，还有当时有气无力的阳光下西藏千疮百孔的面容，也许永远不为你所知。但是你要明白，拉萨的夜确实不平静，有人在行窃，有人在放火。

山比情葱茏。

水比意活泼。

藏刀，你把我从宁静的和平时代带入战乱的年代。当时西藏和平解放不久，还没进行民主改革，刚刚发生了一场叛乱。正是拉萨痛哭流涕的季节。我必须让自己的思绪慢下来，以便仔细地回忆和拾捡那些不该被遗弃的细节。比如，我走过大昭寺唐柳下看到柳枝上挂着一只烧焦了的藏靴；在布达拉宫广场旁边的水坑里我看见正挣扎着一只奄奄一息的小羊羔；一个喇嘛在罗布林卡前和我打了个照面后，便慌慌张张地进了树林；我来到市中心，发现路边没有主人的地灶被冷风吹走了最后一点热气……蒙难中的拉萨，今天我对这些仍记忆犹新！

接下来，我该讲到那位阿妈了。

那天午后，如果没有那场突如其来的降雪，我突发奇想地产生了想去看看八廊街雪景的想法；如果没有雪后那次辉煌的落日，把八廊街映照得凄美、苍凉，我也早就离开那条古老的街道了。一切都在意料之外。

八廊街（那时叫八角街）是拉萨城市的标志，是城市之中的一个闹市，城中城。它紧紧围绕着大昭寺，周围那整个一片的旧式的、有着浓郁藏族生活气息的建筑形成的一条环形街道。八廊街内僻巷幽幽，曲途自通，宫厦套着石屋，回楼依傍古寺。解放前，八廊街里既有噶厦政府、地方法庭、监狱等机构，又有商店摊贩、手工作坊。这里住着达赖世家等贵族、僧人、学者，也住着木匠、银匠、铁匠、画匠、裁缝及农奴、用人等社会地位低下的市民。人们在八廊街上那些难以计数的小货摊上、撑在街旁的各色小帐篷低下，或在一间挨一间的伸进街巷深处的幽暗的小店中，神秘地进行着各式各样丰富多彩的交易。这里是西藏生活的集散地，是西藏民俗乡情的本来面貌表现得最原汁原味的地方。即使现在到了21世纪，外地人走进八廊街仍然能够比较真实地感受到几百年前藏族人民的生活习惯和气息。

　　八廊街给我留下刻骨铭心的令我终生难忘的事情，是藏家人在这条街上神圣的朝圣和虔诚真心地祈求人生愿望。拉萨城里的转经路有三条：大转经路是围绕拉萨全城，从沿河路向西绕到布达拉宫后面，再朝东顺着建设路绕过邮电大楼，最后回到沿河路上开始转经出发的地方；第二条转经路是绕布达拉宫一周、绕药王山一周；小转经路也是藏族人心中最重要的一条转经路，那就是围绕大昭寺一周的八廊街转经路了。我要说的是八廊街上男男女女老老少少手摇转经筒若浪如潮的朝圣人流。我每次来到拉萨，一个最突出的感觉便是这儿的变化太慢，仿佛正是八廊街上缓缓的、静立不动的脚步拖住了拉萨的发展。他们不动声色地一圈一圈地走着，这三里长的环形街何处是头！每天傍晚，是特定的转经时间，这时好像接到了一项无声的命令，四方的信男信女立即涌向大昭寺的正前方，一阵轻微的有次序的骚动之后，便严格的以顺时针方向沿着八廊街走去。必须是顺时针，有些不守规矩的外地人总有反时针走八廊街，这时藏家人用鄙夷的眼光小视他们。傍晚的八廊街上，只听见无数的皮鞋、布鞋、毡靴磨蹭地面的碰响声和人群中发出的轻微的祈祷声。鲜亮的耳环摇摇摆摆，一串串珠宝闪闪烁烁，一个个转经筒有旋律地晃动。这活脱脱、灰蒙蒙的队伍给人的印象又严肃又郁闷。

我就是在这时候遇到那位藏族老阿妈的。

不紧不慢的雪花像小蝴蝶一样满天飞舞着,很快就给拉萨披上了耀眼的银装。雪中的八廊街自然别有情趣,那些高矮不齐的房舍一积起雪就变得齐刷刷的一个模样了,犄角旮旯也被雪填充得同样白净了。唯有街道上滴雪不留,摇着转经筒走街的人们用一双双沉重的藏靴踏飞了路上的雪。雪是天空凝固的泪水,它掉落下来的声音分明带着一种悲伤,所有人包括我们这几个串街观光的士兵,都在抬头望着灰蒙蒙的天空,倾听着雪的声音。走街人嘴里念念有词的祈祷声一声比一声苍白。1959年初冬拉萨的这场雪肯定是死亡的落霞,要不八廊街为何这样荒凉、凌乱?

我正毫无目的地在街上走着,大部分商店的门都死死地关闭了,只有少数的印度和尼泊尔商人乘机开门赚钱。其实许多人都像我一样只是出出进进地串商摊,只看不买。我是为了观光无心买东西。风吹着,风一直吹着,吹着随着雪花旋转的转经筒。雪帮我保存下这些记忆。

老阿妈像是从天上掉下来似的出现在我的视线内。她走在我前面,顶多有五米的距离。她手摇转经筒,不知为什么那转经筒似乎很沉重,她摇得很吃力。老人穿一件脏兮兮的旧藏袍,袍沿拖着地,她走过的地面上蹭下了一行印痕,袍沿上凝冻着一串串雪球。在她回头望我时,我看到她脸上布满核桃皮似的皱纹,深藏于皱纹里的眼神仿佛集中了世界上所有的苦难和忧伤。她衣折里凝滞的霜尘及藏靴上龇开的破洞,告诉人们她是从远方来的朝圣者。

藏北那曲,还是阿里山地或更远的亚东?不得而知。一只藏犬很忠诚地跟随老人身后,这时窜到一个角落抬起后腿撒一泡尿,本来洁白的雪面露出一片黑污。据说多年后,这些尿也能让主人找到返回的路,有藏犬人就不会迷路。

初冬的风已经很凉了,老阿妈走在落雪的风里,一颠一颤,随时都会倒下似的。这时她抬起疲惫的头用那双没有光神的眼睛看了看我,突然回转身急步走到我面前,乞求似的拦住了去路。不容我多想也不容我说话她就挡住了我。我不清楚她要做什么,不懂藏话又无法跟她交流,心中不免生出几分惊恐。我站定,尽量让自己受了惊的心平静下来。老阿妈又是说话又是用手比画,这样,反复几次以后,我终于明白她是要我买下她的藏刀。

其实我早就注意到了,老阿妈没有摇转经筒的左手里攥着一束枯萎了的格桑花,花簇中间露着一把藏刀,就是我们常常看到佩带在藏家人腰间那种小巧玲珑的藏刀,护身和装饰兼而有之。老人不可能是经商的买卖人,这我能从她的着装及神态上推断出来,那么她为什么要卖藏刀?

我不得不再次打量起站在我面前的这位藏族老人。

几十年间,数十次的跑西藏,进拉萨,我深有体验。只要你一踏进这块地域,就必须丢掉脑子里一些固有的东西,重新理解别人,重新理解环境。因为一切都是你从来没有遇到过的新课题,需要你既要设身处地地又要置身度外地去揣摩,去判断。就说这些远道而来的走在拉萨街上的朝圣者吧,对于他们的虔诚他们的执着,你只有理解了才可能走近他们,否则你与他们必然会格格不入。我曾听人讲过,也做过一点调查,这些朝圣的牧民,不少人为了一次神圣的拉萨之行,往往要把家里多少年间积攒的东西全部卖掉,作为上路远行的盘缠。倾家荡产者实在不少。信仰贴身,无怨无悔。他们一步磕一个长头地前行,不管多么漫长的路,多么艰难的路,都是跪拜出来的。数月甚至成年都要虔诚地匍匐在路上,吃苦、受累、遭罪,全都为了心中朝思暮想的那个明丽的圣地。有些长者煎熬不过路途的艰辛,就心甘情愿地长眠在朝圣的路上。眼下这位拦路的老阿妈朝圣到了拉萨,这是她梦寐以求的福分,是她的造化。她为什么要卖掉藏刀?我不得不作这样的推想:她已经灯枯油尽,身无分文,无法返回故乡了。回程的路也不轻松,她仍然要磕头,烧香。那些虚无、那些轮回、那些无法悲伤的眼泪还要在风雪里飞!

站在我面前的这位老阿妈,她是从家乡出发来到远方,现在又要从远方出发,返回家乡。不,她是走向更破败的远方!家还会等待她吗?门窗裂了,地灶灭了。她,衣衫褴褛,满脸忧郁,双手哆嗦。我同情她,怜悯她,但是我不能用夜色淹没夜色,也不能用眼泪对抗哭泣。我只能让她感受到人间还有温暖,哪怕是种植一粒星星的微光到她心田,对她来说那也是一次日出。这样才能中止她悠悠的叹息。

黄昏中的阿妈,黄昏中的忧郁!我走上前靠近了她,低沉地说,阿妈你好吗?你会好的,你的家乡在哪里?我语言生涩,而且语无伦次。阿妈并不能识别我混杂着西藏和陕西腔的口音,恐惧地后退了一步。我背过脸去,该不是拭泪吧!我没有犹豫,不能犹豫。于是我掏出多于这把藏刀三倍的钱,买下了它。五十元钱,这是我三个月的津贴呀。一个士兵!

老人恭恭敬敬地接过钱,又恭恭敬敬地递过来藏刀。使我记忆犹新的是那个细节:她特地拍了拍那束分明已经枯萎了的格桑花,与藏刀一起递了过来。

老阿妈走了,继续摇晃着转经筒走进八廊街上不算很多的人流中。世界博大,她却矮小。我望着老人的背影,摇摇晃晃、仿佛随时都会倒下的背影。直到那背影消失了,我才把目光从远方拔出来,落到了手中的藏刀上。我饱含深情地打量起这把藏刀。

它大约半尺长,刻在刀套和刀柄上的吉祥如意图案,在红绿相间的宝石映衬下栩栩如生，活物一般。有一桩事令我难解，藏刀为什么要裹在格桑花中？艳美的格桑花象征吉祥，象征美好，象征和谐。我心明如镜，和平年代用刀的时候少，用心的时候多。我喜爱藏刀是为了收藏。如果这格桑花的色彩还不够艳，香气还不够浓，那就再加上我丰富的生活吧！

西藏人说，冷的时候看太阳。此时是傍晚，天下着雪。雪中拉萨的晚霞很奇妙，却是阴冷的晚霞。本来到八廓街观景的我已经淡去了这份闲情。一颗怀揣美好梦幻的心，被老阿妈深重的藏靴踩埋在灰暗的深处。还有，就在我买老阿妈藏刀的时候，我们的排长李黑子一直站在稍远处一家尼泊尔商店门前，用怪怪的眼神看着我。是监视吗？我很是琢磨不透。我想上前和他说几句话，他却好像没看见我这个人似的，头一扭走了。不过，我没大在意，排长是管我们的直接领导，也许在他看来像我这个老大不小的兵还花钱买藏刀玩，俗气！没关系，排长夜夜都和我们这些兵打通铺挨着睡觉，熄灯后我咬着耳朵说悄悄话，会给他说清楚的。

我再也无心逛八廓街了。我不能忘记那位老阿妈，把自己心爱的藏刀卖给我的老阿妈。这个世界上有的人已经走了，这个世界上有的人还要留下来。老阿妈急着回家，说不定一家人正等着她呢！现在藏刀虽然拿在我手里，但那是老阿妈的，我愿意在我再次见到她时，把藏刀还给她。我满怀信心等待着，因为我相信老人家会有好日子过，藏家人少了藏刀好日子也会过得单调。这藏刀就算由我暂时替老阿妈保管吧！

有了这希望的等待，我的脚步变得轻快。

夕阳低低地卧在西山上，早起的月亮冲着我笑。

我拿着藏刀回兵站，一路上心情十分复杂，一会儿沉重，一会儿轻松。想到也许我还有可能再见到老阿妈时，希望的苗儿就把胸腔暖得好清爽；想到身无钱粮的老阿妈艰难的回乡之路，心儿沉沉，脚步也沉。我不会忘记我在八廊街上看到的老阿妈那张憔悴的脸，那摇摇晃晃走不稳的背影，她猛然间给我扯出了人间的苦根。但我毕竟还做了一件善事，得到了些许的安慰。

我无论如何没有想到，排长一直悄悄地跟随在我身后。半路上他突然快走几步，追上我问道：

"你买的这把藏刀有故事，你知道吗？"

"不知道。"我一边回答一边疑惑万状地望着排长，他一脸的严肃。

"藏刀是我从一家藏族商店买来的，后来被老阿妈要去了。"他说话的口气满是伤感，却很肯定。

我有点不知所措了，确切地说是紧张。会有这样的事吗，我买的是排长的藏刀？我怔怔地望着排长。

"老阿妈朝圣来到拉萨后，糌粑吃光了，手头又没有一分钱。她不得不在八廊街上乞讨度日。当时她乞求我送她藏刀，我没有理由拒绝她。虽然这把藏刀是我买来的心爱之物，但是我心甘情愿地用它去救人一命！"

我什么也没说，不知道说什么，只觉得手中的藏刀戳我心了！

"你留着吧！二十年三十年或者更长的时间后，你把发生在八廊街的这个故事讲给后来人听。这是贫困的西藏农奴挣扎在死亡线上的故事，也是他们摆脱苦难觉醒前的故事。那时我们都老了，也许很老了，年轻人如果不相信会有这样的故事，我出来作证。"

我收起了这把藏刀。最伤感的故事，最深沉的触动，最难忘的记忆。

一晃就过去了四十多年。

如今，老阿妈那一代人早就走了，当年的八廊街也跟着那一代人走了。但是发生在那里诸如老阿妈乞讨藏刀又卖藏刀的旧故事，不会过时也不会老。只要我们的日子还往前赶，就要守住那些旧故事，守住那些曾经苦苦挣扎了一辈子的人。像庄稼守住土地，像花朵守住节气。

黑子排长已经作古。他在生命最后时刻，我和他有过通话。他仍然惦记着那把藏刀，我说该物归原主了。他还是那话：你留着吧！我不能作证了，藏刀就是见证。

拉萨通火车了，今年或明年我肯定还会走一趟西藏。火车与我无关。我仍然坐汽车进藏，这样才能一路走，一路停，一路看，一路问。不过，八廊街我是不想去了。那地方会让我想起好些人，勾起来就伤感，如今他们都离开这个世界了，想起来，疼！我还是把那些名字都藏起来，藏在八廊街很深的深巷里，积蓄一生的同情、感恩与无悔吧！

# 耐冬草不是花

## 你对这份报告也许不理解

如果不是那个夏天——也就是姚志祥被评上建设柴达木盆地社会主义积极分子不久,我来到格尔木管线团驻地,看到那份墨水蘸着鲜血写的申请报告,我就失去了一次对他更深层的了解机会。这次了解使我对他的人生有了豁达开朗的寥廓和提升。这之前我曾七次采访过他,也写了一些关于他的文字,比如《昆仑山中耐冬花》等,其实那是草,人们偏爱它便称其花。但那毕竟就是一朵花,花到了极致才为"魂"。这次我拿着这份申请报告找到了"花魂"。姚志祥和雪山上的耐冬花一起成长,从某个意义上说它只是他的一个身份,他的人生比耐冬花精彩、耐琢磨。

姚总是管线团副团长兼总工程师。他一年四季总是那身着装:头上压着一顶被寒风冷雪侵袭得绒毛仿佛已经失去大半暖意的毛皮帽,衣领上的上校军衔(后来是大校)被略显肥大的工作服半遮半掩着,脚上那双厚墩墩的皮毛棉鞋迈出去简直能把昆仑山踢掉一个角。我们这次见面他已经五十五岁了,按照军队规定的专业技术干部服役年限,他离退休的日子已经不远了。前不久,他又一次递上了申请报告,请求组织批准他退休后还留在现在的工作岗位上,继续为国防建设发挥余热。姚总特别说明:待遇上没有任何格外的要求,一切都按退休后的规定办,只请求离职不离岗。

他对退休后的这种安排,一般人不好理解。在冰天雪地里拼死拼活地工作了二十多年,哪一个高原人身上不落个高原后遗症?轻者腰痛腿脚不灵便,重者肺和心脏变异。现在熬出来了,退休了,完全可以对着昆仑山下的烈士陵园行个军礼,祝愿长眠在那里的700多名战友静静安息。然后打道回府,到内地找个舒适的地方安度晚年。为什么呀,到底为什么呀,姚总,你退休了还要待在高原?

也许可以这样说,根据我多年和他的交往,对他这一举动还是可以理解的。但是我仍然要让他掏出心底里最私密的想法亮在大家面前,毕竟他这样的选择太出乎一般人的意料。于是,我问他:"部队在西宁、西安都为退休干部安排了住房,你怎么非得要在昆仑山下安家?老伴和孩子们是怎么想的?"

没想到这一问不知触到了他的哪个痛点,他举起手背抹去了终于流出来的热泪,说:"我离不开高原呀,离不开管线!它已经和我身上的血脉连通起来了!"稍停,他才说:"走,到我家里串串门!"

老姚带着我和与我同行的作家窦孝鹏,来到了他在团部的家。那是一座土木结构的二层小楼,上下相加不足一百平米。与它平行而立的还有五座这样的土楼,都是管线团几位领导的办公室兼宿舍。老姚说,退休后他要把这座小土楼交给团里,按照原样在昆仑山下的雪水河畔建一座同样的小楼,那就是自己真正的家了。他说这些时眼眶里的泪水几次涌出。我能理解他,又仿佛不完全理解,便问:

"为什么偏要选在昆仑山下,又按原样建房?"

"总得有个家吧!家的地址选在这里才最合适!"

他说着摊开一张地图，那是格尔木至拉萨地下输油管线平面图。管线的起点是离格尔木约30公里的雪水河，那里是数千里输油管线的第一个泵站——雪水河泵站。他手指着泵站的地方这样说。

我明白了，他是离不开输油管线啊！

我回过头，问姚总的爱人唐菊香："姚总退休后打算在格尔木安家，是你们商量决定的吧？"

未等妻子说话，姚总抢先回答："是全家人一致的意见！"

唐菊香笑笑："嫁鸡随鸡，嫁狗随狗吧！"

她说着笑了，先冲着老姚笑，随后又冲着我们笑。她的笑脸很像一朵葵花，守着籽盘不分枝，整齐而美丽。

这时，姚总把那个申请报告的底稿递给我，我接过读着，突然觉得手中这张薄薄的纸有千斤重……

## 这棵小草，是天敌还是卫士？

横穿世界屋脊青藏高原的地下输油管道，全长1080公里，起自昆仑山下的南山口，终点至拉萨。它像一条气势磅礴的巨龙，跨越雪水河、楚玛尔河、沱沱河、通天河等108条大小河流。翻越昆仑山、风火山、唐古拉山等九座雪山。途经多处盐碱地、沼泽地，以及560多公里冻土地带，有900多公里通过海拔4000米以上的高寒地区。沿途年平均冰冻期长达七个月以上。这条管线可将格尔木炼油厂生产的汽油、柴油、航空煤油、灯用油四个品种五个型号的油料输送到西藏。它一旦发生故障西藏高原就没有了光明和动力。

在两千里的漫长管道线上，每隔数十公里或百余公里就有一个输油泵站，管线团的指战员们终年生活在高寒缺氧的雪线上，担负着输送油料和养护管道的任务。姚志祥是团里唯一的总工程师,可以想象他肩负的任务有多繁重,又多么重要!他是管线团第二任总工程师,相对第一任总工程师而言,他的任务当然要轻一些,但是他面对着前任总工程师和技术人员没有的艰难:这条管道设计的运行年限是十四年,姚总走上这个工作岗位时,管道已经超过了"服役"年限。他只能使出加倍的精力和时间对待这个"超期服役的无言战友"——他总是把输油管道视为自己的战友。不是吗?人只有用心呵护它,它才能发挥最大的效能。

那是管道运转到二十年时,姚总带着人马要对管道进行一次全面的检测、维修。这项工作异常仔细、烦琐。管道深埋在地下一米或两米的地方,他们从管道的起点雪水河开始,每20公里挖一个坑,一直挖到拉萨,共510个坑。挖坑,让管道暴露,然后剥掉防腐层,用仪器测试管道的外壁、内壁,看它还能承受多大压力,泵可以给它提供多少动力。一旦发现漏点,及时补漏,维修。管道的防腐层分里、中、外三层。里层有四层热力沥青,中间是三层玻璃纤维布,外层是聚氯乙烯防腐塑料布。防腐层可以防水、防草,还要与水、土绝缘。防草?沼泽地带有些草生命力极顽强,管道一旦有一点裂缝或咬边处,它就会钻进去,生长,破坏了管道……

焊接漏点,更是一件很琐碎又十分精细的工作。焊接处要设置临时保温棚,以防雨、雪、冰雹、风沙的侵扰。还要用木板堵住管道的另一端管口,防止冷空气在管内流动,影响焊接合格率。如果管道穿河而过,人就得屈身踏水工作;如果管道悬在陡坡上,人就得双手并脚攀登工作;如果遇上雪野,就得和衣跪地劳作……那次检修管道,姚总和同志们焊接了1082个缝口,每口都是优质记录!

姚总给我详细地讲了藏北大草原那段输油管道的复杂情况,以及他们的维护——

　　这里属于高浓度盐碱沼泽地段,黑黏土,水深草盛。它是牛羊天然的好牧场,却是管道不共戴天的敌人。水草中长年寄生着一种细菌,专吃管道的沥青防腐层。破坏了防腐层,说不定什么时候那一段管道就会腐烂、穿孔、破裂;另外,水草地上生长着成片芦苇似的小草,叶子倒柔柔的,可其根却异常坚硬,像刀一样利,它一点一点向管道挤压,慢慢地有些根就钻进了管道。随之,水土就跟了进去,管道废弃。

　　……

　　我是在姚总的小土楼里听他讲管线的故事。真没想到,看起来粗犷的他,却是粗中有细的精明人。这时他从一本摩擦得封皮卷了角的书页里拿出一棵草,摊放在手掌上,伸到我面前:"就是它,咬我们的管道!"他把"咬"字念得格外吃劲,我分明听见他的牙齿在碰响。

　　那草的叶子是椭圆状,最凸显的是它的根端,尖尖的,犹如不示弱的刀尖。整片叶子因为绿汁早已经枯干,只留一条条脉纹,有棱有角地衬托着尖尖的根。

　　姚总说,不要小看这棵小草,它咬铁啃钢,我们的输油管道也怕它。谁也不知它的名字,我们开始都叫它耐冬草,后来又改叫耐冬花!称它为花,这是因为我们不久就发现它的另一面我们可以利用。耐冬草含有一种毒液,能毒死地鼠。而地鼠也是破坏管道的天敌。有了耐冬草地鼠就远离管道了。我们勤检查管道,不让耐冬草靠近管道,它就可以成为防鼠的卫士了。大自然真是有意思,神奇又奥妙。姚总用赞美的口吻讲"管敌"耐冬草,这使我联想到,在战场上总有一些常胜将军,他们常常"以敌化友",用敌人对付"我们"的办法对付"他们"。以其人之道还治其人之身,取得胜利。

　　姚总懂兵法。这也是我那年写《昆仑山中耐冬花》的缘由。

我的兴趣大增，便说，姚总，你接着讲你和战友们的故事吧！……

## 团史展览馆的八双帆布手套

那是输油管道通油后的第五个年头。

紧贴着昆仑河底穿过的 300 米管道，由于夏天不断突发而来的洪水冲击，冬天又封冻在坚如磐石的冰层中，一来二去，防腐层被剥得干干净净，暴露在光天化日之下的赤褐色管道如同弹簧一样，忽忽悠悠地颤动在水中。指不定什么时候它就断裂了。

杨秀德副团长带领技术人员和包工队干了两年，把二十万元扔进了昆仑河，管道却没有修好。也难为这位副团长了！他是在一种怎样险恶的环境下施工的呀。昆仑河是从千年积雪加冰的雪山上淌下来的雪水河，以每公里十米的落差咆哮而来。与其说这是一条河流，倒不如说成瀑布更恰当。涛汹浪跳，拍岸撞崖的吼声震撼九天。两岸的岩石被恶浪冲击得沟壑纵横，河底的输油管道在奔涌的激流里显得那么脆弱。杨副团长在两年的两个施工期内，虽然一次又一次地组织突击队去冲锋，最终还是没拿下这个"山头"。

那 300 米的管道仍然颤颤巍巍地袒露在河床上。

就是在这个时刻，团里指定姚志祥为总负责人，赶到昆仑河去紧急抢修管道。"紧急"二字用在这里绝非耸人听闻。当时已经到了 10 月 10 日，施工季节只剩下二十来天了。进入 11 月，昆仑山天寒地冻滴水成冰根本无法施工，又要推迟到来年夏天才可以动工。耽误不得呀！

姚总来到现场，去角角落落转了一圈，突然生出一个念头使他心里很不自在：人家杨副团长干了两年，没有拿下。你去逞能，杨副团长会怎么想呢？我干好了，等于给杨副团长脸上抹黑。干不好，别人又会说，瞧你老姚，还不是半斤八两。没有金刚钻，就别揽瓷器活嘛！这时一位要好的战友拉着姚志祥的衣角，悄悄地递话："老姚，这半拉子工程挨不得手，别当傻子了！"姚志祥听了心里咯噔了一下，深思起来。

杨秀德得知有人拿自己说事，给姚志祥吹冷风，便主动登门拜访姚志祥，诚恳地说：

"老姚，你就放手干吧！我老杨栽了是因为能力有限，怨不得别人！我干不成，怎么能挡着道不让别人干呢？你是大学生，有知识，一定会成功的！"

姚志祥说："杨副团长，有你这番话，我老姚心里有底了！我一定要想尽一切办法把管道抢修成功！"

杨秀德一把攥住老姚的手，说："好！成功了给咱团里争光，到时候我请你喝酒！"

杨副团长陪着姚总来到昆仑河施工现场，面对那雄狮狂舞般的河水，诚恳地讲了自己的教训：

"我在这里栽了一跤，现在才明白了，我只想着征服昆仑河，却没有想到要服从它，所以我失败了！"

姚总问："服从？怎么服从它？"

"就是要承认它的凶猛，了解它的凶猛，掌握它凶猛的规律。这样才有可能征服它！"

姚总说："你说得好，咱们想到一块去了。我们必须摸清昆仑河的脾气，然后牵着它的鼻子，让它听我们使唤！"

激战昆仑河的战斗在一个旭日东升的黎明打响。

姚志祥经过反复勘测，多次开会让大家献计献策，又吸取了杨副团长的建议，最后制定出了这样的施工方案：首先拦截昆仑河，强行将其改道，将管道暴露于河床上；第二步，组织战士们击水而战，在裸露的河道里开挖一条300米长的管槽，把管道渗到河床之下；第三步，修复管道。

三个白天钢钎叮当。

三个夜晚灯火通明。

一条300米长的导流渠终于修成。昆仑河改道了，第一个战役取得胜利。姚志祥站在裸露着碎石的河床上，用舌头舔了舔干裂得有了血缝的嘴唇，说：

"同志们，今天我们就违反一次纪律，晚饭时每个人可以喝两盅酒。一是对我们的筑坝引流成功表示祝贺，二是喝杯酒提提精神，准备迎接更艰巨的战斗！"

这祝酒词实际上已经宣布了"车轮战"开始的序幕。

这天晚餐，用床板支起的每个餐桌上，果然多了一瓶"江津白"，酒瓶盖子是姚志祥一个一个亲手拧开的。

有的战士只喝了两盅酒，饭也没吃饱，就按捺不住求战的亢奋心情，箭步跑到工地上抡起钎锹干起来了。

"车轮战"打了三天四夜，太阳和月亮在战士们眼里交替换班。姚志祥心疼这些干起来总是忘了休息的可爱的战士，便宣布休息一天，养精蓄锐。第五天开始了第三个战役。

狂傲的昆仑山，仿佛在这些兵们遏制不住的大战拼劲中矮了许多。几乎每个小时都有人被高山反应击倒，几乎每个小时都有苏醒过来的兵重返战斗第一线。姚志祥没有小伙子们那股捅天撞地的虎劲，不可能抡大锤、掌钢钎。他只能扛着水泥袋，呼哧带喘地向浇铸组小跑着忙碌。他的脸上溅满了泥浆、水滴，军衣上落了一层冰凌。他已经两天两夜没有正经地合眼了，很困。战士们实在不忍心让他们的姚总这样拼命,说:"姚总,你睡一会儿再干吧!"他说:"我刚刚睡过了。"他的确"睡"过了,可那是怎么"睡"的呢?他这个"睡觉"的方式实在太奇特了,太少见了。扛着水泥袋,边走边"睡"。一次"睡"五六秒钟。常常是脚下一滑,或一声机械的隆吼,惊醒他,肩上还扛着水泥袋……他就是这么"睡"的。一次,他扛着水泥袋,刚"睡"着,就撞在了一个水泥罐上,眼镜撞得粉碎,脸上撞了个大包……

300米的管道终于从昆仑河底穿过,按原计划工程提前两天告捷。

这次激战昆仑河,姚志祥的帆布手套就磨破了八双。

杨秀德副团长见到胜利归来的姚志祥,第一句话就说:"老姚,我佩服你!咱说话算数,我请客,喝酒!"

姚志祥没有推辞,按相约的时间到了杨秀德的家里。这是家宴,备有白干。杨秀德端起斟得满满的酒杯,对老姚还是那句话:

"我服你了!"

说着眼里就涌满了泪花。

席间,杨秀德提起了姚总的那八双磨坏了的帆布手套:"老姚,手套保存好,咱们团史展览馆要收藏!"

……

我走进团史展览馆,在一个玻璃匣前站住。展放在里面的八双帆布手套静静地躺着,好像有些疲劳的样子,半睡半醒,上面的破洞处蓬乱着几条线头。我感觉得出,姚总的手好像还紧紧攥着它,它依然散发着一个劳动者回天之力的手劲……

姚总没有陪我来团史馆,他说,你自己去看吧,我就不去了。他没说为什么不来,我也没问……但是我能理解他,手套虽然成了文物,毕竟曾经耗去了他那么多的体力和心血……

## 经幡要诉说新故事

那年春节刚过，姚志祥就带领一个排的兵力，到西藏某地的 300 公里管道线上执行巡线任务。

原来，当时"格拉管道"刚通油不久，那里还没有建起输油泵站。这样，300 公里管道的运行和维护就暂时处于失控状态。只有加强巡线才能保证全线管道安全运转。

姚总和二十五名战士乘坐解放牌大卡车，顶着西藏二月尖利的寒风，落脚于藏北的当雄，住进了"干打垒"房里。从此，他们以这里为大本营，向南上拉萨，朝北奔那曲，开始了步行巡线。日出出发，日落归营，他们巡线六个多月，直到泵站建成。201 天，跋涉了三万多公里。

201 天，他们虽然跨越的是春夏两个季节，但是，几乎每天都在风雪弥漫中跋涉。西藏的许多地方，一年只有一个季节：冬天；一年只刮一次风：从大年初一刮到大年三十。201 天，无论刮风、飘雪、下雨，他们天天乘坐大卡车外出巡线。战士们戏称解放牌汽车的大厢是"解放旅馆"。姚总笑说："我们不是旅馆的客人，而是旅馆的主人。" 201 天，他们每天每人带上两个馒头，挎一个军用水壶，这就是他们的午餐。每次到了中午吃饭时，馒头冻成了硬坨，水壶里的水也有了冰碴，难嚼难咽。201 天，他们下了汽车后，每人扛一把铁锹沿着管道巡线，踏过沼泽，踩过草滩，走过冰川……

六个月中，姚总每天都要跟随战士巡线，战士们步行 10 公里，他半步也不少走，他也像战士们一样，常常吃不好中午饭，饿着肚子巡线。有时候他带的那两个馒头，因为保管得妥善没有冻冰，就让给身体弱的战士吃。别人问他，姚总，你使什么魔法让馒头没有冻冰？他笑而不答，只是指指自己的心口。原来他是用胸膛暖着馒头呢！艰苦的野外生活，使年龄比战士大一倍的姚志祥的身体整个瘦了一圈。战士们说："每天只要看到姚总第一个站在卡车的大厢里，我们心里就是有一点怕苦怕冷的怨气，也张不开嘴了！"榜样的力量支撑起士兵们的心帆。

姚总在巡线时表现得机智而细心，大家心悦诚服。一次，他在拉萨河谷堆龙德庆县境内巡线，刚走进一片开满油菜花的田间，老远就看见有两个牧民正猫着腰用铁锹挖着什么，他便加快脚步往前赶。两个牧民见来了金珠玛米，立即走开了，转眼便消失在旁边不远的村子里。姚志祥纳闷：他们在干什么呢？

他上前一看，管道旁边的地上已经掘开了脸盆大的一个坑。显然是那两个牧民所为，他们为什么要挖坑？姚志祥抬头四顾，田野静无一人，只有村子里的藏式屋顶上挂着一串串经幡，在寒风中猎猎作响，好像要给他诉说什么。他决定到村子里走一趟，弄清楚两个牧民诡秘的行迹。

那两个牧民并没走开，他们站在村口正笑声朗朗地聊天，比比画画聊得好开心。姚总把刚才看到管道旁那个坑的事说了出来，两个牧民听了很爽快地承认是他们挖的坑，全然没有当回事。

为此，便有了下面姚总和两个牧民的对话：

"你们千万不要在输油管道附近挖坑刨洞，这条管道是给西藏运送油料的，像人身上的血管一样重要！"

"我们当然知道这是金珠玛米的大油管，没有伤着它，只是从大油管下面掏了个坑，让水流过去好浇田，地里的青稞干旱得都弯下了腰，我们心里着急呀！"

"没伤着管道？根本不可能像你说的那么简单。管道本来固定在地下，你在这儿挖条沟，他在那儿掏个洞，管道失去了固定，总会有一天因为松动而破裂！"

"管道破裂？我们浇地时挖条沟，不浇地时把沟填上，这样还不行吗？"

姚志祥摇摇头，说，绝对不行。接着，他给这些直爽却对外面世界知之甚少的藏胞，讲了这条输油管道的重要性：这是当年周总理批准建成的一条输油管道。它起自昆仑山下的格尔木炼油厂，把柴达木盆地产的油料输送到西藏。管道一旦出了问题，西藏断了油，那会出现什么后果呢？飞机飞不出贡嘎机场，汽车卧在布达拉宫广场开不动了，拉萨城变得一片黑暗……整个西藏都失去光明也没有了动力！就连喇嘛庙也看不到一星亮光……

这时，已经围上来了不少藏胞，男的女的，老的少的，还有几个身披袈裟的僧人也夹杂在人群里，把姚志祥围了个水泄不通。他们七嘴八舌地议论起来，听得出是在惊叹这条油龙原来有如此神奇的作用。那两个牧民这阵子悄悄走出人群，再没回来。

姚志祥牵挂着他俩，问身边的藏胞，没想到是一位僧人抢着回答："他俩在赎罪，把刚才挖的那个坑填埋了……"

此刻，头顶的太阳钻出云层，给拉萨河谷撒满金色光波。最耀眼的还要数不远处喇嘛庙顶上那串经幡，它分明要向来往的路人诉说一个最新发生在西藏的故事……


我离开了昆仑山，坐在返回北京的火车上。

我的眼前一直浮现着雪山上的那些硬而不屈的耐冬草。它是输油管道的天敌，吃铁咬钢。可是在姚志祥的眼里它成了花，英雄花，成为管道的卫士。大自然中蕴藏着无限的神秘力量！姚志祥们为自己的情思，也为大自然的归宿找到了适当表达的空间，把人类的智慧和大自然的精神融合在一起。

当初耐冬草肤浅得多么疯狂！如今它深邃得那么丰满！但耐冬草是草，毕竟不是花。

## 第二枚结婚戒指

这是张四望生命的最后时刻。他已经失去了意识,睁不开眼睛,不能说话了。只是静静地躺在医院的床上,妻子王文莉守在他身边,他总是习惯摸着妻子手上的那枚结婚戒指入睡,一副甜美的睡态。人已接近昏迷,爱却醒着。妻子一旦离开,哪怕几分钟,他就烦躁起来,嘴唇翕动着谁也听不清的喉音。任凭护士怎么安慰,他依旧烦躁。王文莉来了,她赶紧把手伸给四望,他抚摸到了那枚戒指,才安静下来。抚摸!那是他们旷日持久分离后的重逢,或轻或重,都像甜蜜的风从心扉吹拂。忽然,他的手停了下来,是在等待爱妻一个由衷的赞美,还是等待一个彼此的谅解……

王文莉说:"他是放心不下我呀!他不愿意扔下我孤零零一个人到很远的地方去。"王文莉说着说着泪水就涌满了眼眶……

张四望是青藏兵站部副政委,年轻有为的师职军官。从1980年入伍至今,二十七年了,他没抬脚地走在青藏山水间,西宁—格尔木—拉萨;日喀则—那曲—敦煌。冰雪路是冷的,他的心却燃烧着暖火,为保卫西南边防和建设西藏奔走不息。有人计算过,他穿越世界屋脊的次数在五六十次以上,也有人说比这还要多。张四望没留下准确数字,也许他压根就认为没有必要计算它。青藏线的军人沿着青藏公路走一趟,平平常常,有什么可张扬的。这话张四望说得轻松了,其实他比谁都清楚,在自然环境异常艰苦的青藏高原上,指战员们必须吃大苦耐大劳,才能站住脚扎下根。兵们体力和心力的付出是巨大的。领导关爱战士哪怕递上一句暖心的话,对大家也是舒心的安慰。还是他在汽车团当政委时,就讲过这样的话:"不要让老实人吃亏,不要让受苦人受罪,不要让流汗人流血。"张四望对兵的感情有多深多重,这三句话能佐证。从团政委走上兵站部领导岗位后,他索性在就职演说中讲了这三句话。当时他刚四十岁,是历届领导班子里最年轻的一个。

  现在,可恶的癌细胞已经浸渗到他的整个脑部。他不久就要离开人世了。他说不出一句可以表达自己心迹的话,只能用这枚无言的戒指来传递对爱妻的感情。结婚快二十年了,他只是没黑没明地忙碌在青藏线上,今日在藏北草原抢险救灾,明日又在喜马拉雅山下运送军粮,何曾闲过?开初,王文莉在老家孝敬公公婆婆,养育女儿。后来她随军了,却是随军难随夫,夫妻仍然聚少离多。花前月下的浪漫她确实没有享受过,但四望有过多次承诺,只是未曾兑现他就要远去了!记得结婚时,四望给妻子连个戒指都无暇买,还是结婚后他利用执勤的机会顺便在拉萨买了一枚补上。他对文莉说:"拉萨买来的好,日光城的戒指,有纪念意义!"

  眼下,他确实有时间了,在京城这座军队医院住了快半年,逛北海游览长城,有的是时间。可是他已经病得无力兑现对文莉的承诺了!人呀,为什么就活得这么残酷,夫妻间该享受的还没享受,丈夫的人生之路转眼就走到了头!王文莉记忆犹新的是,每次四望从青藏线上执勤回来,一进屋倒头在沙发上就睡觉,他确实太疲累了。她做好晚饭,喊了几声也不见动静,只听鼾声如雷。七点钟到了,只要她说一声:"四望,新闻联播开始了!"他马上就起身看电视。

这时,摸着妻子戒指的张四望,也许在忏悔了吧。高原军人也有家,也有妻室儿女,再忙再紧张也该抽空陪陪妻子,陪陪女儿呀!但是一切都晚了,他只能摸着妻子手上那枚结婚戒指传递内心的爱意!

在病房里值班的三个护士,亲眼看到了张四望和王文莉相濡以沫的感情,谁个心里能不涌满感动!她们悄悄地议论:"若能相爱到他们夫妻之间的这份感情,天塌下来又能算什么!"她们商量着做了一件事,买来一枚戒指,轮到谁值班谁就戴上,每次王文莉临时有事外出时,她们就把自己戴着戒指的手轻轻地放在张四望手中,张四望摸着那戒指安安静静的,一脸的幸福。护士们看着张四望那平静的脸,看着他那轻微移动在戒指上的手,忍着心头无法剔除的隐痛,泪珠吧嗒吧嗒掉在张四望的手上……

这该算作是张四望的第二枚结婚戒指吧!一枚来自拉萨,一枚来自北京。两地相距数千里,真情、友情却是靠得那么近,那么紧!

# 前窗观雨后窗望雪

在我数十年间游历过的祖国山河中,最数走进可可西里生活丰盈,日子过得有滋有味的浪漫。那个地方气候多变,十里不同天,无风也起浪。有云就是雨,给我留下了难以抹去的印象。这四句顺口溜可以见证:"不冻泉,不冻泉/气候一日三变化/朝砸冰雹暮落雨/照着太阳飘雪花。"不冻泉只是可可西里的一个地名,其实那里的五道梁、楚玛尔河、沱沱河、雁石坪的天气,都是一日三变,让人难以琢磨。

可可西里是唐古拉山与昆仑山之间一片广袤的荒野。自然条件异常恶劣,平均海拔在4600米以上,年平均气温仅为零下四至十摄氏度。可可西里除了两条著名的山脉之外,中部均为起伏不大的山丘、台地和苔原地貌。这里是青藏高原湖泊最集中的地区,大于十平方公里的湖泊就有三十五个。在这个地形、气候极其复杂的地区,人们常常可以在同一时间同一地点看到太阳、暴雨、大雪、冰雹齐现的奇观异景。

每年夏天,可可西里多为艳阳高照、晴空万里的绝好天气。又高又蓝的天空,那些不知疲倦的鹰们在悠然翱翔,给人的感觉是鹰的翅膀擦亮了蓝天。可是,突然之间,不知从何处猛乍乍地飞来一朵无根无源的云,钉子似的钉在晴空某个地方。就是这朵过路的云拧下了一场足以把戈壁滩泡软的阵雨。下雨的同时,那些鹰们仍在云旁的蓝天上飞翔。可以推知，它们的翅膀一直是干的，它们下面的地面也是滴雨未落，枯草在热风里依然干渴地晃动着。

冰雹猛然间从天而落，在可可西里也是家常便饭。起风了，风是从雪山下的骆驼草丛中卷来，风头上绕着一朵或数朵乌云，乌云很快升至中天，却不遮住灿灿的太阳，只半绕着太阳。转瞬，噼里啪啦的冰雹就劈头盖脸般砸下来。遍地铺满了白花花的冰雹，小的如蚕豆，大的像拳头。由于太阳依旧高悬，满地的冰雹闪射着肃穆而冰冷的银光。如果这时有汽车正好遇上这场冰雹，司机不必担心雹子会砸坏引擎盖，只需加大油门快速行驶几分钟就可以驶出落雹区。司机停下车回头望时，冰雹已经停了。

最有情趣最令人思绪万千的还是我在五道梁看到的那前窗观雨后窗望雪的独特景观……

那次，我在位于可可西里腹地的五道梁兵站小住几日，为的是欣赏山野的风光，多拍摄一些可可西里的野性风景照片。太阳高高地悬在蓝天上，遍地明媚着柔美的阳光。风平浪静，空气清新，可可西里透明得几乎能看到它的五脏六腑。我拿着傻瓜照相机，快速地从各个角度拍摄着迷人的景物。我贪婪得巴不得将整个可可西里都装进镜头。陪我同行的兵站站长陈二位提醒我："你要抓紧拍，好景不会太长。这里的天气说变脸就变脸，见云便是雨，起风就扬雪。"他的话音刚落，天色忽地就暗淡下来。太阳被云遮住了。陈二位拉着我走进不远处的一间小木屋。这时哗哗大雨已经下起来了。如果迟一步，我俩都会变成落汤鸡的。

陈二位说，小木屋原本是为了让进出可可西里深处的官兵歇脚的，谁会想到它渐渐地变成了观景屋。

我站在小屋的前窗口观雨。斜斜的雨丝网着大地，雨滴在干燥的地上爆出湿漉漉的脆响。本来趴在地面的一些枯草在雨中慢慢竖直身体。一辆朝拉萨方向开去的长途客车停在了公路上,男男女女的乘客纷纷下车,站在雨中做操,转动腰身,挥舞胳膊。有几个乘客还仰头张大嘴,清爽地让雨水往肚里灌。可以想象得出,连日来他们在高原行车,身心干渴,这场雨会带来多少滋润!

雨下了不足半小时就停了。太阳钻出云缝又露出了美丽的脸蛋,雨后的可可西里格外灿烂。

陈二位带我到兵屋的后窗口,那儿的景观更好看。

离后窗百米远的地方,雪下的正酣。落雪处与兵屋之间是一片阳光地带,没有任何飘雪下雨的迹象。我的目光穿过这片空地,望见大片大片的雪花慢慢悠悠的飘洒,很快地上就出现了斑斑驳驳的雪迹,金钱豹的身子一般。有一位藏族阿爸赶着牦牛在雪中跋涉,起初那牦牛背上驮着一片黑,渐渐地驮起了一片白。阿爸只顾低头赶路,无暇欣赏牦牛背上这个由黑变白的美妙过程。雪越下越大……

我在前窗观罢雨,又到后窗来望雪。这些都发生在同一个时间的同一个地方。在可可西里生活的人真有福气!

很快大雪就停了。它来时很突然,走的时候什么也没说又悄没声地走了。可可西里又恢复了固有的空旷,宁静。雨雪洗了天空,洗了大地,也洗了我的心。

窗前,一簇簇红柳在雨后的湿地上蓬勃起了枝叶,那细碎的淡红色花朵也更鲜艳了。我突然生发出想象:红柳的叶子是可可西里的嘴唇,小花朵是它的语言。

可可西里的红柳呀,无论开放还是凋谢,它的光芒都不会熄灭。

## 二道沟的月亮滩

我常常记着二道沟那个地方。那里没设村也没建镇，只是长江源头的一片荒野。但是二道沟住着三户人家：十个战士的兵站，五个养路工人的道班，还有一户游牧而来的藏家人。二道沟的寒冷是出了名的，隆冬的最低气温可奔到零下三十二摄氏度。可是在最冷的季节我把它揣在怀里，会一直走进唐古拉山的最深处。那是因为二道沟有一个美丽的故事，战士是故事的主人公，还与泉水和月亮有关。

那已经是很久以前的事了。追歼残余土匪的一名解放军战士，跋涉至二道沟时，饥渴难耐，求助无门，便爬到一眼泉水边痛饮不止。他极度疲累，浑身乏力，正饮水时一头栽进泉里就再没起来。数天后战友和牧人们发现时，他的身体已经与泉水冻结为一体，唯两条腿直挺挺地露在冰面上，好像路标矗立荒原。这路标给跋涉者指示方位，输送力量。

军民含泪撩起清澈的泉水给这位无名无姓无籍贯的战士洗涤遗体，然后就地掩埋。墓地距泉边百十米，一块木板做墓碑，上写"神泉之墓"。"神泉"既是对无名墓的尊敬，又对泉水寄托了深情。

从此，二道沟就有了一眼神泉。说它神，是因为有人亲眼所见，一天夜里一轮金黄金黄的圆月从泉里升起，将月辉洒遍二道沟。拂晓，人们又眼睁睁地看着那月亮坠入泉底，消失了。传说归传说，但二道沟的泉月值得观赏品味，吸引了不少游人，这是不争的事实。

到二道沟赏月，是我向往已久的心愿。我虽然数十次跋涉世界屋脊，但是每次到二道沟都是飞车而过，留下了深深的遗憾。前年夏日的一夜，我在去拉萨的途中特地投宿二道沟，为的是赏月，也是为缅怀那位葬身神泉旁的无名战友。让那泉中月色醉我心扉，让那亡友的情怀壮我筋骨。

这夜留在二道沟赏月的游人，少说也有二三十个，他们都像我一样，在未看到泉月之前，心里已经揣上了那个美丽的传说。

月亮还没有爬上山垭。

旷野的夜，俱黑如漆。整个青藏高原被静谧和神秘笼罩着。唯点缀在黑绒般夜幕上的星花，闪闪烁烁，伸手可得。使人觉得它们仿佛就在地上，天地浑然一体了。这夜，月亮在十点钟后才能从山巅升起，爬进神泉。可是游人们都等不及了，早早地站在泉边等候。好像那月儿隐藏在泉水中，巴不得用双手把它捞起来。

夜，寂静如海底。偶尔从青藏公路上驶过一辆汽车，连那轮胎擦地的声响都听得一清二楚。汽车渐渐远去，夜显得更幽静。

月亮是在一瞬间出现在泉中的。不知是哪位女高音喊道："来了！来了！月亮回来了！"可不是回来是什么？月亮每晚都卧进这泉里过夜。不管它走得多远，就是到了地球那边，不管它走得多远，还是会回来的。神泉是它的家呀！

天黑得看不见赏月人脸上的表情，但是从现场悄然肃穆的气氛里可以想象得出，每个人的眼睛肯定瞪得像小雀蛋那么大。像我一样凝全力倾尽其情看泉水中的月亮：那月亮绝对不是淹没在泉底，而是游离于水中，凸现于水面。水只是个载体，它像伸着腿似的站在水上。

绵绵的满是柔意,鲜鲜的如蛋黄脆嫩。我甚至透过月亮看到了泉底那颗颗圆润的鹅卵石。月亮还在移动着,朝上移动,离我们越来越近,连月中飞舞着的嫦娥都看得那么真切。往日我们抬头望月,总觉得天是那么高远,月是那么可望而不可即。眼下月亮分明就被我们抱在怀中,举手能触摸,甚至张口就能咬下一块月片。

就在这当儿,又有人喊道:"快来!快来!这里遍地都是月亮!"

我循声而去,兵站后面的荒滩上已经拥了不少人,都在赏月。原来兵们平日在滩上挖下一排排坑,草皮碎石粘砌,固若水泥。然后将这些坑糖葫芦似的串起来,引来泉水。在月照高原的夜里,每个水坑里都装着一个月亮。有多少坑就会有多少月亮,这荒滩也就取名月亮滩了。

我问一兵:"荒郊野地的二道沟,为何要引来这多月亮?"兵答:"那位无名的战友躺在神泉下已经三十多年了,一定很寂寞。有这么多的月亮陪他,他才能感受到人世间的温暖!"

我许久无语,只是看着水面上那显得越来越大的月亮,心情很沉重……

# 唐古拉山的月亮

因为这终年不化的皑皑积雪,因为这海拔 5300 米的高度,也因为这一群兵们富有想象力的开朗性格,唐古拉山的月亮就是跟别处的月亮不一样。

怎个不一样?

这位唐古拉老人有一手"独此一家"的绝活——月亮变戏法。它很善于把冬天的肥雪与秋夜的皓月揉在一起,储藏在六月的冰窖里,所以,每年盛夏这儿也飞扬着洁洁胖胖的雪花。入夜,明月镶在雪山之巅,月映雪,雪掩月,纯与美相拥,刚与柔并济,绝妙的美景!这时有两人在屋外聊天,话语落在雪上冻住了,笑容贴在月中定格了。雪有大弦之音,月有小弦之妙。雪月将金黄的尘屑洒在山野,如醉如痴。谁痴谁醉?

原来兵屋前一男一女,对面而坐。一个人左肩扛着半个月亮,另一个人右肩扛着半个月亮。男的系驻唐古拉某连队中尉副连长刘小泉,女的是拉萨姑娘达娃——藏语月亮之意。他们正在度蜜月,不过今晚却无暇缠绵,两人正商议着"月亮晚会"的演出,据消息灵通人士三班副虎子透露,他俩献出的节目是情歌对唱《会说话的月亮》,曲调是达娃根据藏北民歌改编的,歌词由刘小泉填充。

月亮晚会自然与达娃的名字有关。我兴致勃勃地从西宁专程赶来参加"月亮晚会"。如果单单从藏族姑娘达娃出现在晚会上就断定了我此次行动的动力,那未免太简单化了。我想的更多的是这颗美丽的月亮对生活在唐古拉山这个地方的兵们和兵以外的人们是多么不可或缺的精神寄托啊!常年驻守在唐古拉山的兵们是很寂寞的,这里属青藏"无人区",难得见个人,院里的军犬给他们做伴,呼啸的山风与他们对话。孤独的兵们闲暇时总会望着山巅的积雪发呆,企盼着那深深的雪谷里能出其不意地飞出故乡亲人的声音,那姿态丰满的雪峰能变作仙女飞到身边来。想归想,日子依旧很单调,心中的寂寞一天天长高、增厚。没有色彩的世界实在枯燥无味。于是不知从什么时候起,兵们就有了这样一句悒悒惶惶的顺口溜:"白天兵看兵,夜晚看星星。"一日,有个大胆的兵很果敢地摈弃了这个顺口溜,他说:"看星星有什么意思?看月亮才诱人呢,月亮里有嫦娥!"他这么一开头,大家都有了话,另外一个兵马上接着说:"月亮是挂在天空的镜子,从这面镜子里能看见家乡的媳妇呢!"第三个兵脸憋得红红的啥也没说,许久才朗诵了李白的那首诗:"床前明月光,疑是地上霜,举头望明月,低头思故乡。"看得出他肯定想远方的亲人了。

这次关于月亮的话题一直持续到天黑,月照西窗。圣洁美丽的月亮把兵们心头的忧伤、冷漠拂得干干净净。这便是后来"月亮晚会"的雏形。

从此,月亮占据了兵们的心。月亮象征爱情,象征思念,象征希望。唐古拉山的月亮在兵们的眼里变得柔情了,美丽了。特别是它从山那边升起卧在积着厚厚冰雪的山脊上时,那么动人,兵们都想抱着它入睡。这里一年四季的月亮各有特色:春月绵,夏月阔,秋月甜,冬月远。四季月,四种景,四幅画。

当达娃姑娘带着藏家的"月亮"突然出现在唐古拉山时,"月亮晚会"便成为军营的保留节目了。首场"月亮晚会"就是由达娃筹备的,当时她还正和小泉热恋,本来是来连队探亲,却把几乎所有的心力都用在了排练节目上。独唱、合唱、舞蹈、相声、口技……无一不是她编导的,当然她也是演员了。举办晚会那天,附近的牧民、道班工人,在兵站投宿的游客,还有从远地去拉萨朝圣的信徒,都来了,把连队的院子里挤得满满当当。谁都想在晚会上露一手,确实也有不少人表演了绝招,那次晚会是在中秋之夜举行的,自然是兵们有意的安排了。从首场演出至今,唐古拉山的"月亮晚会"已经坚持举办了五年,所不同的是,后来的晚会就不固定在中秋节之夜了,而是轮流在四季举行。这样,大家可以体味到月亮在不同季节的绵、阔、甜、远。踩着月色跳舞,嚼着月光唱歌,那才是难得的享受呢!后来,达娃就成为兵们的嫂子了。她依然在拉萨上班,每年一次探亲假时准会举办"月亮晚会"。我参加的这次晚会是在盛夏的"阔月"里举行。毫无疑问,从拉萨赶来的小月亮达娃给晚会增添了一道独特的风景。她和刘小泉对唱的《会说话的月亮》绝对抓人心,两人一问一答唱得好爽:月亮为什么爱雪山?因为山中有个望月的兵哥哥;月亮为什么那么甜?因为雪山怀里抱着温泉;月亮为什么会唱歌?因为拉萨河流到了唐古拉……

兵们告诉我,过去每次晚会一开场,特别是演到高潮之处,连藏在深山旮旯里很少露面的野生动物也被惊动得溜出来,远远地张望着……

这时,天空悄没声地下起了雪。雪夜,月儿还是那么明亮。

## 拉萨黎明前的篝火

　　人的心情不会也不可能每时每刻都绿着，开满鲜花。很难预料也许在一个良辰美景的早晨，有一片枯叶不期而至地飘进生命，使你丰盈的日子突然变得瘦弱。于是你的心投宿一根寒枝，想到风，风吹你身，想到枝，枝摇你心。其实，别认为这是煞风景，那是让你咀嚼生活，关注人性。我相信此时的你，会从人的内心最柔软的部分发出信息。

　　我不能不想到那年在拉萨的遭遇。它带给我撕肝裂肺的不愉快，主要不是伤害了身体，而是感情。当时我极不情愿地忍耐了心头的怨恨，才没有发泄。后来是阿尔顿曲克的一场大雪唤醒了我其实并没完全泯灭的拉萨往事。沉默之前我不曾燃烧，燃烧之后留下终生不愈的心头的伤痕。

　　那个还没有走出饥寒交迫的藏家少女啊，你是带着疑惑的目光看你不完全懂得的当时的世界。你此刻在哪里？几十年过去了，跨了一个世纪，你也该是靠六十岁的老人了，还仇视那天所经历的意外伤害吗？后来我虽有多次去拉萨的机会，却再也没有遇到过你。你的生活无时不在牵着我的心。什么是生活？就是生下来，活下去。可是藏族姑娘呀，你的生与死，我当时无法未卜先知，现在也不得而知。

　　在这个静静的京城的早晨，我隔窗西望，天蓝得无边无际，一支笔犹如洞箫，哀哀地横在纸上，遥写着关于你的没有任何情节却让人痛心疾首的故事。我在拉萨留下的不死之痛，只能让爱去叙述。

时间：1959年残冬；地点：拉萨西郊一个杂乱无章的临时军用停车场。

我军正在平息那场西藏的叛乱。硝烟刚断，枪声才息。这是战斗间隙中的平静，山头上哨兵正举着望远镜搜寻。一排排满载着战争物资的军用汽车很不安静地在小憩，几乎每条轮胎上都粘满泥浆。寂静的灿烂，静静的喧哗。

那天黎明，西藏的寒冷继续在旷野上疯长着。我们这些准备把物资运往西藏各地的汽车兵，照例早早地爬出并不热乎的被窝，重复每天必须做却不觉得腻烦的工作:烤车。一堆堆篝火喷着看似冰冷的火苗，摇摇荡荡地燃烧起来了，舔着黑沉沉的夜空无力地吹着。冻着一层冰霜的大地依然不动声色地僵在原处。冰碴碴地面落下几粒火星，慢慢地灭去。我的忙碌是全方位的，一会儿钻到车底下拧紧每一颗松了口的螺丝钉，一会儿爬到发动机旁测油量水，一会儿又攀上大厢检查承运物资。出车前的准备工作我必须做到丝毫的误差都不能存在。寒风亮着刺人耳膜的嗓音狂吼着，袭击得我双手僵硬，浑身打哆嗦。车下由我亲手生起来的篝火似乎与我无任何关联，我虽然围着篝火忙这忙那，却没有任何温热的感觉。我知道，这个时候的寒风并不是西藏冬天的尾巴，而是它冬季的开头。天气确实出奇的冷，我只要把篝火送给汽车就心满意足了。烤车，好像在雪地里刨个坑，给汽车埋点温暖。

"烤车"这个名词肯定在辞海里查不到。不必说今天的中青年人对它十分茫然，就是相当多的汽车司机也未必能说清"烤车"是如何的艰辛。在还没有喷灯可以给汽车输送温暖的年代，"烤车"是另一种必不可少的存在，无人去怀疑或可以撼动它。那是在"文革"前尤其是

50年代，高原汽车兵把"烤车"当成家常便饭，每天必须重复去做。当时国产汽车还不知在哪位工程师构思的图纸上"怀胎"，中国的每条由马路改制的公路上稀稀落落跑着的都是破旧的进口汽车。驻扎在青藏公路沿线的几个汽车团，都是驾驶着二战期间淘汰下来的德国"大依发"载重汽车，执行进藏运输任务。这种车进来时大都没有电瓶，我们自己一时又不会制造，所以相当多的车的启动机形同虚设，每天出车都靠拖车发动车。"烤车"便是拖车前一项必不可少的程序。

深冬，青藏高原的气温可到零下四十多摄氏度，我们在这种环境里承受的奇寒袭击，不亲临其寒的人是很难想象得出的。有人形容说小解的尿未落地就冻成了冰条，这也许有些夸张，但是每个人的鼻尖吊着一个或两个结成冰的鼻涕倒是千真万确的事实。汽车停驶一夜，发动机内各部位的润滑油都结结实实地凝冻成硬块了。只有把润滑油烤软变稀，车子才可以发动起来。"烤车"便应运而生。

风中的篝火，远远看去犹如站在崖上的鹰，呼呼啦啦，欲振翅腾飞，却飞不起来。它的翅膀被寒气凝冻了。篝火咬破了夜幕，亮得灿燃。仅一个连队就四十五台车，每台车的油底壳、变速箱和后押宝下面都生着火，可以想象得出燃在静静夜里的一百多堆篝火，是何等壮观！火与风的较量一直不会中断：寒风总想杀灭篝火，拼命地吹着，狂吹。适得其反的是寒风越是扑腾得欢实，到后来篝火竟然越来越旺了起来。给人的感觉整个黑夜都集中到拉萨西郊燃烧起来了。冬夜的精灵！

每天，在风雪路上，身子和神经被颠簸得近乎麻木的我们这些汽车兵，只有此刻，当篝火烤热了高原黎明的这一刻，我们仿佛才慢慢地苏醒过来。偌大西藏的这个小小的临时停车场，因了这一堆堆陡然生起的篝火，出人意料地变成暖融融的世界，好似母亲的怀抱。无数的蝴蝶扑着春天飞来了。我们暂时忘掉肩头的使命，闭起双眼醉醉地让流动的暖气抚摸自己。

真的，我们在忙里偷闲地享受一种纯洁的温馨。尽管这种享受稍纵即逝，之后我们又要没完没了地在青藏公路上奔驰，但是我们知足了。怎能不感谢篝火，怎能不感谢红柳根！

红柳根是生火烤车的木柴。一根红柳，一堆会唱歌的篝火。

红柳根是我们从柴达木盆地阿尔顿曲克草原掘地三尺刨挖来的。缺煤少油的年代，那一大片无边无际的红柳滩便无法逃脱地成为我们开发"电、火、暖"的资源。贫穷把人逼向愚昧。只能等待时机忏悔这种蛮性破坏生态环境的行径了。

篝火燃烧得最美丽的时刻，也是我们汽车兵身心最轻松的时候。人和车都在积蓄力量，只等连长宣布出车的哨声清亮地一响，一条长龙就立马缠绕着青藏公路奔腾蠕动起来。

就在大家等待连长的哨音响起的短暂空隙，我们的班长"篓子"（我始终没弄明白为什么送他这么个雅号？）把全班五台车的驾驶员招呼到他的车前，开了个短会，三言两语，不敢啰唆。因为连长说过了他的哨子一响，全连四十五台车的轮子都得转动起来。班长说，今天烤车剩下的柴火就不要收拾了，留给这些藏族同胞去捡吧！他们实在恓恓惶惶地让人可怜。班长说这番话时，伸手指点着车场的周围。

我们这才看到朦胧的天光下，挤满了一堆堆藏胞，那是准备捡柴火的穷人。刚才夜色太重，我们又是在燃烧着篝火的亮处忙碌着，黑暗把他们藏在了夜的深处，很难被人发现。

我的心里涌起一阵刺痛。难得有班长这份怜悯受苦人的心肠。这些躲在夜色中的藏胞，祖祖辈辈用牦牛粪生火做饭取暖，牦牛粪就是他们的春天，就是他们生活的动力。他们已经很习惯用这种酷似"钻木取火"式的方法打发贫苦而单调的日子。我到过几个藏村，看到家家院里的墙壁上都贴满了牦牛粪，房前屋后的草滩上也晒着牦牛粪。我曾经喝过他们热情接待我的酥油茶，碗里浮动着点点牛粪沫。但我不能拒绝牧民们待客的诚意，咬着牙将酥油茶灌进肚里。这就是藏家人的生活，世代相传沿袭下来的靠牦牛粪做饭取暖的苦涩生活！我初到藏地的时候，西藏还没有实行民主改革，牧民们继续着苦难、愚昧和抗争。

现在，冷不丁地有一堆红柳火欢欢腾腾地点燃在他们的视线内，那种惊喜和向往是难以抑制的。新鲜的红柳火会把他们领进另一个他们从来没有见过的明媚、温暖的天地之中。他们捡拾甚至哄抢我们烤车后剩余的柴火，会得到大家的理解。"篓子班长"拱手让柴火是善解人意之举。

班长的短会开完了，许是出于一个业余作者观察生活的习惯，我特地沿着车场周围走了一圈。我看到那些穿着破旧藏袍的牧人，一个个瞪大眼睛盯着汽车下面的篝火。篝火像红牡丹似的燃烧着，还不时爆出噼噼啪啪的声响，牧民的脸却木讷得挤满忧郁而恐惧的皱纹。我不敢多看，忙忙走开……

之后，我又心事重重地在连队好些汽车前走走停停地"参观"了一下。战友们都忙着烤车，紧张繁忙，但不知为什么我总觉得有一种一触即发的气氛。每个兵的额头都闪着亮晶晶的汗珠。我想，正是寒夜里的这些热汗，凝固了整个拉萨黎明的奇寒和喧嚷。浑身披着破衣烂衫的拉萨城，疲惫不堪地坐在篝火边，从这些红柳火中取暖。那一刻，我竟然杞人忧天地产生了一种担心：这越燃越起劲的篝火会不会把这个遥远而伤痛着的边城毁掉？其实我真实的想法始终是：巴不得把地球都点燃起来，融化掉这个滴水成冰的寒冬，让天下受寒挨饿的人都过上温饱日子。

正是在"参观"的时候，我看到了一个藏族姑娘，往大处推想也不过十三四岁，她蓬乱的头发上落满草屑之类的杂物，双臂紧紧地抱在胸前，哆嗦着，不错眼珠地打量着我。那是一种胆战心惊的眼神，难道她怕我会把她赶走？我很想上前和她搭话，却不知该说些什么。我总觉得几句不痛不痒同情她的话是不会减少她满脸的恐惧。她肯定不是一失学的女孩，那时候像这样的孩子在西藏是无学可上的。她抖抖索索地站在拉萨早春之前的寒风里，只是想得到几枝柴火引来春天。我实在不愿意看到她这样可怜的情形，头扭向一旁，走开了。很不乐意却无可奈何地走开了。

在拉萨的这个黎明，我的心里蒙上了黄昏的颜色，脚步很沉心力更沉。

大约两小时后，东边的天空开始透出微亮，我们的烤车工作宣告完成。这时急于上路的兵们把残火余柴摔到四周的空地上。正在燃烧的柴火带着光焰在空中划出一道道弧线，在艺术家的眼里，这种摔的动作绝对是舞蹈姿势，可是我的感觉那是百分之百的一种抛弃什么的动作。剩余的柴火带着火与光的弧线刚一落地，那些早就等候在一旁的牧民便一拥而上，抢着捡还未烧透的木柴。木柴正冒着火苗，有的还是带着响声的火苗，他们用尽一切办法将火扑灭，有些牧民竟然脱下藏袍牢牢地捂在柴火上，这样既抢先占为己有又扑灭了火苗，一举两得。牧人们终年在荒郊野地过着游牧生活，这些奇特的新鲜无比的木柴将给祖辈千年的藏家人不曾有过的温暖。

突然我听到一声尖细的惨叫，那是切入肌肤的直刺我心肺的声音。只那么一声，很快就消失了。但是它像一粒不开花的种子永久地植进了我的骨髓里。当时车队马上就要上路了，我不知从哪儿生出一股倔劲，宁肯让连长批评我不能准时叫车轮转动，竟然走到少女跟前去探个究竟。我几乎用完了所学到的那几句藏语，也问不出她一句回答我的话。她只是双手捂着脸一个劲地哭，那哭声凄惨得叫人心碎。最后还是旁边一位同样也捡拾柴火的年轻小伙子,用半通不通的汉话比比画画地告诉了我一切。他说那女孩叫拉木措,是个一出生就没有父母的孤儿,一位好心的阿妈收养了她,把她抚养长大。现在阿妈病瘫在床上,还未长成大人的拉木措力不从心地担负起了养活阿妈的重担。刚才拉木措为了得到一根红柳柴火,还没等汽车底盘下的篝火熄灭,就去抢拾。有个大个儿兵满脸的不高兴,竟然飞脚照那篝火猛踢过去,燃着火苗的木棒不偏不倚地蹦在了少女脸上,她惨叫起来,火烧了她的脸……

我当然不可能不知道大个儿兵是谁,一个连队的锅里搅勺把,又在同一条路上跑车,谁不摸谁的底细!但是我还是给我的战友大个子保住了秘密。当时他做那事就我了解的情况比较详细,别的人大都不知道。事后我也没给领导汇报。违心!人大概难免要做违心的事。但是我还是恨大个儿兵,不管他出于什么动机,有意还是无意,我都恨他。干吗要在可怜得只剩下求一根柴火的藏家少女面前抖威风,逞什么能呀你!我走到少女跟前,说:"跟我走吧,让我们的军医看看你脸上的烧伤。"她根本不领我的情,仍然双手捂着脸,摇着肩膀,坚决不肯。这时那个年轻小伙子误以为我要永远带走拉木措,便对我说:"拉木措什么亲人也没有了,你想把她带走,除非和她的那个阿妈结婚……"

听,这叫什么话。我无法跟他们说清楚,只好走了。我的心里不仅拥堵着同情,还有恨。这是真情实话。

谁不知道我们连长秦树刚是条汉子,粗细得当,什么事都做得可丁可卯。他是绝对不会允许那种横行霸道的兵在他的眼皮底下晃悠。当天我们投宿藏北的当雄兵站,他不知通过什么渠道已经把拉萨发生的事了解得一清二楚。他还亮起嗓门叫着我的名字说:"你呀,守口如瓶,滴水不漏。这就叫愿为朋友两肋插刀。真佩服你!"我听不出连长是在损我还是夸我,反正我心里挺不是个味。随他去,我还是什么也没说,既然他都知道了，我为啥去赶着拜晚佛！

那天晚点名时，秦连长声色俱厉地狠批了大个儿兵，当众宣布撤了他驾驶员资格，关了禁闭。我记得很清楚，他对大个儿兵说："你站到队前来，让大家瞧瞧你脸发红不发红。你他妈的枉穿了一身军装，欺负藏族农奴，这算什么球本事！他们是受苦人呀，骑在受苦人头上撒尿你也做得出！你有能耐扛着一麻袋米面翻过唐古拉山，送到牧民家里，这叫军爱民，你懂不懂？"

不打人不骂人，这是"三大纪律八项注意"明文规定的。可是骂那些打人的人，没人说他错。秦连长是不轻易骂人的，更没打过人。但他那天发那么大的火，还说了些脏话，大家可以理解。

藏家少女拉木措那声凄惨的尖叫，终生都不会从我耳畔消失。它犹如刀刃从高处落下来割我心上的肉。执行完那趟任务，连队回到昆仑山下阿尔顿曲克草原的军营里，大雪没黑没明地吼了三天。我们无法出车，待命。这雪净化了我心，静思了拉萨的事。良知发现，重新审视自己作为。我闷着头憋在驾驶室里一气写了一篇"情况反映"，详细地记下了在拉萨发生的那件事，还列举了平时我在青藏地区所见所闻所悟军民关系中一些不尽人意的事件。出于一个高原军人的责任感，我强烈呼吁执勤的汽车部队和藏族同胞建立血肉关系。我写的这篇"内参"先在团政治处主编的"政工简报"上刊登出来了，没想到总后勤部青藏办事处政治部转发了。至今我仍记得转发时编者按语中的一段话（大意）："西藏上层少数反动分子，做梦都想把解放军和汉人赶出西藏。我们千万不要做亲者痛仇者快的事，可怕的是我们自己把自己赶走……"

# 为什么可可西里没有琴声

——一个志愿者的爱情手记

## 我得到志愿者的一本手记

阳光照耀的每一天志愿者都准备着承受风雪的突然袭击／山脊上有一堆堆没有土的坟丘／索南达杰的日记成了他们的座右铭／南武与女朋友因可可西里而分道扬镳／真爱和假爱都撕心裂肺地折磨着人。

已经是十年前的事了。

那时候,"志愿者"这个词刚刚在社会生活中露出嫩芽,它对众多的人来说还是十分陌生的。我因为到了遥远的可可西里,和志愿者有过三次今生都值得珍惜的接触。我心悦诚服地称这些踏上青藏高原漫漫征途的无畏者是神圣的勇士。我知道正是可可西里一串一串让藏羚羊惊慌逃窜的枪声,把这些抱负在胸的热血青年召唤到那块沉睡中被乱箭穿醒的地方。在那里,季节深处的寒风正把最后一点热气吹冷。动物世界的一场灭顶之灾使千年的冻土层发出断裂的声音。草枝拔节的声音很小很小,羊皮撕开的声音很大很大。给人整个的感觉是可可西里的太阳即将熄灭,黑夜已爬上雪山的额顶。

志愿者是去拯救可可西里的。

我尤其崇拜那位首先只身闯进可可西里自费建立自然保护站的杨欣,他是志愿者的先行者。正是他勇敢地站在世界屋脊上向国人大声疾呼:珍惜国宝,保护藏羚羊!随着他声嘶力竭的呼唤,许多人的目光才投向了陌生的可可西里。我是冲着杨欣专程踏进可可西里的。遗憾的是,我到杨欣保护站那天未见到他本人,留守的两名志愿者告诉我,他回成都为保护站筹措资金去了。我在那间被称为保护站实则是卧室兼展室的小屋里连脚步也不忍心放开地参观着,墙上贴了不少有关藏羚羊的挂图或照片。杨欣创作的两本著作《长江源》和《长江魂》很寂寞地放在一张简易小桌上。保护站是杨欣他们自发建立起来的民间机构,经费来源靠大家的爱心捐赠和卖这两本书的小钱来维持。两本书?我当然相信会有不少人出于善良的愿望很大度地买下它,但即使再有两本书可卖,这点书款毕竟与一个保护站所需要的开销相差甚远。我从北京出发时就特意带着这两本书,我放下两本书的书款,仍然拿走了书。不知为什么我绝对不敢放下超过两本书定价的钱,或者只掏钱不要书,我总觉得这样做是太轻看真诚的杨欣他们了。这一点微薄得再也无法微薄的心意,并没有使我得以安慰,反而更有一番酸楚在心头。我只能在心里祈祷杨欣和他的同事们无灾无难地在可可西里干他们钟爱的事业。

站在出现在可可西里的第一个简陋的自然保护站前,我突然想到一个我一直不屑一顾的问题:有些人认为杨欣他们来到可可西里是为了出风头,为了镀金。这些同志呀,你们把人看得太低俗了,为了镀金捞什么资本的人,绝对不会跑到这片荒凉的地方打发日子。社区角落里的垃圾等着有人清除;城镇一隅福利院的孤寡老人需要人们关爱;

繁忙的十字街口的那些迷途者期待伸手搀扶的手臂……这些地方戴着红丝带的志愿者是多么惹人上眼！事实却是，另有一些人偏偏"不识时务"地到了可可西里，而且是自觉自愿，甘于寂寞。在这里当志愿者肯定是另一种选择，另一种滋味。抬头看到的是无边荒原，低头瞅见的是荒原无边。凄凉的寒风无论冬夏无论昼夜都不厌其烦地在你耳边鼓噪，不听也得听，听了还得听。你既然选择了可可西里，就从一个远离生活的旁观者，瞬间责无旁贷地变成把生命时刻攥在手里稍一松动就会丢失的参与者。自己的生命，还有藏羚羊的生命。可可西里的志愿者必须随时准备着经历风险，在阳光照耀的每一天都要准备着承受风雪的突然袭击。他们在这个陌生的世界里，遇到的考验很可能是一生都不曾见过的。可可西里的原野肯定迷人，可可西里的生死考验也肯定会让你感受彻骨之痛。

世上的事情往往就是这样，越是在看来让人难以生存的多灾多难的土地上，就越是能生长出抗霜顶寒的壮苗儿。果真如此！

我在这儿记述可可西里志愿者生存情况时，心房的四壁无一例外地透着寒风。一顶轻便的行军帐篷就是他们的家，帐篷一般都撑在靠近水的地方——不是河，而是湖，小小的湖。严格地说是水池，死水。但那是咸水湖，无法饮用，只可以洗洗涮涮。洗涮久了，手也被侵蚀得发白变干。吃的水要靠送水车从几十里外的不冻泉一周送一次。同时送来的还有米、蔬菜，菜多是半冻半蔫的。帐篷里的地铺上很不规则地摆着一条挨一条的米黄色睡袋，晚上人只需钻进去就可以睡觉，省去了展被子叠被子的那道似乎必不可少的程序。绝不是安眠，冰冷的睡袋总要用体温焐起码一个小时方能慢慢变热。如果碰上零下三十多摄氏度的奇寒，就是把浑身的热力全蹭出来，也未必能使冰凉如铁的睡袋热起来。半夜里，志愿者被冻醒了，身上的骨头似乎都冻萎缩了，小腿在抽筋，转圈地疼。喉咙干渴，头昏脑涨。抿口水当然会好些，可翻来覆去还是睡不着。怪了耶！白天累得人身上像少了元气，为什么夜里却不能入睡？噢，高山反应在折磨你！帐篷顶上的天窗里含着夜空明晶透亮的星星，那星星正挤兑这些睡不着觉的人哩！好像在说，干吗呢，大老远地跑到可可西里来受这份罪，吃饱了撑的？

星星哪知志愿人的心！

几乎每顶帐篷上都写着这样一句话：不到可可西里非好汉！

谁能说他们不是好汉呢！

我总是这样对人说，要在可可西里做一个称职的志愿者，仅仅拥有天空并不真实，仅仅拥有大地也不完整。你只是脚踏实地地在生活中享受到天地之间的阳光抚摸，同时还要看到阳光抚平藏羚羊身上的枪伤，你才是一个真正的大地的儿子。然而，可可西里的阳光却异常吝啬，藏羚羊都战战兢兢地在阴霾的角落里躲着。你常常会看到山脊上有一堆堆没有土的坟丘，那就是藏羚羊的骨骸。就冲着要让这些坟丘减少甚至消失，志愿者也要义无反顾地吞咽下所有不曾料到的艰辛和险恶。

有一个志愿者告诉我，他第一次走进可可西里，越走越深，走进了一个没有一点声响的世界，寂寞得仿佛身居大峡谷的底部。他说他突然间陷进了一阵巨大的孤独中，真的好新鲜。他把这种感觉说成幸福，说他真的享受到了别人难以享受到的幸福。幸福？我真的不理解，为什么要说这是幸福呢？当然，他最后告诉我了，这只是他最初的感觉，或者说是从来没有过的瞬间的好奇的感觉。后来，可可西里给这位志愿者的感觉是动荡、躁乱！他的耳膜也要被这种躁乱炸毁了的那种感觉。最初的新鲜烟消云散。

他的感觉是真实的。

遍地是藏羚羊惨叫着逃窜的声音。

这个志愿者叫南武，来自南方某城市。他说这名字是他到了可可西里后起的。为什么要改名字呢？他回答得很含糊但精巧：别的志愿者也有改名字的，我改名与他们略有不同。我不便再追问下去。因为我隐隐约约地觉察出了，他有痛楚。

我在南武的笔记本上看到了这样一段文字：

"我们的生活绝对不是寻欢作乐，但是充满着爱意。我们的内心因为寂寞而异常幸福！"

下面画着两道粗粗的线。说实在的，我读这两句话时，总觉得很有味道。还有那幸福二字，这是我第二次从志愿者嘴里听到它。看来志愿者的幸福与我们常人理解的幸福含意并不完全一样，起码品味幸福的感觉不尽相同。我问南武：这是你自己的话吗？他说，不，是索南达杰日记上的话，我们都能背诵它。

索南达杰？为保护藏羚羊献身的勇士，是可可西里志愿者的精神领袖。我看到这位被高原风雪在脸上堆了一层微红的志愿者南武，在说到索南达杰时眼睛陡地放出光彩，眸子是那么纯净。谁能说在可可西里看不到一块干净的地方？这位志愿者的眼里映着一片湛蓝的天空。我想，这样的眼睛不但宁静而且饱满，它把太阳锁在里面，也把月亮锁在里面。我突然有一种找到幸福的感觉。瞧瞧，我也幸福起来了！

因为提到了索南达杰，我们的心靠近了，话角也密了。他内心最深处的话被索南达杰碰撞出来了。他说，他这次来可可西里，有失有得。得之切，失之痛。

我马上预感到他要说什么了。通往青藏高原的路照例要从阻力中走出来，这大概是每一个志愿者无一例外的相同经历。我问南武，是周围的人对你的行为不理解吧！他说，就一个人，我很在意的人。

他说的是他的未婚妻。他俩在同一所大学读书，就在他整装待发的头一天，女朋友出其不意地不说任何原因地改变了态度，生硬地告诉他，咱俩的缘分尽了，断弦吧！这弦字有说道，弦外有音。他俩都喜欢拉二胡，是宋飞的"粉丝"，两人就是在学校举行的一次联欢晚会上合奏一曲梁祝，走到了一起。断弦？那一曲和谐的梁祝就这样断了？

西征在即，南武已经没有时间给女朋友解释了。他看出来了，这时的解释肯定是多余的。酷热一去，便是凉秋了。一个铁了心要更弦易辙的人，如是强按牛头让她回心转意，只能将那根弦绷断，连最后的希望也毁于一旦。既然留不住了，就让她走吧！南武是背着沉重的精神负担走进可可西里的。要说把他压垮了，那是夸张了女朋友此举的作用。要说他最终走出了这个精神羁绊，那也是高抬了他南武。可以说，他在可可西里一个多月的志愿者生活，没有一天不背着女朋友突然递来的这个"包袱"。沉重，沉闷，但他背着。

爱情这个东西就这么怪，既然曾经黏在一起，那就会一直黏着。对方越是要甩掉你，你反而越是不舍得被她甩掉！即使甩掉了，还想黏着，就这么怪。南武不会轻易丢掉这个"包袱"的。

他一直想不明白，这之前女朋友虽然对他参加志愿者不十分热心，倒也表示了理解，尊重他的选择。现在为什么连个序曲都没有就演出了正剧，发出了最后通牒？这使他不得不想起了这样一个细节：那天他第一次向女朋友吐露了要去可可西里的心事后，她悄声地问了一句：还能回来吗？当时他从这句柔声细语的问话里感受到的是爱意，便也悄声地回答她：有你的等待，我没有理由不回来。现在看来他是所答非所问。此刻他好像才有点悟彻，"表示理解"这个外交辞令里预示的季节，既有春天，也有冬天。而且冬天降临的机缘会多于春天。后来南武终于知道，这个孕育冬天的土壤竟然是他敬重的偶像索南达杰。女朋友原先虽然担心南武去可可西里的前程，但根本不知道世界上还有索南达杰这么个为保护藏羚羊英勇献身的英雄。她钦佩英雄,但是要让她嫁给这样的英雄,她就要慎重考虑了。如果南武也死在了可可西里,我不是守寡了吗?没有结婚的寡妇!这是女朋友的原话。

英雄能让人激情燃烧,奋进疾飞。英雄可以使黑夜裂开一道缝隙把光明带给渴求明天的人;同样,英雄也能让黑夜吼出几声暴雨前的炸雷,吓退胆小的人!

……

南武把思绪从沉沉的往事回忆中拔出。他看似不动声色,却被一种摆脱不掉的欲望缠绕着。他对我说,不提这些不愉快的事了,何必让自己凄凄惨惨地痛苦着呢。亲爱的太阳每天都是温暖地照耀着我们,每个人都应该好好地生活,快乐并希望着。天空总会放晴的,那时也许会泪流满面,但那不是伤心泪,而是喜悦泪。我这不是已经来到可可西里了吗?我可以在这里放开手脚干我喜欢干的事业,我天天都守着藏羚羊。藏羚羊,我的好宝宝。挺好,确实挺好!

谈话暂时中断。哨子响了,该吃晚饭了。

当晚,在帐篷伙房里(此时晚饭已经吃完,炊事员工作完毕,空空的帐篷里好清静。今晚我的借宿处),我和南武继续交谈。弥漫在帐篷里那淡淡的挥之不去的油盐酱醋味,平日里肯定会让人头晕并伴随着微微的恶心,可是此刻使我感受到了温馨。这是可可西里特有的可心的滋味。那滋味仿佛发出一种轻微的声音,亲切地流动在我的四周,抚摸我的心扉。我暗自想,在中国恐怕很难再找到这样一个空寂、温暖的地方了。我接着白天的话题对南武说,你是挺好的,可以和藏羚羊生活在一起了,这是你日思夜盼的事情,能不好吗?但是我还是要直言不讳地问你一句:难道你就真的那么轻而易举地忘掉了女朋友?我要你掏出心窝里的话回答我。

他不语，久久地沉思着。我等待了足足有五六分钟，他才说：我不会忘记的。我们的感情已经很深了。她突然提出分手以后，我似乎才恍然醒悟，其实我们并不十分了解，我于她、她于我都不十分了解。说十分了解也许苛刻了一点，就是拿了结婚证成为夫妻，要说十分了解对方恐怕也未必。我说这话的意思当然不是泛指所有人，起码我对她的了解还欠把火候。尽管如此，我还是很难适应身边没有她的日子里那种说不清道不明的寂寞感觉。人大概就是这样，在你拥有的时候把一切到手的东西都看得很淡然，总觉得不就是那么回事嘛！可是一旦失去了，才懂得所有的拥有都应该加倍珍惜。她平时对我的使性子甚至出言讥讽我几句，这时我都想让她在我面前再重复一遍。分手后我真的好惦记她，这种惦念其实也是一种动力，是让我上可可西里的动力，上了可可西里又促使我做好自己想做的事情的动力。你想想，我如果不是挺立在可可西里，而是趴下甚至躺倒这不正好说明她的担心不是多余的吗？我当然知道索南达杰是我俩分手的具体因由，但我并不会因此而抱怨这位保护藏羚羊的英雄。相反，上山后我对索南达杰的感情有增无减。眼下和这之前，可可西里如果没有他这样的勇敢者站在荒天野地，天塌地陷的事情随时都会发生。藏羚羊遭受了毁灭性的灾难，可可西里还能称其为可可西里？在可可西里，索南达杰的形象无处不在，他是志愿者顶天立地的楷模，是藏羚羊的保护神。我崇敬他，特地把流传在我们志愿者中间的他那两句话写在了我的笔记本上。每次记录我在可可西里的经历和感想时，我都会情不自禁地默念一遍。

他说的索南达杰的那两句话，就是我在上面提到的那段文字下面画着两道粗线的话。

南武提到了他的笔记本，我很感兴趣，就问他：是日记本还是笔记本？他反问：日记和笔记有区别吗？我想了想，说，日记是写给自己看的，笔记恐怕就可以扩大一些阅读范围了。我知道我这样的回答并不十分准确，我只是想起个话头让他接着说下去。他听了却不以为然地说，雷锋的日记全世界有多少人都读到了！我说，那是个特例，特殊日记。他说，咱们不去争论日记笔记的区别了，那不是我们的事情。实话告诉你吧，我写的这些东西就我的本意讲，只准备给包括我在内的两个人看。我立马想到了他的女朋友，便紧追问一句，你是写爱情手记吧！他没加可否。稍停，只是说，我写了可可西里，写了藏羚羊。因为我是个志愿者。当然我在写这些内容时，无法回避我的情感世界。我的爱情是与可可西里密不可分地关联着。

话题又回到沉重的气氛中了。

他抽出烟，点燃，狠劲地抽着。我已经知道了，他是来到可可西里才抽上烟的。他吐着烟圈，那圈圈久不散去，是要留住我和南武的这次难得的意外相遇吗？我终于按捺不住想读他这本手记的急切心情，便直奔主题地问，能不能把你写这些只准备给两个人看的手记，再扩大一个读者呢？他马上明白了，用警惕又温暖的目光扫了我一眼，说：你真的愿意读它？我说,那当然。没想到他答应得很痛快:就这么定了！

涌在我心间的兴奋是难以形容的。我绝对相信，我将读到的是一份围绕着可可西里围绕着藏羚羊，裸露感情世界里最真实的爱情的记录。在可可西里这个广袤的世界里，人们可以无遮无拦地表露自己的心秘。爱情这个东西最让人受伤，真爱也罢，假爱也好，半真半假的爱也包括在内，都是最最叫人牵肠挂肚的。爱得真了，你会牵挂；假爱来了，你又要伤感。牵挂和伤感都会让人陷入难以自拔的孤独之中，都是撕心裂肺的折磨。就像坐在暗夜的角落一根接一根抽着烟，嘴边一亮一闪的那个寂寞的老人，他很凄婉地自言自语：这个女人呀，怎么这样对待我?

　　还是南武打破了这沉默,他说,咱们有缘在可可西里相识,就是朋友了。我信任你,才让你看我写的这些东西。咱不叫它日记也不叫笔记,就按你说的叫手记吧,这样随意也顺口。其实,我真的很想找一个人诉说憋在心里的话,可是找谁呢?可可西里有的是藏羚羊,却难得有个知心的人。你来了,作家,热情,比我知道的事情多,看得也深刻,咱们就是朋友。这手记你可以看,翻过来倒过去正反面都可以看。你看了我的这些手记也就等于我把一切都给你诉说了,我心里也就痛快了,不憋气了。当然,我也知道你会把这本手记还有你在可可西里得到的生活素材,进行文学创作。如何创作那是你的事,我不懂,也不会干涉。

　　我说,如果我把你的手记公布于众呢?

　　他说,可以。南武是我的化名,没人能查出有这个人的。

　　我有点得寸进尺了,再问,你的女朋友叫什么名字?

　　他很痛快地回答:吕艳红。

　　可以公开吗?

　　可以的。既然南武是化名,涉及的其他人,即使是真名,也可以认作是塑造的人物。

　　噢,你这么认为,有道理。别出心裁。哪三个字?

　　这就不必认真了,你跟音写去吧!谐音更好。

　　我就这样得到了南武的这些手记。说难吧,还真有些轻而易举;说容易嘛,好像也不尽然。下面就是他的手记,当然是经过了我的整理,除了稍做文字上的修饰外,还增添了我从他嘴里了解到的少量内容。另外,每节手记加了小标题,前面还提炼出几句内容提要。这样本来就很长的手记就又拉长了一些。当然,这些都是经过南武同意的。

## 第一天和第一夜

> 站在世界屋脊上挥毫写字／不冻泉把冰雪推远了／不用筷子，真正的"手抓羊肉"／瞭望塔下的"新碑林"／信写好了可惜没有邮递员来传情……

当一名可可西里志愿者是我久埋心底的意愿。但是当我踏上可可西里的大地，面对面地站在先我一步成为志愿者的同行面前时，我才真实地知道了志愿者是什么模样，才明白了志愿者必须在什么样的条件下工作和生活。尽管这之前我已经从电视和报刊上多次见过可可西里的志愿者，可是当实实在在的志愿者出现于眼前时，我仍然感觉他们（也是今后的我）是那么陌生，又是那么新鲜，甚至还有几分畏惧。如果说陌生和新鲜属于正常反应的话，那么畏惧就有些难以理解了。畏惧什么呢，为什么畏惧？说不清。但我确实在那一瞬间有过这样的一闪念。我在心里对自己说：从这一刻起，我就是这样一名志愿者了！

就在我这样自言自语地告诫自己时，一名志愿者正躺在我身边的担架上等候汽车把他运到格尔木去住院。听说他患上了高山不适应症，病情还比较危重。

对可可西里志愿者的这个最初的印象，是在不冻泉保护站亲眼见到的，实在难忘。那天我们穿过昆仑山来到不冻泉小憩，然后再准备奔赴我们的驻地月亮湖。不冻泉保护站位于昆仑山口以南20公里处，离格尔木180公里，海拔4611米。可可西里有五个保护站，相对而言，这个站的自然条件还算较好。遍地流淌着的泉水使此地吃水很得便，操起勺子随手一舀就是清凉的甜水。空气也显得湿润。一年前，这里的志愿者还住帐篷，大风经常防不胜防地把帐篷摇晃得东倒西歪。到了 2002 年才建起了砖混结构的房屋。我看到屋顶上固定着一个由横竖几根钢筋交错做成的架子,架子上是铁片制作的一行大字:青海可可西里国家级自然保护区不冻泉保护站。我们在人烟稀少的高原行车好些天,一直与空野、荒凉的大山为伴,现在突然看到这一行苍劲、雄浑的铁铸大字,心头不由得生起难以抑制的亲切感,也是一股力量。我猜想,写这字和制作它的人是站在昆仑山巅完成这个看似平常实则很不一般的任务。这一行字一出手就张扬着一种傲视苍穹的气势,豪气四溢。站在不冻泉保护站门前,我有一种到家了的亲切感。当然,它首先是藏羚羊的家。

我原地不动,好久好久地望着那一行字,不肯离去。想些什么呢?我自己一时也难以说清楚。

保护站的志愿者来自全国各地,分期分批,每批十人左右,时间一个月。志愿者来可可西里给盗猎者以迅雷不及掩耳之势的沉重打击,这是毫无疑问的。但是可可西里并没有因此就永久地安宁下来,盗猎者的枪声依然时不时地从上空贼溜溜地滑过。

我们到不冻泉那天,风很大,是仿佛带着钢针铁刺的风,吹打得人几乎难以站立。保护站的门紧紧地很清冷地闭合着,我敲了几次也无人应声。之后我边敲门边呼叫着,才出来一位藏族同志,他自报家门叫托多,是保护站的值班员。这是一个很豁达的人,说话直来直去,特纯朴。他说其他人都巡山去了,他们的站长扎西才让,原来是野牦牛队成员,跟着索南达杰干过,浑身的疙瘩肉,是一头真正的牦牛,很豪爽。托多还告诉我们,今天就他一个人留在站上值班,有什么事他都能做主。出门在外,人生地不熟,碰上这么个热心肠的人,痛快!我说没什么大事,就是想在你们这儿蹭顿饭,之后还要往月亮湖赶路呢。托多很豪气地说,自家人嘛,吃饭睡觉的事他都包了。说话间我们就进了屋，烘一下就觉得身上暖和了许多，好像从冰天雪地走到了另一个阳光融融的世界。原来屋子中间有一个很大的火炉，是大油桶做成的，火势很旺。托多对我们说，他们昨天就接到格尔木的电话，知道今天有人上山，但没想到这么快就来了。我们几个人随便找了个地方坐下，歇歇脚。一路上颠颠簸簸，四五个人挤在一辆吉普车上，确实又累又冻，肚子也咕咕地叫起来了。就在这当儿，门外响起了喇叭声，旋即就从门里进来四个人，一看，就知道是巡山队员。他们清一色地穿着厚厚的红绿相间的巡山专用的冲锋衣，许是天气太冷了，他们一个个都袖着手，脑袋深深地缩在衣领里，脸的一小半也埋了进去，进屋好一会儿后才露出整个脸。那脸赤红色，古铜一般，还沾着点点未融化的雪斑。这是高原强烈紫外线照射的结果。很快我们也就会变成这个样子的。托多说，这些天天气不好，老是刮大风，队员们只能短途巡山，中午回来吃饭，下午再出去。他还很风趣地对我说，你不是想蹭饭吗？来得早不如来得巧，正好咱们一起吃午饭。说着他就走进了用两个汽油桶隔开的另一半空间。那边该是他们的伙房，想必是午饭已经做好，他拾掇饭菜去了。我们在经过昆仑山时因为车子小抛锚耽误了几个小时，没有按原计划到达不冻泉，没想到歪打正着，正赶上他们的饭点。

这当儿，我才有空较为仔细地浏览了屋内的陈设。说是保护站还不如说成伙房兼卧室更确切，那个蹲在中间的大火炉，显然是做饭、取暖两用。堆放的那些还没有打开的包包卷卷（也许直到这批志愿者离开也不需要打开）几乎占去了屋里三分之一的空间。整个屋内就一张床，寂冷地放在一角。其他的陈设就是一张桌子了，上面放着一个记事本，我想那该是值班日记了吧。屋里四周的墙上贴满了图片，大小、新旧都无一定之规，但是每张都与藏羚羊有关。我好生奇怪，怎么就一张床呢？一个队员说，站上一共六个人，只有值班员住在这儿，其他人暂时住公路对面废弃的道班房。我明白了。

饭做好了，托多笑盈盈地端着一铝锅沉沉的羊肉来到我们面前，咚的一下蹾在地上。他想大家肯定都饿极了，便急不可待地揭开锅盖，锅里嗖嗖地冒着腾腾热气，立即一屋子就弥漫着喷喷的香味。他竟然不顾烫手就捞起一块块带着骨头的羊肉，分放在几个盘子里，送到我们几个人面前。"趁热乎劲吃，越是热乎吃起来才香！"他并没有给我们筷子，我们也没准备要，伸手抓起肉就往嘴里塞。生活了多少年，经历的事也不算少了，用手当筷子吃饭这恐怕还是头一回吧！手抓羊肉嘛！这顿羊肉吃得好香，一辈子都记着这香味！

告别不冻泉，我们继续赶路。这时天空阴沉沉地拉起了长脸，一会儿就飘起了雪花。前行不足20公里我们就到了索南达杰自然保护站。这个站2001年1月1日正式挂牌成立，是出现在可可西里的第一个保护藏羚羊的建制单位。就是从这时候起，可可西里开始有计划地接纳全国各地的志愿者。每年大约有三十名志愿者分批上山为藏羚羊站岗放哨，同时对昆仑山至五道梁一带的野生动物进行实地调查。我们要在这个保护站住一夜，明天再去月亮湖保护站。

雪花满世界地旋转着，长时间不肯落地，好像要给我们诉说什么。我走出小屋站在外面的雪地里，心儿被这雪花抚摸得爽爽地舒坦。我真的想让这百看不厌的悠然飞飘的雪花落满全身，直至把我埋掉，那该多享受呀！谁料好景不长，很快就刮起了风，越来越大，把原本有节奏旋转着的雪花搅成了一团乱麻，混混沌沌。风越发地变大着，还拉起了很不中听的刺耳的哨音。天地间什么也看不大清楚了。好在我们已经来到了索南达杰自然保护站，免受一场风雪的肆虐。

没有多久，风停雪止，可可西里又恢复了空远的寂静。我走到屋外想继续享受雪野的景致。天，瓦蓝如洗；地，辽阔无垠。保护站不远处的瞭望塔是这块地面上除了那间小屋之外唯一的建筑。我步行至塔下，仰头望塔，忽然觉得我还有与我同行的这些人，变得渺小了。过去常听人讲，人比山高，好些书上也是这么写着。来到青藏高原这些日子，置身于莽原之中，我才感悟到"人比山高、人定胜天"之类的话显然说得过头了。是的，某些时候在某些事情上，人在发挥了超常的智慧后确实可以战天斗地，获得胜利。但是，就总体而言，在大自然面前人还是渺小的。我们只能力争做到天人和谐，保护大自然。当然保护中也有改造，互为改造。改造仍然是为了和谐。今天，我们就是以这样的心情走进可可西里的。

瞭望塔下的空地上摆放着大小不一、形状各异的石头，少说也有百十块。大的能卧牛，小的可坐人。几乎每块石头上都或刻或写着字。什么人写的，又写了些什么呢？我很好奇，就不由自主地走进了石头滩，一一看着那些字，并抄录在随身带的小本本上——

"地球是我家，幸福靠大家——长沙望月湖二小""可可西里，神秘的地方，可爱的家乡——解放军第二军医大学杨灿""永远做藏羚羊的保护神——上海李时玉""我们不希望只在网上回味大地母亲的温柔——重庆南开中学""我们的努力是为了能流向未来——成都西安路小学""尽我们所能还母亲河本色——武汉一中""把寒冷推远，也许能用上我们的力；把冰雪融化，也许能用上我们的热——北京一作家"……

我的心被这些带着明显情感的文字震撼得痒酥酥的无法平静下来，又感到很温暖，浑身滋生着一种力量。这儿是志愿者的平台，也是进藏路上南来北往的人们抒发心志的地方。我不能袖手旁观，便挑了一块石头写下了一行字：我的爱与可可西里同在——广西一志愿者。

我手中没有刀剪，无法镌刻我写的字，也许不需多日，我的字就会被风霜荡掉了（我看到已有许多用钢笔或圆珠笔写的字只残留下了一堆堆墨迹），但是我写下的这句话会永远地长在我心里。

我为什么要写下这么一句话？那一刻我想起了艳红。种瓜得瓜，种豆得豆，种下的爱情放在心头，让她四处游走！

当晚，我在昏昏欲睡的油灯下，给艳红写了我来可可西里后的第一封信。把我在瞭望塔下看到的那些题词留言以及我写下的那句话，都抄给了她。我有伤感，但更多的是期望。曾经的风雨，曾经的阳光，毕竟储存着浪花，留下了涛声。让它在可可西里的蓝天白云下展现，也许是一种解脱和安慰吧！

信写好后，我才意识到可可西里没有邮局，寄信要托人到格尔木去办理。这信只有压在手头了。看着这封一时发不出去的信，我怎能不想起那支从20世纪50年代一直流传至今的歌曲《草原之夜》呢：

> 美丽的夜色多沉静
> 草原上只留下我的琴声
> 想给远方的姑娘写封信
> 可惜没有邮递员来传情
> 等到千里雪消融
> 等到草原上送来春风
> 可克达拉改变了模样
> 姑娘就会来伴我的琴声
> ……

时间过去了五十多年，今天的可可西里仍然没有传情的邮递员。不同的是，可克达拉草原的夜是静静的，有琴声，而此刻的可可西里，风雪吼吼地吹响,何来琴声?

我手拿着信,隔窗望着外面的风雪世界,望着……枪声!突然传来枪声!这枪声中不知会有多少藏羚羊倒下!

没有琴声却有枪声,这是为什么呀?

## 没有比泪水更干净的水

盗猎分子总是贼溜溜地躲着志愿者行凶/深山里奇怪的炊烟/宁肯饿着肚子也不吃藏羚羊肉。

我们早出晚归,在不平静的可可西里巡山。日子单调,生活苦涩。其实,谁也不在乎这些。每每看到成群结队的藏羚羊从眼前活蹦乱跳地嬉闹着跑过,我们心里就兴奋、轻松,自己也好像成了它们中的一员那样乐不可支。有我们在,藏羚羊就有了安宁日子;藏羚羊能平安地生活也会使我们单调的生活变得充实。巡山中对我们的情绪刺激最大的事,莫过于看到盗猎分子总是贼溜溜地躲着我们行凶,我们多次看到他们杀害藏羚羊后留下的罪恶痕迹。有时是一堆扒了皮的藏羚羊的血骨头;有时是带着枪伤艰难逃跑的受伤的藏羚羊;有时是失去爸爸妈妈无望回家挣扎在死亡线上的小羊崽;还有时是盗猎分子码在山洼未来得及运走的藏羚羊皮张……戳人心刺人骨的疼呀!

"那些黑了心肝的盗猎分子,巴不得放一枪就把可可西里所有的藏羚羊都变成他们腰包里的现钱!我们就是要毫不留情面地击碎他们的美梦!"这是巡山队张队长的话,他讲的这话太能代表我们所有志愿者的心情了!每次想起他讲话时那咬牙切齿的样子,我就有一种无法抑制的责任感在心头鼓荡,燃烧。我们总是格外精心地巡山,巡逻的面积尽量大些,再大一些,不给盗猎分子留一点有机可乘的死角。正是出于这种考虑,我们九个人的分队,一分为三,变成了三个巡山小组,把巡视的范围扩大了三倍。我和张队长再加上小李为一个组,张队长任命我为组长。我说,这可不行,我怎么好领导队长呢!张队长说,队长管一个队,你只管一个组,严格地说你的手下就管小李一个人。当然到了组里队长也是组员,归你领导。他这么一说我也就无话可说了。我愉快地挑起了这个重担。

那天,我们三人像往常一样,巡山来到了太阳湖边。这里一直是我们巡逻的重点地段,丝毫不敢懈怠。因为我们很早就知道太阳湖是藏羚羊集中的地方,尤其到了春夏交替的时节,散在各处的藏羚羊要跋涉到这里完成一年一度的产崽任务。盗猎分子自然不会轻易放过这次机会,他们常常趁巡山队不留神的空当偷袭而来,杀害藏羚羊。现在我们加强了在太阳湖的巡察,盗猎分子不得不有所收敛。这样,太阳湖就出现了一段平静的时光。可是我们万万没有想到那些狡猾万端的家伙也在琢磨着对付我们的诡计。他们经过多次观察,摸清在通常情况下,我们都是下午到太阳湖巡察,他们就火急火燎地赶在我们到达太阳湖之前行动,迫不及待地猎杀一回藏羚羊。我们很快就发现了这个情况,有意改变了巡逻计划,每天先到太阳湖巡察,狠狠惩罚了他们几回。这天中午,我们出其不意地来到太阳湖边,马上就有一种异样的感觉,杂乱,惶恐,地上的草被践踏得千疮百孔,空气中弥漫着火药味、血腥味。显然有人猎杀过藏羚羊。我们估计他们走出去不会太远,决定乘势追击,追到太阳湖更深的地方,追出去三四里地时,我首先瞅见前面的山洼里升腾着一缕青烟,飘荡在蓝天草地之间,格外亮眼。还没等我说话,张队长也看见了,他用手势示意大家别声张。我们站住静观,那烟细细的,显得很孤单,慢慢悠悠地飘散着。烟势时断时续，看样子很可能是炊烟。按照我们以往的调查，这一带从来就没有定居的牧民，游牧的人也很少来，前后几百里地上不着村下不挨店，常有野狼出没，谁到这儿来找死呀！此时，我们的眼前还不时地升腾着一丝苟延残喘的青烟。张队长提醒我们，这儿很可能是盗猎分子的黑窝点，让大家做好战斗准备。

我们提高了警惕，握紧猎枪，加快车速向前赶去。果然发现了盗猎分子，有三四个破衣烂衫的人一瞭见我们追来，立即丢下所有的家当，开起一辆破吉普车撒腿就跑。我们追了一会儿，那车跑得贼快，拐过一个山弯，消失了。

我们又返回到了升起炊烟的地方。原来盗猎分子刚才正在做午饭。残火暗灰，满地狼藉。一个烘烤得漆黑的铝锅，还歪歪斜斜地架在半死不活的火堆上。火已经快熄灭了,锅里还咕嘟咕嘟地煮沸着藏羚羊肉。这些刽子手，杀死藏羚羊，还要用羊肉充饥，他们鬼精到家了。我听说，有些盗猎分子打死雌藏羚羊后，剥皮，专吃雌藏羚羊的胚胎。十恶不赦的杀手，杀生养身，残忍至极！

日头偏西，已经是后半晌了，我们还没吃晚饭呢。这会儿每个人的肚子都饿极了。眼前就是煮熟的藏羚羊肉，可是谁都没有动要去吃的心思。我们宁肯饿着也不能吃呀，那是人类的朋友，是我们志愿者保护的对象呀！

我们把铝锅里的藏羚羊肉捞出来，装进一个塑料袋里，就在太阳湖畔挖坑埋葬了。我还特地堆起一个小土堆，算是这些遇难藏羚羊的坟墓吧！我们三人久久地站在坟堆前，心情十分沉重。想着这些可爱的藏羚羊遭如此大难永远地从可可西里消失了，我忍不住流泪了。张队长哭得最伤心，一直扎着头在抹眼泪。

这天，我们回到驻地已经是夜里十二点钟了。身上虽然很疲倦，我却没有丝毫的睡意。我沉重的心一直悬在半空中，总觉得好像还有什么没做完？噢，想起来了，应该给艳红写封信。这已经是一个无法改变的习惯了，来可可西里这些日子，几乎每天都会不由自主地给她写信，哪怕只写几句话呢。我凭借烛光写着，告诉她我们白天在太阳湖边遇到的那些盗猎分子吃藏羚羊肉惨不忍睹的情景，我说我们巡山队的人都哭了，我们就像哭死去的亲人那样伤心。实在不忍心呀！我在信的末尾写道：这个世界上，没有比泪水更干净的水了！儿女的眼泪是哭父母的，爹妈的眼泪是哭儿女的，我们的眼泪是哭藏羚羊的！

由于我们加强了在太阳湖的巡逻，盗猎者逃了。太阳湖又恢复了平静，从四处赶来的藏羚羊在这里无忧无虑地欢度它们的"情人节"。这一天，我有幸看到了雌雄藏羚羊在草原上的"恋爱"，真没想到，它们的交配实在奇特，耐人寻味。那些雄藏羚羊们使出蓄积了大半年的所有锐气和精力，去占有雌藏羚羊。它们要决斗，胜者才是王子。只是它们不是与雌藏羚羊决斗，而是在雄藏羚羊之间进行。这种决斗太残酷了，少见的残酷！每只雄藏羚羊都毫不例外地长着一对长长刀刃般的角，双方先是用长角抵着谁也不让谁，僵持许久。这时一方眼看就抵挡不住了，要输了，它突然松开长角，逃跑，猛跑。另一只雄藏羚羊则紧追不放。待追者与逃者拉开好长一段距离时，逃者突然就势往地上一趴，这时它的那对长而尖的刀般的角自然地弯向后方。乘胜而追的雄藏羚羊则猝不及防，仍在猛扑向前，正好那两把"利刀"刺进雄藏羚羊的胸部，它一命呜呼！

胜者得意地走向早就等候在一旁的雌藏羚羊。雌藏羚羊只接纳这样的英雄。

这种血淋淋的交配，实在惨不忍睹，我只看过一次，就再也不愿看到了！但它是大自然的选择，是优胜劣汰的过程，也是藏羚羊寻欢作乐的"情人节"呀!

## 袖珍录音机里的遗言

他说最苦的地方生活才最壮美 / 高山反应,使他恨不能把肠肠肚肚都吐出来 / 袖珍录音机里的遗言……

上午,来了一位候补队员,他叫李良。为什么叫候补?他是去西藏旅游的途中,临时动意拐到可可西里加入志愿者队伍的。也许三五日就走人。对这样热情的人,哪怕只在可可西里待一个小时,冷淡他也是罪过。那就叫候补吧。李良是海南省的青年学生,他利用暑假来西藏旅游,顺便给他们的校刊写点文章。他途经可可西里采访我们时受了感动,心劲一涌动就改变了旅程,要为保护藏羚羊做点事出把力。之后,他还要去拉萨,跑新疆,在可可西里的时间满打满算不会超过一个星期。管理局(可可西里国家级自然保护区管理局——作者注)本来要他留在不冻泉保护站,那的海拔相对低一些,自然条件也稍好点。当然最主要的还是他能当志愿者的时间太短,没有太大必要分配到更远的站上。可是这个李良太要强了,也是逞能吧,他死活不听安排,生生地越过不冻泉,到了可可西里最艰苦的保护站——月亮湖。他说,苦无所谓,我从海南大老远来到高原,就差一步了,为什么不到最值得去的地方去考验自己!这样的机会我这一生恐怕就这一次了,我要过得淋漓尽致的壮美。李良感动了所有的人,我们都不把他当候补队员看待了。他是那天午后到月亮湖的,他连行李都还没落肩,就跟着我们把两个小时才能走完的保护站区域跑了一遍。问题偏偏就出在这两个小时里,时间那么短,李良总想多跑一些地方,他甚至说他一定要设法碰到一个或几个盗猎者，给他们点厉害看看。我们没有取笑他，完全能理解他这种完全不同于我们心情的想法。所以我们迁就了他，领着他到处巡察，到处搜寻盗猎者，不知疲倦地赶着路，竟然忘了休息。超负荷了，还能不出问题！当时我们四个人为一个小组，个个都是全副武装；分坐两台车。李良看着车上装的那些包包罐罐的，觉着奇怪，便问：这是要干吗？带上干粮还不行，为啥还有背包、手电筒、帐篷？我给他解释，这是咱们巡山队的老规矩了，每次行动时吃、住、用、行的家伙都要一应俱全，少了哪条腿都是要栽跟头的。我们出发后，撒在荒野里，好像大海里的一叶孤舟，任何想象不到的情况都有可能遇上。我们得从最坏处打算。比如碰上突降的暴风雪，在泥沼地里陷了车，被狼群包围，等等。在顺利的时候就得想到这些逆境，事到临头才不会手忙脚乱吃大亏。李良好像听明白了，点了点头。又好像没大明白，一脸的茫然。可可西里志愿者的生活，他还没体验过。

我们坐的是两辆吉普车，旧车。按说在可可西里这样地形复杂、气候恶劣的地区巡山，都是在没有路的地方跑野车，应该配备好车。可是眼下这里的条件还不允许。一切才刚开始，能将就先将就着吧，慢慢会好起来的。队长老张说了，车坏了，咱们推车，推不动，就甩掉车步行巡山。这么一帮子壮壮实实的小伙子还怕困在荒野不成？说这话的口气是有点大，但在眼下这种不得已的情况下说出来，还是有志气的，鼓舞人呀！

我们的汽车在荒原颠颠簸簸地行驶着，车子倒是没抛锚，人却出现了毛病，高山反应缠上了李良。他不停地呕吐，把出发前吃的那点东西全部都吐了出来，瞧那样儿巴不得连肠肠肚肚都折腾出来才罢休。他不住地叫喊着头疼，头疼！我们不得不停下车，关照他。他下了车蹲在地上，双手抱头，连声哭叫：疼死我了！疼死我了！他还直抱怨，是谁在用榔头砸我的头吧，太难受了！就在我们不知所措、忙忙乱乱地又是安慰他又是给他按摩太阳穴时，他突然从衣袋里掏出一个袖珍录音机交给我，示意打开。我不解，问，你要干什么？他说，打开听听，那是我给女朋友的遗言。我直想笑，高山反应在这里是家常便饭，用得着这么"严阵以待"吗？但我还是打开了录音机，李良的声音立即就飞了出来："亲爱的莉莉，我可能从可可西里就走向天堂了，你千万别难过，我无怨无悔。我走了，希望你能找一个适合你的人为伴。"我们听了，都笑，这人也太脆弱了，才来了半天就想死，没那么便宜。可是我们谁也没说什么，人家正经受着高山反应的折磨，还是理解万岁吧！

  李良不呕吐了，头还是疼，录音机上落满了呕吐物。我赶紧拿出刚搜寻到的止痛片给他吃了，不顶用，他的头照样疼着。我说，这点药还是从张队长的提兜底层的一个信皮里挖出来的。李良似乎有些不满意，嘴里呜呜噜噜地说了一句话，好像是说，这么艰苦的地方怎么就不多预备些药呢！我们谁也没回答他的问话，就这么个条件，抱怨有什么用！还是藏族司机多边有经验，他好像早就有准备似的，在李良发出那句抱怨以后，他马上接上话茬：有准备的，怎么会没有呢。说着他就拿出了一条红布带子，三下五除二地就给李良从额头处缠绑在了脑袋上。还真管用，李良说好多了，不那么疼了。他开始安静下来。我问多边，你什么时候学会用这办法制服高山反应的？他咧开嘴憨憨地一笑说，什么制服，这是没有办法的办法。只要是个人谁还不会拿上带子绑脑袋？我说，荒天野地的，要不是早就准备好这带子，事到临头到哪儿去找？多边笑答，工具箱里还有三条备用的呢，你们几个都犯了疼也不用发愁。瞧这家伙多有"心计"！

  李良的高山反应基本解除。这时他拿起扔在坐垫上的那个录音机，有点歉意地对我们笑了笑，又装回到了自己的口袋里。之后，又摆摆手。我不明白他摆手的意思，正要问那录音遗言是怎么回事，没想到他主动说话了：出门人什么不祥之事都可能碰上，特别是走西藏跑新疆这样的地方，意外的事故多的是，多一手准备总是好的。我追问一句：怎么只给女朋友留遗言，家里的人呢？他说，那是女朋友的主意，她是怕我万一有个三长两短，家里老人难以承受突然的打击。好事后由她慢慢去做工作吧。

我暗想，瞧人家这女朋友，那才叫情投意合呢。

我们继续巡逻。因为有病人在车上，车速很慢。这样我们也就有机会欣赏到可可西里的旖旎风光。我的视线一直投放到地平线上，远远近近，尽收眼底。我看到了好多动物，野驴、野牦牛、盘羊、棕熊、赤麻鸭……藏羚羊倒不多，偶见三两只，点缀在众多的动物中间，很是显眼。收回视线，我看到眼前的草地上稀稀拉拉地开放着叫不上名字的朵朵野花。有数条从雪山流下来的小溪，闪烁着莹莹阳光纵横交错地流淌在花草之间。溪流中还不时地露出一簇簇小草或野花，很美丽，很安静。直到太阳快升至头顶时，我们才看到了一群一群的藏羚羊，它们正在稍远一点的山坡上悠闲自得地吃草。那些羊儿看到我们的汽车，开始时只是抬头望望，又扎下头吃草去了。可是我们停下后，它们哗啦一下就顺着一条山沟跑溜了。我猜想，藏羚羊们准以为我们要伤害它们，其实我们停车是因为李良又喊叫着头疼了。再说，我们是专门保护藏羚羊的，它们怎么就看不出来呢？

多边不得不又在李良的额头上绑上了那条布带子。但是，这一回根本不灵光了，李良还是哭叫着头疼，头疼！这时天已近乎中午，又纷纷扬扬地飘起了雪花。我们决定立即返回驻地，万一雪越下越大，赶不回去，拖累着这个病人，那麻烦就大了！

回到驻地天已经黑了,李良的头疼一点也没有减轻。什么办法都用过了,摁太阳穴、吃药、扎针都没用。无奈我们只好连夜把他送到格尔木去住院。后来听说,医院给李良检查后,认为他体质太弱,不宜长期在高原留驻,只好送回海南了。不用说他打算去拉萨跑新疆的事也泡汤了!

李良当了半天的志愿者,病恹恹的志愿者。那也是志愿者呀,是为保护藏羚羊做了贡献,生命里有了这么一次经历,同样值得骄傲!

当晚,我在灯下给艳红写信。不知为什么总想给她讲讲李良的事情,特别想讲那份遗言,写着写着就碰到了艳红的眼神,不知该怎么写了。如实地告诉她吧,那不正好证明她反对我来可可西里是正确的嘛。不告诉她吧,又不甘心。这份遗言给我留下了心灵的疼痛、震撼和难以忘怀的烙印。还是不遮不掩地把实情告诉她吧,人人都需要深思,人人都可以反省。我给她写信怎能不带着感情!白昼长,夜晚短,时间不能泅渡,人心与人心之间,许多时候许多事情上无法丈量。我在信上给艳红写下了这样的话:当我再次回去找你时,无须敲门,因为门板没有了!写下这样的文字,我一想,不妥,她要理解错了,真的把门板抽掉了,那不等于告诉我,这里没有门了……

我很怅然,真的好怅然!

## 一只夭折的藏羚羊

第一次看到藏羚羊是怎么出生 / 为小藏羚羊守灵 / 小藏羚羊临死前那黑亮黑亮的瞳仁……

大老远,我们就瞅见前面的坡下有几只藏羚羊一边吃草一边慢慢腾腾地移动着，便不由得放慢了车速，唯恐惊扰了这些小宝宝。在我们这些志愿者的心里，藏羚羊就是上帝，我们要护着它们，爱着它们。显然那几只藏羚羊也发现了我们，它们不但没有跑开还站在原地仰起头望着我们。在藏羚羊的眼里我们是它们的保护神，它们也亲近我们，爱我们。我有个感觉，今天遇到的这几只藏羚羊好像有什么事要乞求我们，要不它们为什么一直眼巴巴地望着我们不离开？队长说，停止巡山，咱们观察一会儿看看会发生什么事情。与我们同行的保护站的一位工作人员有经验，他说很可能是有母羊要产崽了，咱们躲开一下，给它们腾出一个安静的空间。没有藏羚羊认为好的环境，它们是难以安全产崽的。他讲得太有道理了，我们赶紧下了汽车，步行到一个谷地（其实只是个小坑而已）。站在这个坑里我们拿着望远镜仍然能瞭见那几只藏羚羊，但专心产崽的藏羚羊已无心看我们了。就是在这里，我有幸第一次详细地看到了藏羚羊产崽的情形，那真是一个虽然美妙却痛苦、漫长的过程——

我看到一只雌藏羚羊的小尾巴高高地撅了起来，不肯放下，久久地撅着，而且越撅越高，越直，好像要一直撅到天上似的。我真为它担心，那样多费劲呀，它能支撑得住吗？工作人员说，你不必操这个心了，马上就会有一只小羊出生了。几乎是跟着他的话音，果然就见一团黑乎乎的东西从雌藏羚羊的尾巴下面掉了下来。之后，雌藏羚羊用嘴舔舐着那团黑乎乎的东西，那小玩意儿竟然蠕动着，也就是十几分钟的时间吧，最后还站了起来，摇摇晃晃地一走一摔地移动着。啊，是藏羚羊崽！我惊喜地叫喊着。它就这么诞生在可可西里，真是太神奇了！小羊崽跟随着它的母亲向前缓缓地走动着，仍然是一步一摔，摔倒了再爬起，又摔……母亲不时地停下来，回过头用舌头舔舔它的身子。随之，小羊崽又往前移走。我惊喜又不解，它们怎么刚出生就会自己走动？这样会摔坏的。工作人员说，你看下去吧，母藏羚羊就是这么产崽的。

那雌藏羚羊前行的距离越来越长，它还是要停下来，扭头看看孩子，有时还折回去，照例舔舔孩子。之后又前行，走的距离再次拉长，再返回来……就这样反复多次，既亲昵地关照着小羊崽，又放手让它们练步。我在心里暗数着雌羊反复的次数，一次，两次，三次……大约到十次时，不知何故，雌藏羚羊一直朝前方走去，再也没回来。走出去好远了，它只是站在原地看着它的孩子，孩子也不再起来了。我直纳闷，这是怎么啦？妈妈不关照孩子了，孩子也不跟随妈妈了！到底发生了什么事？

工作人员说，不好，出事了！

什么事呢？工作人员好像也不大清楚，我们就更糊涂了。

我的心忐忑不安。我们猫着腰轻手轻脚地蹭到了藏羚羊跟前，雌藏羚羊已经不知去向，只见一团湿漉漉的毛皮像面团一样柔软地摊在地上，那肉皮还在有一下没一下地微微颤抖着，一截脐带连在上面。我拿出照相机，本想拍下它，又不忍心，怎么也按不下快门。工作人员说，它出生还不足半个小时，就夭折了。他说着就用照相机拍下了这一切。保护站收藏着有关藏羚羊的许多资料。

我们呆站着，束手无策地看着那只死去的藏羚羊幼崽。我满胸的悲伤。一个生命，一个本来可以在这个世界上绽放光彩的生命，怎么只像流星似的亮了一道弧线，就永远地消失在无底的黑暗中了！脆弱的生命呀！少顷，我问工作人员：它怎么就这样死去了呢？他回答：是难产逆生。我再问：不是已经出生了吗，还叫难产？他说：你怎么就能肯定它是很顺利地生下来的？也许从昨晚或者从今天凌晨，雌藏羚羊的肚子就开始发痛要生产了。凡是这样挣扎勉强生出来的小藏羚羊，一般都难以成活。

我的内心无法平静，仍想着刚才看到的那个小藏羚羊惨死的情景。我平时所看到的藏羚羊跑起来像箭镞一样疾快，可以跟汽车竞赛。多棒的身体呀！没想到它们从母亲肚里生出来的时候竟然是这么一个弱小的肉块，摇摇晃晃走了几步就永远地倒下去了。我们爱生灵，就要从爱护幼小开始！

被高原寒风带走了的藏羚羊幼崽呀，你的那一团肉乎乎的身体烙印着春天深处的伤痕，我会永远听你远去的哭声！

工作人员出于职业习惯的本能，当然还有怜悯之心，仔细观察、记录了羊崽死后的一切特征。之后，又一次完整地拍摄下了羊崽的遗像。他说，保护站每月或者双月都要召开会议，讨论藏羚羊的生存状态，他必须积累尽可能多的资料。我却郑重其事地建议他，有关藏羚羊的遗容相片，要尽量地少拿出来展示，实在太惨不忍睹了。他没表态。

我们在那只死去的小藏羚羊跟前默默地站立了好长时间。是向它的遗体告别还是守灵？我说不大清楚。我一直不敢去看它，偶尔看上一眼，心里就好酸疼！突然我看到那团黑乎乎的皮肉裂开一道缝，那是它的眼睛睁开了，黑黑的瞳仁，好亮好亮！这光亮一下子就落到了我心里，我惊呼一声："它活过来了！"我的话还没落音，那黑亮亮的一道缝又闭合上了。这回它真的死了！这个世界上再也没有它了！我看到，它闭合后的眼皮上好像还留着一滴泪水……

我们依旧站在小羊的遗体前，谁也不说一句话。许久，许久。要不是工作人员提议把它埋葬，我们不知道要默站到何时。于是，大家一齐动手挖坑，是给小羊建造最后的小屋吧！直到把它安埋好，也没有人说话。完毕，我说："黑黑，你在可可西里安息吧！我们还会来看望你的，为你站岗，保护你的灵魂！"黑黑，这是我为死去的小羊起的名字，我这一生也不会忘记它死前那黑亮黑亮的眼珠！

后来，我给艳红写信讲了这件事，我写道：……我眼看着黑黑死去，你知道我有多么难过吗！直到这一刻在给你写信时，我的眼里还含着泪花。我真的没有想到这只可怜的藏羚羊，出生才不到半小时就走到了另一个它不愿去我们也不愿看到的世界。它是那么的留恋它的妈妈，留恋可可西里！这从它的那滴泪水可以得到印证。它临走前还要睁开眼睛再看一看我们，死去时眼里还噙着泪水。那是它的生命里的第一滴眼泪，也是最后一滴眼泪。后来，工作人员说，那不是小藏羚羊的眼泪，而是它妈妈掉下来的伤心泪。不管怎么说，我忘不了那滴泪。妈妈的眼泪和孩儿的眼泪，都是催人泪下的伤心泪。我想，如果你在现场，看到了这只可怜的小羊临死前的凄惨和留恋，你也会忍不住要落泪的。因为我知道你是一个很胆小的女孩，最怕见到血，哪怕有一只小鸟死了也不忍心去看一眼。真的，那只小藏羚羊太可怜了！

## 沙棘果与南国红豆

沙棘是个顽强的战士／沙棘果给藏羚羊带来祸害／南国红豆最相思。

这是一片高地，高原平川中曲曲折折的一溜丘陵状高地。它很均匀地分布在可可西里大约西南一隅。就是在这里，我看到了一片片骆驼刺、金露梅、沙棘等高原植被。这些在不少地方生长得原本茂盛的灌木，到了可可西里这片瘠薄、干旱、严寒的环境中，却退化成不足十厘米高的"爬行植物"了。它们紧紧地扒着地面，那颜色绝对不是绿色，更别说翠绿了。褐色，或者说枯黄色更确切。乍一看，好像一条条蜥蜴僵在了地上。这时你又会有另外一种感觉，虽然没有绿色，但它们的生命力很强。蜥蜴这种能在干涸、寂寞的戈壁滩世世代代繁衍生息的小动物，够顽强的了吧！把这里的植物比作蜥蜴，这绝对是赞誉它们的坚强！

我站在一簇沙棘前，久久地观察，沉思。

它很瘦小，甚至在你如果稍有粗心大意、不仔细搜寻时就很难发现它的存在。但是我仍然要确信无疑地用"生机勃勃"这四个字来描绘这个生长在遥远山区的灌木。当然这四个字不可能是描绘它的叶子——而是说它的枝干是绝对的生机勃勃。其实那枝干一点儿也不粗壮，且大都略呈弓状地沿地面趴伏着。这并不特殊，也不重要，最让人对它肃然起敬的是它的叶子和枝干那种说红不红说黑不黑说青不青的混杂而成的色泽。我当然知道它是为了抗争高原的酷寒和风沙才铸就了这种颜色，那是健美之色，其次才是护身之色。也不必为它爬卧在地面的姿势担心，当狂风暴雪扫来时，它不会倒下。沙棘是个顽强的勇士，即使被十级暴风吹得在地上翻了个滚，它仍然活着。我听说高原牧人讲过沙棘的一个故事：有一次，罕见的暴风雪连着吼叫了一个星期，那些沙棘的枝条滚蛋蛋似的吹得遍地都是。最后被一场大雪结结实实地埋得密不透风。你猜怎么着？暴风雪停了，后来雪也化了，沙棘的骨架一点也没损伤，那混杂的色泽显得更清亮了，好像刚刚洗了一回澡。更有意思的是，那些红红的沙棘果，亮晶晶地铺满在枝条翻滚过的地方。非常惹眼，太可爱了！这时候人们最直接的感觉是，那场暴风雪太有情了，它是专门为摘沙棘果而来的。除了它，还有哪个能工巧匠会这样整齐而均匀地把这美丽的红果撒满一地？

沙棘果有丰富的营养，可入药，又可制成饮料。不少牧民把它捡起来不忍心急于吃，而是放在家里作为观赏之物，不厌其烦地看好些日子，直至它萎蔫。藏羚羊就不客气了，它们馋沙棘果馋得发疯，逮住就吃个饱。特别是雌藏羚羊，在它怀崽期间，巴不得把可可西里地面上所有的沙棘果独享。当然这也不可避免地带来了另外一个问题，那些鬼精的盗猎分子总是隐藏在沙棘附近的阳沟暗角里，守株待兔似的等候着藏羚羊出没。这样就有为数不少的藏羚羊因为贪吃而丢掉了性命。我对沙棘的感情是很复杂的。我相信藏羚羊在一次次吃亏后会逐渐学得聪明些。它们既能吃到沙棘果，又不会被贪婪的猎人钻空子猎杀。藏羚羊确实是很精明的。

这天，我终于实现了久埋心底的愿望，采集到了两颗又大又红的沙棘果。工作人员看着攥在我手心里的果子很羡慕地说，他来到可可西里已经三年了，从来还没有碰见过这样肥大鲜红的沙棘果。我想，这大概是可可西里最美丽的沙棘果了。我把这两颗鲜果装进了腾出的一个小瓶子里，它们卧在瓶里越发显得红透漂亮。我又一次想起了南国的红豆，想起了那首关于红豆的诗：

> 红豆生南国，
> 春来发几枝。
> 愿君多采撷，
> 此物最相思。

我想我会把这两颗红果带回家乡去的，即使它烂透了，我也会带回去。为什么要这么铁心地做这件事！我也说不大清楚。我只想在我离开可可西里以后的日子里，还会想起可可西里，一想起可可西里就会想到沙棘果，想到那首南国红豆的诗……

这就是我的心情，真实的心情！

## 站在世界屋脊上唱《青藏高原》

  女朋友教我唱歌／可可西里没有超乎现实的浪漫／歌把我与大山融为一体。

  没有来可可西里之前，我就时不时地听到一些人手舞足蹈地说，可可西里那个地方虽然苦了点，却是山高水长，风光无限，最能让人产生无限的遐想。遐想？产生什么样的遐想，我没有体验，也无法体验。后来，我参加了学校举办的一次诗歌朗诵会，听到了有人朗诵一首诗时，又提到了可可西里可以让人遐想万千，美丽无比。怎么又是遐想呢？因为我认识诗的作者，就随意地问了他一句，可可西里会让人遐想什么呢？没想到这位作者根本没去过可可西里，他只能很概念化地告诉我，在蒙古语里可可西里就是"美丽的姑娘"的意思，可想而知，它能不让人天上人间地去联想吗？他还说他没去过可可西里，就是凭着这样的想象在一夜之间写出了这首朗诵诗。

  天哪，神奇的可可西里！没到过它身边的人，竟然也如此钟情它。但是，说心里话，我是半信半疑。更何况，后来我知道了，什么"可可西里是美丽的姑娘"，"姑娘"二字纯粹是杜撰出来的。

  学院批准我来可可西里了，我的心情异常激动。当然更多的还是小心翼翼，不是不愿迈开前行的脚步，而是怕踩到"雷区"。我在心里努力勾画着那个将要身临其境的美丽天地：那是地球上唯一的一块保留着天然资源的无人区，天高云淡，白云下面的草坡上野生动物悠闲自在地走动着。这时候即使不会唱歌的人，也要按捺不住心头的激动，没腔没调地唱起了那首让内地人听了心花怒放的《青藏高原》。唱完了肯定还不解渴又唱起了《天路》，还有那首《回到拉萨》……这是怎么啦，越唱越来劲了！那是站在世界屋脊上唱世界屋脊，心里还不波涌浪翻？

你瞧，我人还没到可可西里呢，就天上地下地遐想起来了。这不是遐想又是什么呢？这一想还真启发了我，学唱歌。我音乐方面的天赋实在不敢恭维，五音不全，唱什么歌都跑调，对不起听众。我下定决心要学会唱歌，首先要把《青藏高原》唱顺溜起来，这样才有资格走上青藏高原。教我唱歌的自然是艳红了，当时她还没有跟我分手，教唱还算耐心，掏句心里话说吧，我下定决心学唱歌，还不是冲着让她教我？人就是这样，每做一件事除了可以亮在桌面上的堂而皇之地说道外，总还会有藏着掖着的隐秘。让她教我唱歌，一对一地面对面站着，那会是多么美好的滋味！至今我仍然记得她讲过的如何把这支歌唱出味道来的话：“要挺起胸昂起头来唱，那劲头就出来了。”我就是这样学会了唱《青藏高原》。她给我打了60分，刚及格。我已经很满足了。

现在，我终于来到了可可西里。现实跟理想的距离之大是我万万没有想到的。《青藏高原》这首歌最初留给我的关于可可西里那种神圣的想象，或者说道听途说带来的那种急切的向往，随着我在这块土地上生活的时间不断增长而越来越渺茫了。我绝不诅咒可可西里，怎么可能呢！我就是冲着保护藏羚羊才千里迢迢地上了高原，我当然做好了吃苦甚至吃大苦的思想准备。我只想实实在在地说明一点，或者说要纠正一些人对可可西里"克里空"般的单相思。可可西里是可爱的，藏羚羊也同样可爱。但是可可西里绝对没有超乎现实的浪漫，也肯定不是美丽的姑娘。这就是我的基本认识，一个志愿者发自内心、始终不变的对可可西里的态度。这样，当我们第一次被暴风雪围困在巡山路上时才能坦然面对；当我们断粮两天一夜后在雪山上吃雪咽草根时才没有怨天尤人；当我们在深山看到一堆堆被盗猎者扒掉皮的藏羚羊骨骸时，才产生了一种强烈的无法遏制的责任感。确实如此，我们是有备而来的。我不会因为这样那样意想不到的艰难横在面前就缩手缩脚地没有出息地懦弱起来。

我没有理由消极地应对恶劣自然环境对我们的考验。尽管来到可可西里后，我常常会感到人类在大自然面前有时极其渺小，你根本无法战胜它，想躲避也来不及。但是我们始终要昂首挺胸，这是艳红说的，做个男人就应该这样。到了可可西里，越是在走投无路时，我就越要求自己要有求生的欲望。我要活着，必须活着！有了我们的安在，才会有藏羚羊的乐园。可可西里确实应该永远成为藏羚羊的乐园。我们可以在大自然面前吃尽苦头，却不能变得不堪一击，成为可怜虫。

我又想起了那首《青藏高原》,不能不想起它。那句话总响在耳畔："昂首挺胸地唱"。每想起它，我便不由自主地哼唱起来：是谁带来远古的呼唤 / 是谁留下千年的祈盼 / 难道说还有无言的歌 / 还是那久久不能忘怀的眷恋……

我唱得心花怒放。但是我相信不是那种自以为是的傲视天地的心花怒放，而是我与可可西里已经融在了一起、与大山融在了一起的那种心花怒放。青藏高原和我同唱。唱吧，这是一个志愿者顽强的呼吸，从压抑的胸腔里蹦出来的。虽有痛苦，却也自豪！

我当然很想让艳红听到我的歌声。那样她保不准会说：嘀，南武，你行呀你，成歌唱家了！唱得还不错嘛！她是在夸我吗？我怎么觉得她的话里总有一种酸溜溜的味道。顾不得那么多了，还是唱吧，唱《青藏高原》……

# 女研究生的可可西里故事

三男一女在野外如何露营 / 一连串又尴尬又快乐的故事……

巡山的工作又苦又累且带着几分危险，这是毫无疑问的。当然也尽兴，干自己乐于干的事情，苦累终究会融进快乐之中。

最怕的是遇到尴尬的事，哭吧不是流泪的时候，笑呢又笑不出来。又哭又笑？哪有这样的表情！当然有，这也是可可西里馈赠给我们的快乐！

真的，这种事偏叫我们碰上了……

绝大多数情况下，我们当天外出当天就可以回到驻地。但是，也有例外。有时不知不觉来到远天远地巡逻，或者碰上难以预料的天气突变，志愿者只好在野外露营。幸亏这样的时候并不多，否则可就苦了我们。所以我们每次出发时总要带着被褥，随时准备在野外过夜。在野外住宿挨冻、受苦，这是明摆着的事，有时还叫人难为情，那才真叫是难为情呢！三男二女或一男一女，能不难为情吗？

我倒不是说我自己摊上了这事，而是说在我之前发生的事。头年夏天，可可西里志愿者队伍里冷不丁地来了一位女队员，她叫何艾琴，是南方某大学的硕士研究生。她当然不是可可西里的第一名女志愿者，但是发生在她身上的故事是独一无二的。也怪，这些事怎么都让她遇上了。据说，何艾琴当初正式提出来可可西里履行志愿者的义务后，受到了周围人的一致反对。一个身单力薄的女娃到那个地方去不要命了！尤其是她的家人，简直要跟她闹翻了！如果何艾琴屈服了，可可西里很可能永远会失去一个女志愿者创造的奇特而美丽的故事。铁了心要为保护藏羚羊贡献智慧和力量的何艾琴,最终没有受到干扰,还是冲破阻力热情洋溢地来到了可可西里。与她同行的还有另外一名女志愿者,这也是亲友们最终能容忍她这次行为的一个重要理由。但是伴她上山的那个女队员来到可可西里没有几天,就借故撤走了。她留给何艾琴的最后一句话是:还是撤吧,男人可以在这里有所作为,女人不行,确实不行!何艾琴不服气,说,那我就试试吧!这样何艾琴就成了名副其实的"女子独立大队"。

一个女孩混杂在一群男人中间,又是在可可西里这样一个遥远而荒凉的地方,让她很不自在的事情接二连三地发生。她没有抱怨,这是她自己选择的路,要抱怨只能抱怨自己。她只能让自己的生活和心理去适应这种陌生的环境。那天外出巡山,包括队长在内共四名志愿者,三男一女。一辆半新不旧的吉普车载着他们颠来跑去,哪里的藏羚羊受到盗猎分子的威胁,他们就勇敢地奔向哪里。那些在藏羚羊面前耀武扬威的盗猎者,老远只要一瞅见志愿者的汽车,撒腿就溜之大吉了。跑?我追你,追上了批你罚你;追不上,也要吓得你失魂落魄。这就是可可西里志愿者的生活,挺长威风的。说来也怪,许是那天他们巡走的地域宽了,深了,不时地能碰到盗猎分子。追,紧追不放!就这样追着追着,离驻地越来越远了。天早就黑了,他们还在马不停蹄地追击一股疯狂的盗猎分子。到了晚上,他们只能在野外宿营了。一辆吉普车就是宿舍,就是家。事前根本来不及考虑或者说考虑了谁也没有把它太当回事的问题突然难住他们了。四个人,三男一女,两床被褥,这就是说何艾琴得和一个男人共盖一条被子了。这对何艾琴来说,与其是胆量的考验,还不如说成是感情的考验。她怎么能接受这样一个现实呢?和自己躺在一个被窝里的是她老公以外的另一个男人。不盖被子吧,这里的夜晚气温少说也有零下十多摄氏度,挨得过去吗?再说那位男同志,他当然不可能有什么歪想法了,自己的同志嘛。可那毕竟也很不舒畅呀!好啦,顾不得那么多了,由队长点名分配,点到哪个男同志就该他不自在去吧!何艾琴眼睛一闭,管他是谁来跟自己搭伙呢!不就一个晚上吗,牙一咬就过去了!

那一夜,真是太难熬了。她不说什么,也不好说什么,只是把被子拉过来递过去地来回折腾着,弄得与她共用一床被子的那个男同志根本无法入睡。其实她完全是一副好心肠,拉过来被子是因为觉着太冷想多盖点。递过去是因为又觉得自己太自私,还是让着点好。可那男同志就遭罪了,睡不稳实,无奈之下只好起身,坐在一旁闷着头抽起了烟。蒙蒙的烟雾悄悄地弥漫了车厢,呛人。这回不仅是何艾琴,另外两个男同志也无法睡觉了,他们抱怨他:你够缺德了,要熏死我们啊!那男同志只得摁了烟,呆呆地坐着。何艾琴见状,心里当然不安,便问那个"搭伙"的男同志:"你在想什么呢?"那男同志回答:"我别的不敢想,只是想睡个觉怎么就这么难?可可西里到底是容不得女人还是男人?你们各位能不能给我找个可以安身的另外一个什么地方,让我可以大胆地休息,这样我也就解脱了!"这话不仅是冲着何艾琴,连另外两个弟兄也捎带上了,他们听了光是笑并不说话。倒是何艾琴很不好意思地说:"将就着睡吧,大家都作难!反正都是熟人,谁也不会把谁怎么着。"显然这话里有话,绵里藏针,有几分警告。不用说是警告三个男人吧!她这么安民告示之后,像是吃了定心丸,很快就睡去了。呼噜!女人的呼噜打起来绝对不亚于男人的。也好,权当催眠曲!

催眠?根本无法入睡。三个男人很幸福地坐着,你一言他一语地无话找话地抒发着各自的感慨。"真没想到女人也会打呼噜,而且打得这么厉害!""嗨,那是因为你还没结婚,当然无法体验了。""我说,咱们三个干脆下车找一个什么地方睡去吧!""你能放心地离去吗?小何一个人被我们丢在车上,出了事谁担当得起!""今晚我们真正地当了回她的卫兵,为一个女孩幸福地失眠!"……

何艾琴倒是安安静静地睡了一夜。次日清晨,她见坐着睡得很酣的三个男人,热泪哗一下就涌出了眼眶。"大哥们,是我害得你们连觉都没法睡!"三个男人像商量过似的忙说:"不,不!人生多经历些事情是好事。我们都不会忘记可可西里这一夜的!"

第二天,他们继续向远处巡山,因为有消息说,那里有盗猎者活动。忙了一个白天,夜里又该在野外露营了。这晚情况稍有改善,他们借宿在无人区边缘一个小矿上,三个灰头土脸的挖金人像遇上了救星一样热情地迎接了他们。这无人区难得见到一个人,挖金人平常就是缺少和人说话。他们腾出地窝子,自己去帐篷里休息。地窝子不透风比帐篷里暖和,谁不晓得!其实挖金人是冲着何艾琴的,女人走到哪里总会得到特别的关照。挖金人精灵着呢,让她在地窝子里住一夜,那女人特有的气味好些天都能闻到。没承想新的问题随之而来,睡觉前何艾琴照例要上厕所,真难为这个女人了,荒天野地的哪里有厕所?平时这里的男人走出地窝子三步远就方便,还要什么厕所!何艾琴自然无法享受这种自由。她刚走出地窝子,一片苍茫荒野就无边无际地呈现于眼前,空空旷旷,黑灯瞎火,还有沙沙的响声不知从何处传来。她有一种走进偌大坟地的感觉,浑身瑟瑟发抖。她站在地窝子前不敢向前迈半步。这时一个年轻人走了出来,何艾琴赶忙说:"我有事,你别管,你回屋里去吧!"年轻人说:"我就是知道你有事才出来的,是队长派我出来保护你的。在这地方你一个人是做不成事的。"队长派人来看我?何艾琴无话可说了,没想到自己办这么点事还惊动了队长,派人保护?那年轻人很温暖地走到何艾琴前面,站住。何艾琴什么也不说了,紧紧跟上。年轻人头也不回地前行,她说:"行了,现在你可以回去了。"年轻人不肯走，他转过身背着何艾琴说："你开始吧，听挖金人说这儿野狼很多，其他野虫野兽的也不少。还有那些爱凑热闹的打工者，他们成年累月难得见个女人，馋极了！"他还要说下去，被何艾琴打断了："行啦行啦，贫什么嘴呀贫！"年轻人忙说："好啦，你就放心吧，我不会回头看的。"何艾琴又好气又好笑，这哪儿是上厕所呀！有苦难言，可又有什么办法呢？无人区就是无人区，一切都不能按常规办事。她像做贼似的匆匆方便之后，正要起身，忽然见右边不远处有一点绿莹莹的光在闪烁。她马上意识到有狼，在家时老人多次讲过，狼到了夜里眼睛就放射着这种可怕的绿光。她赶忙起身，一个箭步就跃到了那个年轻人跟前。手里还提着裤子。这时那男人还背对着她，根本不知道发生了什么。她说，你到底还管不管我，狼都来了！年轻人这才如梦初醒，转过身冲着那两道绿光大声地吼叫了几声，狼一看今晚这帮人不好惹，便夹起尾巴溜走了。何艾琴满腹感谢，不由得对那男队员产生了一股深深的感激之情。俩人赶忙回到了地窝子。

　　时间像脱缰的马，从可可西里那野天野地的荆丛中不知不觉地流逝。人在改造环境，也在适应环境。每天夹在男人中间的唯一的女性，她不能逞强，当然也不可示弱。随意，顺大流吧。终于有一天何艾琴发现连她自己也渐渐地忘掉了自己的女性身份了，这是值得高兴呢还是悲哀？她没工夫考究。她常常像男人一样自由自在地生活在无人区，不让人家关照，她照样生活，男性如果在生活上向她倾斜一些关怀，她也绝不拒绝。晚上她照例要出来方便，总会指名道姓地冲着任何一个男队员喊：喂，请帮忙！马上就会有人应一声：来啦，稍等等！一切都习惯了，确实习惯了，谁也不觉得有什么异常。这一个月的可可西里生活，她一辈子都不会忘记，太值得铭记了！

　　对于何艾琴闯荡可可西里的故事，对于她的坚守和她对男人的豁达，我都佩服，打心里佩服。谁都不容易！其实，人呀归根结底就是好好生活。什么是生活？生下来，活着，到了什么山上唱什么歌，到了什么地方走什么路，入乡随俗，就这个理儿。清高什么呢清高，为了生存，为了事业，就得往前走。猫起身子，既想躲狼又想避虎，最后说不定虎狼为奸一齐伤害了你，一事无成！

我按自己的意愿来可可西里这没有错，艳红以自己的兴趣跟我分手也没有错。我会把我的这个想法全部告诉艳红，当然首先还是要给她讲讲何艾琴的故事。何艾琴呀，她是一个比许多男人都要坚强都要宽容的女人！这样的女人，了得！

## 楚玛尔河畔的警牌

*小藏羚羊的奶妈——山羊 / 一只被汽车撞得半死不活的藏羚羊 / 你是可可西里的卫士吗？*

每天都巡山，每天都可以看到藏羚羊。看到它，想着它，心里就有一种希望，一股力量，就很幸福。

不尽如人意的事也是每天都发生着。我常常能看到那些被丧尽天良的盗猎分子残杀得肢体不全、倒在血泊里的藏羚羊，我的心如刀剜一样疼痛难忍。一次，我们在青藏公路楚玛尔河附近巡山时，看到有几只秃鹰在天空低旋，还不时发出几声贪婪的长而怪的叫声。不好，可能有情况！我们急忙跑到跟前一看，果然有一只刚生下来的小藏羚羊躺在草地上，母羊不知去向。小羊受了伤，浑身湿漉漉的，凝结着一块一块的血迹，四条腿在寒风中不停地颤抖。见我们来了，它用乞求的惊恐的眼睛望着我们，我们懂得那是在传递求饶的意思。我们不敢怠慢，赶紧小心翼翼地把小羊弄回帐篷。我们要给它养好伤，等它长大，再送它回到可可西里的怀抱中去。

可怜的小藏羚羊牵动着每个人的心，大家合计着给它取名"祖塔才仁"，藏语的意思是"长寿的藏羚"。大家从心底里为小羊祈祷，坚信受磨难的它必有后福。它无法吞咽食物，保护站的工作人员罗尼松玛就把食物嚼碎了再喂它。谁知小羊只是用小嘴巴闻闻，还是不吃。羊也娇气，不是妈妈的奶它就是不吃。我们直犯急，不吃东西还不饿坏它吗？我赶紧给保护区打电话求援，让他们想办法救救这只可怜的小羊。保护区的领导很重视这件事，立马派了两个人、一辆汽车，两天两夜赶到我们驻地，把"祖塔才仁"护送到了保护区，特地给它找了个奶妈——一只山羊。开始，奶妈不认这个干儿子，干儿子也不搭理这个奶妈，僵着。工作人员多次撮合、调教，终于使它们走到了一起。小藏羚羊吃了奶妈的奶，身上活泛了，渐渐地长出了劲，可以勉强地站立了，还开始挪步。大家好高兴，像看到自己的孩子一样亲热，你抱抱他抱抱，小羊天天都生活在大家的怀抱里。其实，我们这些志愿者大都没有结婚，哪有孩子？现在抱着小藏羚羊却像抱着儿子一样亲，完全是一种感觉，珍爱小藏羚羊的感觉！

我们遇到的遗失在草滩上的小藏羚羊大多是幼崽。它们离开了父母的呵护后，根本无法独立活动，苦苦挣扎，非常可怜。其中不少活活饿死或被那些成天在草原上觅食的野兽伤害。为什么总有藏羚羊幼崽遗落荒野？对于这个现象我们开始并不了解其中的根由。后来，经的事多了，见的世面广了，才慢慢地解开了这个谜团。原来，盗猎分子每年猎杀的上万只藏羚羊，多半是怀孕或哺乳期的雌羊。它们身体笨拙行动不便，往往难以逃脱猎人的枪口。雌羊走后丢下了幼崽，孤独无助，很容易就被野兽和盗猎者抓去了！

没有妈妈呵护的身单力薄的小羊崽呀，你的活路在哪里？我们又一次目睹了你的不幸遭遇。

那天上午，仍然是在楚玛尔河附近的公路边，我们看到了一只被汽车撞伤的小藏羚羊。显然撞后不久，它四条腿绷直地躺在地上，嘴角和鼻孔还不时地往外冒血，身体尚留着余温。我实在不忍心看着它就这样半死半活地躺在荒郊野外等死，就建议把它抬到不远处的索南达杰自然保护站，赶紧抢救，说不定还可以让它活过来。于是我们手忙脚乱地，又是抬又是抱地把受伤的小羊往屋里折腾。谁知还没有等我们进屋它就咽下了最后一口气。没有救活这只藏羚羊，我的心里难受了好些日子，一闭上眼睛它那可怜的样子总是浮现在眼前。

据保护站的同志讲，来往于青藏公路上的汽车，常常会轧死、撞死藏羚羊。这是很无奈的事。司机无奈还是保护站无奈或者藏羚羊无奈？说不清楚。动物虽然也有灵性，但毕竟不像人那么长心眼，尤其是那些出生不久的小藏羚羊，傻里傻气，它们看到公路上跑着的汽车很觉新奇，一点儿也不害怕，甚至会情不自禁地特意停下来，用疑惑的目光看这个从来没有遇到过的庞然大物。淘气的小羊有时还要和汽车赛跑，比比谁能跑在前面。逗你玩！不少藏羚羊就是这样丢掉了性命！当然受害的还有其他动物。为此，我们在楚玛尔河一带加大了巡查力度，提醒过路的司机这里是藏羚羊多年来自然形成的一条通道，汽车开到这儿务必减速慢行。大多数司机能听我们的招呼，为藏羚羊让道。也有个别司机仍然大大咧咧地自行其是，飞车照开不误。撞伤撞死藏羚羊的痛心之事时有发生。

看来，为了保护藏羚羊的安全，我们这些志愿者还得下功夫继续做工作，让更多的人自觉地和我们一起成为可可西里的卫士。很快我们就在藏羚羊经常通过的路口，用木板制作了一批警示牌，上面分别写着这样的警语："藏羚羊是人类共同的朋友，你要善待它！""司机同志，让藏羚羊从你的车前安全通过！""手把方向盘，心想藏羚羊！""可可西里是藏羚羊的乐园，作为藏羚羊的朋友，你使它快乐了吗？"等等。

警示牌上的这些字都是出自我的手。我是指警示牌上的字，写的字，而不是内容。你还别说，写得蛮苍劲的，撇似剑，捺如刀，真有那么一点警世醒人的味道哩！在学校里，我的毛笔字是很"臭"的，这是艳红爱意的评价。她总认为我写的那些字缩手缩脚的伸展不开，像怕冻着的蚂蚁。所以过去我从来不在稠人广众之地显露我的毛笔字，唯有在给艳红写信时才拿起毛笔，我就是要"臭"她。她呢，也乐于接受这"臭"。来到可可西里，我是这批志愿者中唯一的大学生，大家眼里正牌的知识分子，平时起草个简报、写个保证书什么的，非我莫属。写标语牌自然也是我的事了。也许是没有可比性了，矮子里面拔将军。也许是站在世界屋脊上写字的缘故吧，我真的有那么一股无与伦比的自豪感，总之我是放开了手脚去写，提笔洒墨，成行而已。那些毛笔字写得还真有豪气，好苍劲！我在大家面前绝对地露了一手，过去没有机会施展的书法才华！

好些天没有给艳红写信了，今天一定要写封信，心里有话要说。我很愉快地告诉艳红我写标语牌的事，我说我进步了，毛笔字写得溜溜儿的利索。不信吗，你看看这封信，用毛笔写的这封信。这是我来可可西里后第一次用毛笔给她写信，我在信的最后写道：你不是说我的字"臭"吗？现在看看，闻闻，不但不"臭"了，还挺美呢！可可西里美！

这仍然是一封发不出去的信。静静的夜晚，可克达拉草原上只留下琴声，可是可可西里却没有琴声。可克达拉——可可西里，都是可

字开头,情况却是那么的不同!我的耳畔又响起了那首伤感的歌:

> ……
> 想给远方的姑娘写封信
> 可惜没有邮递员来传情
> ……

告别可可西里之前,我和南武还有一次长谈。当然是我读完他的这些手记之后。

我俩静静地坐在志愿者的帐篷里。

他给我讲了一个小故事。他说是昨天刚发生的故事,明天他们就要离开可可西里,返回老家了。

他说,那天他们巡逻到了一个很远的地方,半沙漠半荒滩的丘陵地带。路很难走,很是磨缠人。走了两个多小时也没有走出去,却意外地发现了一顶盗猎者的帐篷,人不知去向。他们在四周搜寻了半天,也没见到一个人影。看来是盗猎者遗弃的帐篷。当时他们口干舌燥,疲惫至极。每个人的水壶早已腾空,拿出压缩饼干,口干得难以下咽。随行的藏胞兄弟阿旺扎西用"挖坑埋饼"的办法为他们解了围,他将饼干分成四份,每人一份,包在手绢里,然后就地挖坑埋进。他们又去巡山了。两小时后他们返回原地,这时埋在土坑内的饼干已经浸湿。他们既填饱了肚子又解了渴。

南武的故事讲完了。他不再吭声,我直纳闷,他为什么要讲这么一个故事?

讲完故事的南武若有所思地停了好一会儿,才说:"我和艳红的事到底会是什么结果,我当然盼着重归于好。我的等待是诚心的。我总是这样想，我到可可西里闯了这一个月，就像把我俩的爱情埋入湿润的地内，让那快要干枯的枝叶得以滋养。双方趁这个暂时分别的日子都静下心来认真反思反思，毕竟我们已经相爱了两年，难道就那么轻而易举地失去对方？可可西里为什么一定要成为我们爱情中不可逾越的鸿沟！"

我听出来了，也看出来了，南武很在乎艳红，爱她爱得很深。就连可可西里恶劣的自然环境在他们的爱情面前也应该退让三分。当初艳红不让他来可可西里，那已经是过去的事了，他不相信当他从可可西里回来站在艳红面前时，她不改变态度。可是他毕竟是个受到爱情伤害的人，心有余悸，举步维艰，三思而后行。迷茫的人呀，他的前面仍然是一团让他捉摸不透的云雾！

我理解他，给他也讲了一个故事——

这个故事同样是讲埋在土里的事，只不过埋的不是压缩饼干，而是种子。考古学家曾经在汉代古墓中发掘出一瓷罐种子，好几样，麦、花草等。这些种子竟然保存完好没有退化，科学家试着将其埋进土里，没想到它们奇迹般地发芽了。生命就是如此执着！

南武显然被我说的这件事震惊了，他望着我，却不说话。我说，种子不会在泥土里腐烂，因为泥土里有水分有养料。我想你和艳红的爱情种子也不会烂掉，因为你有一份没有枯萎的感情，还有艳红教你唱会的那首《青藏高原》。这些犹如灯盏，让人仰望，终究会有光芒。

南武用心地听着，不点头，也没摇头。

他说，我实在不情愿看到因为我来可可西里当了一回志愿者，我心中的爱情大厦就轰然倒塌。爱上一个人是不容易的，如果是刻骨铭心的爱就更不容易了。同样舍掉一个所爱的人也是不容易的。我们要是把爱情中的男女比作左右手，痛心地砍了其中任何一只手，最后到头只能装上假肢。要让这个假肢长出血肉恐怕是不可能了。受伤害的是双方。不要总把爱情当成儿戏，总把婚姻说成坟墓。有感情有基础的爱情也难免有曲曲折折峰回路转的时候，但只要有爱就应珍惜！

我咀嚼着南武的话。他来可可西里时带着对姑娘难以割舍的心情，离开可可西里带着一沓无法发出的信，同样是难以割舍的心情。"我真的不能相信她会无动于衷！"这还是南武的话。他在爱河里陷得太深了！这好吗还是不好？我想，起码不是什么坏事。爱，这正是南武走上可可西里和到了可可西里有所为的动力！他总是在渴望，渴望把一捧雪放在茶炉上煮得滚烫、芳香，与另一个人分享。可是往往苦与香都是他一人独享！

后来，我从可可西里回到了北京，常常想起南武这句话，想起我从来未见过的那个叫艳红的可爱而又任性的姑娘。如今，爱情在金钱面前变得廉价了，我总觉得南武和那个艳红不会这样，也不应该这样。他们的过程已经很苦了，结局为什么还要再苦呢！

今夜，京城的春夜，意外地落起了雪。除了雪还有风。雪跟风搅在一起，才能飘向远方。

远方，雪山顶有一轮谁都看得见的明月。

# 女兵墓

深秋的黄叶,在寂寥的天空凄凄飘落。我走进这覆盖着碎石、荒草的枯原,寻找昔日的梦。

是找她吗?——一个长眠在世界屋脊上的女兵。

是。又不全是。

军营生活二十七载,我从南到北走过不少地方。每到一地,我都有个习惯:瞻仰烈士陵园。站在那圣洁的纪念碑前,望着那一座座坟茔,我常常对那些遗骸天涯、埋骨他乡,以山河为归宿的前辈、同辈烈士们,产生一种深切的敬意。

这里便安睡着一位我尊敬的女性。我捧着从那曲镇上藏胞家里买到的一束雪莲花,踏着铺满野花的小径,终于找到了她:广袤的草原上,一堆小土丘……

你还记得我吗?在你离开你倾心热爱着的这个世界时,是我抱着你啊!我敢这样肯定:你那时是第一次被一个男人抱着。我也是第一次抱起了一位姑娘的躯体。

你会记得的。你当时的眼睛曾向我透露出那样强烈的神色!

那时,我是一个入伍不到一年、跑车的司机。你呢,团卫生队一个普普通通的卫生员。你头顶上有一颗闪亮的五角星,军装外总系着一条棕色的宽皮带,在军人的世界里,你是一个普通的士兵,只有那个左肩右斜的红十字药包,显示着你有与众不同的妙手回春的本领。当时——50年代初期,在这条进藏的风雪路上,你是为数不多的汉族女人之一。以前我并不认识你,只是那天我从兰州新兵营拉了一车进藏的战友时,才看到了你。你作为护送战士的医生(领导确实是这样告诉我的),同车前往。至今,你留在我脑海里的一幅清晰的图像是:你太忙了,简直可以说世界上再没有第二个人比你忙。车上三十五个新兵,出发后每天你都要给他们量两三次血压。车子过了日月山,几乎每小时你都要拿上测压器,像过筛子似的,给每个战士量一量,连我这个在青藏线上已经跑了三趟的"老兵",你也不放过。同志们有些不好意思了,觉得自己这牦牛般的身体用不着这样多事。你不依,板起脸很严肃地说:"'牦牛'也不行!高山症对谁都不客气。"一车人全老实了,包括我这个"老兵",都乖乖地把胳膊伸到你面前,任你测量、记录。

唐古拉山巅出奇的冷。我停车小憩,加油加水。你照例跑上跑下地为战士们查体。冷风吹不干你脸上的热汗……

就是在这时候——我终生都会记得它——1955年10月25日中午一点十五分,不知从哪里飞来一颗流弹,车上站着的一个新兵应声倒下了。

山腰的崖洞里伸出了一支权子枪……

大家马上明白了是怎么回事。土匪把罪恶的枪口瞄准了我们这辆军车。流弹还在继续飞来……

你是第一个发现敌情的哨兵。你冲了上去,毫不犹豫地冲了上去!抱住了那支权子枪,死死地抱住了!那枪口离汽车不过几十米。当时,你如果不这样办,别的任何办法都不能保证车上的战友不会再倒下去剩下的三十四名新兵全冲上去了！他们手无寸铁（还没有给他们授枪哩），硬是用三十四双拳头捣毁了敌人的老窝，活捉了三个土匪。当大家把你从杈子枪上抱起来时，你已经奄奄一息了……

我开着车快速地向拉萨驶去。你需要住院抢救，时间就是生命！我把浑身的劲都用在了右脚尖上，狠狠地踏着油门，巴不得让汽车轮子离开地面飞起来！

那曲镇，飞车而过；

二档山，乘着风去……

你的伤情毕竟太重了！当我开车行驶到藏北高原上时，不得不停下了车。你在这里走完了自己一生的路程。你留下了你的未来，留下了你的幸福，留下了你的幻想，也留下了你那颗永远搏动的心！

我不相信你会这样离开我们，绝对不相信！我太激动了，抱起你，拼命地把你呼唤！可是，我不知道你的名字，车上没有一个人知道你的名字。我只能喊："同志！同志！"我第一次感到了"同志"二字的金贵。任我喊破喉咙，你并不睁开眼睛。我还是大声喊着。奇迹出现了，你到底被我唤醒了，睁开了那美丽的眼睛，长长的睫毛闪动了几下，望着我，还有周围的同志，笑了！围着你的同志也都笑了。

我们太愚蠢了，也太老实了！没有抓紧时间就在你睁开眼睛时，和你说上几句话。结果你很快又闭上了双眼，再也没有睁开。我把你紧紧地抱着，我恨自己作为一个司机，未能把你送到那起死回生的地方，我巴不得让自己跳动的心律传导于你身上，让自己的呼吸将你唤醒……

可是，一切都是枉然！你还是远去了。在被你掩护的一车战士中，你几乎什么都没有留下。没有姓名，没有籍贯，没有遗嘱！

我拿出随车带的十字镐，同志们轮流掘土，给你在草滩上找了个安身之地。我取下了你至死仍紧握着的测压器，本想把它捎到你的家乡，送给你的亲人。可是，怎么捎去呢？思来想去，还是让它伴着你去远行吧！女战士，瞧你睡得多么安详：躺在草原露营，枕着寒风长眠。身盖六月雪被，脚蹬无名小溪。我知道，你只有躺在这里，只有这样躺着，才能心安理得地合上双眼。

时隔一月，我完成了任务，返回到藏北高原。我特地将车停在路边，步行去看望你。你的坟包还是那么一堆普普通通的黄土。所不同的是，坟前立了一块无字碑。一瞬间，我的感情，我的心涛，像海潮一样澎湃起来。无字碑？谁立的？是不会写汉字，或者连藏文也不会？还是不知道女战士伟绩的人？……我忽然明白了，全不是。只因为你是一位无名的兵，人们只能给你立块无字碑。

我给你的身上盖了一把新土，又深深地给你鞠了个躬，和你告别。

不知为什么，就在我转身返回的时候，我忽然想起了黄继光。你和他一样，都是迎着敌人的火力点冲上去，用胸膛堵住了那喷吐着罪恶烈焰的枪口。他，成了全国上下妇幼皆知的英雄。可你呢？默默无声地眠于世界屋脊。又有谁知道你在生命的最后一刻所闪耀出来的火花？

委屈你了！我们的女战友！

作为一个目睹了你伟大壮举的人，一种内疚深深地折磨着我。我甚至恨自己，为什么不是一个记者，或是一个作家？这样，我会为你大书特书。这一夜，我没有赶路，投宿在你坟包附近的黑河兵站，一夜未寝。

次日，天一放亮，我又返回到你的墓前，掏出钢笔，在那块无字碑上连描带刻地写上了五个字：

  高尚的女兵

二十多年来，在我心中的天平上，你的名字始终像黄继光一样光荣、伟大。不论是三年困难时期还是"十年动乱"期间想到你，也不论给同辈人还是给我的孩子们讲起你，你的行动所产生的激奋人心的力量，总是会强烈地震撼人们的心！

只是，有一件事常使我挂记，使我不安：那块无字碑还在吗？我写的那五个字呢？……我担心岁月会磨去那碑及碑上的字，更担心你的形象会被人们淡忘。

女战友，我现在回到了你的身边。我是去西藏边防执行任务，专门拐进来看望你的！使我兴奋的是：一个无名的战士，终究被更多的人记住了。你的坟包变大了，而且用洁白的灰浆墁了顶。墓前的一棵青松长得有两层楼高了。松树下，依旧立着那块无字碑，碑上的五个大字已经被人镂刻在上面了。字迹一点也没变形，还是我写的字。

我深深地向你鞠了一躬，在你身边站了足足有半个小时。

昨晚，藏北高原落了今年的第一场新雪。好同志，雪花一定又打湿了你的衣服、被褥，你冷了吧！让我给你的坟上培层新土……

## 五道梁落雪　五道梁天晴

清晨，唐古拉山的冷风拉开了沉睡的夜幕，把江河源头的山水清清楚楚地显露出来。他几乎每天都在太阳刚爬上山冈的时候就已经坐在兵站门口的石头上，望着坟包呆呆地发愣。一个不容置疑的高原军人，一个无法抗拒的血性男儿！

他的身后是兵站一排压着薄薄积雪的兵屋。那兵屋很低很低，好像贴在了地上。兵站里升起的细细的炊烟分明是在招他回去，但他仍然静坐不动。

更远处的山腰有一座寺庙，静悄悄的，好像还没睡醒。

望坟人叫陈二位，兵站站长。藏族，本名洛桑赤烈，改名"陈二位"是入伍以后的事。这阵子他从石头上站起来，裹了裹披着的大衣——他裹紧的是西北风，走到一直等待着他的我的面前，说："我讲一个兵在五道梁的故事给你听，他的名字叫莫大平。"

我忙说："我是冲着你来的。"

他说："长江源头不缺水，所以我关心的不是河流的去向，而是它的终点。你应该承认，包括我在内，这里的每个兵都是并不快活的人，但是既然当初选择了五道梁，我们就得咬着牙使出吃奶的那股劲，走下去。"

他抬起头,又凝望那个坟包。阳光把坟包照得很亮,坟上有枯草在摆动。

五道梁这个地方是山上的一块平坝,海拔4818米的平坝。冬天来到青藏高原,五道梁走进了一望无际的酷寒。春天也在这一刻开始孕育。

五道梁的兵们生活在许多人不想居住的地方。兵站上一共十五个兵,那个坟包里埋的却不是兵,是个鲜嫩鲜嫩的藏族姑娘……

## 沈从文的老乡小莫

莫大平,土家族,1991年入伍,很老很老的兵了。在五道梁兵站,凡是兵龄过了三年的兵,不管是不是班长大家一概都称"班长"。但是对于莫大平这位老兵中的老兵,却没有人叫他"班长",所有人都无一例外地喊他"小莫"。这里面除了亲昵的成分外,更重要的是他好像永远也长不大。当然这不仅仅是指他那瘦小的个头,而是说他做起事来总像个不听招呼的淘气娃儿,任性多于服从。兵站的人都知道小莫是个特殊的兵,特殊在两方面:第一,他是带着家眷上山的,老婆和孩子都住在五道梁;第二,他是湘西凤凰县人,作家沈从文的老乡。为此他常常自豪得眉毛都要立起来了,对任何一个到五道梁来的人,总是以"天大地大不如他莫大平大"的口气说:"知道沈从文吗?世界级的作家,我俩是乡党呢,我见过他!"其实他漏掉了一句话,是在照片上见过。在他这番添油加醋的炫耀之后,如果对方还不知道沈从文为何人,他挖苦的话就噼里啪啦地扔过来了:"遗憾,遗憾,实在遗憾!我不能说别的了,只好说你学识浅薄,怎么会不知道沈从文呢?"你还别说,在青藏线上,沈从文有了小莫这个老乡后,知名度大为提高。因为不少兵的床铺下都压着一本有小莫签名的《边城》。

小莫带家属为什么算特殊？

部队有规定，战士是不能带家属的，即使像小莫这样的老兵也不例外。那么，莫大平为什么要破例呢？他爱人童月是河南扶沟人，他俩在高原上举行的婚礼，后来童月几次回到凤凰县，都不习惯土家族的生活。于是，她只好重返五道梁，就这样住下了，一住就是六七年。如今小女已经五岁了，叫"莎莎"，地地道道的五道梁人，整天在兵站的院子里独来独往地跑着。没有小伙伴，只好与站上的那只小狗为友，只要她喊一声"狗狗"，小狗就跟上来了，她走，小狗也走，她跑，小狗也跑。莎莎很孤独，但是她给寂寞荒凉的高原增添了几分难得的生气。每当小莎莎迈开脚步在站上跑起来的时候，兵们都觉得整个青藏高原都在绕着她的脚板旋转。

莫大平是汽车司机，天天跑车，每次回到站上累得浑身酸疼，就冲着正在院里跟小狗藏猫猫的莎莎喊道："闺女，过来给老爸捶捶背！"喊过女儿之后，他便伏卧在院子中央的一块大石头上，等着女儿抡起两只小拳头在他的背上欢欢地捶开来。

只有在这时候，他莫大平才有一种回到家里的感觉。五道梁的苦算得了什么，只要有自己的家，他莫大平是什么样的苦都咽得下的！

莎莎不停地用双拳捶着老爸的背。小莫说："闺女，再狠劲一点敲，越狠越好！"

小莫并不知道这时童月一直站在门口，用极不满的目光望着他。久了，她自言自语地说："这个死鬼哟，就知道自己舒服，莎莎才五岁呀！"

小莫显然听到了，回敬了她一句："多嘴！"

他说话的声音很大，双眼却仍舒心地闭着。

莎莎看见了妈妈，便扔下老爸扑向妈妈，泪声泪气地诉苦："妈，我手疼！"

莫大平起身,冲着女儿的背影喊道:"你给我回来捶背!"

童月护着女儿,斥责丈夫:"你的疯病又犯了?你有胃口就吃了我吧!"

陈二位没再往下讲了,只见他嘴唇颤抖着,我也不便问了。

在我等待了足足有十分钟后,他才告诉我,是童月那句"你的疯病又犯了"的话,戳痛了他的心。他接着说,谁要说莫大平得了"疯病"我跟他急。但是,小莫确实有病,什么病?我说不清,谁也说不清……

陈二位不言声了。

二位跟我再次提起小莫,是在两天后,不过他绕了个弯子,说,我给你讲另一个兵的故事,当然这个兵的事与小莫有关。至于怎么"有关",那就要你费心琢磨去了。

## 五道梁的水土养出了什么人

陈二位讲的这个与小莫有关的战士叫"朱志军",他比莫大平的兵龄还多一年。十二年漫长的兵营生活间,他没挪窝地在五道梁兵站发电机房工作。不足三十平米的空间就是他的天地,他所有喜、怒、哀、乐的故事,都毫不例外地浓缩在了这个狭小的空间里。

在四千里青藏线上,五道梁自然条件之恶劣人尽皆知。然而,对老兵朱志军来说,氧气缺一半他可以忍耐,被人形容成能把鼻尖冻裂的严寒他也能坚持,唯独这刀刃也戳不透的寂寞把他的心咬得伤痕累累。一年三百六十五天,他除了吃饭去食堂,睡觉回宿舍,其余的时间都在发电机房泡着。一个人成天孤独地守着一台喧嚣不止的发电机,耳朵是聋的,眼睛是涩的,鼻孔是黑的,脑子是木的。他就想冲出这三十平米的空间,找个人聊聊天,或到草滩上跑几步,吸几口新鲜空气,他还特别想蹲在公路边看一看南来北往的汽车,那些车上肯定有来高原旅游的女人,要知道他已经有三年多没有认真地看一眼女人了……

终于,有一天,他小心翼翼地跟领导提出,希望能给他换一个工作,他没敢说出从此就离开发电机房,只是说暂时挪个位先干一段时间别的工作,然后他还会再回到发电机房的。领导似乎一眼就看透了他朱志军的心思,便把事情挑明了:"小朱呀,咱站上就屁股大的这么一块地方,换到哪里都是苦差事,走来走去都是五道梁。你想甩开手脚痛痛快快地潇洒一番,咱没那个条件!"随后,领导又掏心里话地告诉他:"小朱呀,这台发电机是咱全站的'心脏',如果它出了故障,站上就没有光明和动力了。你是管发电机的技术能手,站里一分一秒都离不开你。"朱志军再也不吭声了,他知道自己是个兵,就得忠心耿耿地尽兵的职责。

朱志军又倾心尽力地坚守在发电机房了。时间一天天地过去了,他忘了外面的世界,也不记得自己曾经有过想离开发电机房的想法。一切都顺其自然,一切都为了那个"心脏"的正常运转。他已经把自己的身子和心与那台发电机融为一体了。后来战友们都说,朱志军已经变成一台发电机了。

同志们最先发现他性格上的变化是从与他的对话开始的。无论你多么激动或多么冷静地给他讲什么事,他总是爱搭不理的样子,讲完了,他也不表态,跟没你这个人也跟没他这个人一样。你被他冷落了,便不得不带着捍卫自己尊严的口气问他:"小朱,我说的话你听见了吗?"他开了口:"我又不是聋子。"你再问话,他就不搭理你了。

一方水土养一方人。五道梁养出了什么人?

有一点五道梁兵站的同志们谁也不会否认:朱志军对自己的本职工作如痴如醉地热爱着,对给战友带来光明、给过往人员送去动力的那台发电机竭尽心力地守护着。

他把苦闷、孤独和向往,都倾注在那支从格尔木买来的圆珠笔端,写呀写呀,谁也不知道他写了多少,写了些什么。他的笔记本锁在床下面自己钉成的小木箱里。

他不担心有没有人记着他。

他也不在意有没有人忘记他。

孤冷的阳光从窗户射进来,给满屋子洒下水波一样的柔光。

陈二位慢慢地抬起头来,我能看得出,他在梳理着纷乱的思绪。他说:"下面,该给你讲莫大平的故事了!"

"不,你已经开始讲他的故事了!"

太阳又升高了些,洒在屋里的光线更美丽了……

## 捉摸不透的小莫

陈二位上任站长后第一次和莫大平见面,就落了个很尴尬的局面。时间是1998年夏天。这时小莫已经当了八年兵,站上的同志都称他是"老一辈无产阶级革命家"。他从不否认,眉宇间还透着一种自豪感。

二位家访小莫完全是出于一颗善良的心。他想,小莫在五道梁有妻室儿女,在那间既不是家属院又算不上招待所的小屋里,应该溢满组织上的同情和关爱,更何况小莫还是个性格古怪的老兵呢!谁知,二位来得不是时候,正遇上莎莎发着高烧。小莫的爱人童月抱着哭声不止的女儿摇呀晃呀地哄着,嘴里还哼着不知是催眠曲还是进行曲之类的小调。站长来了,童月不知所措地赶紧让座:"站长,快,请坐。真不好意思,屋里太小又乱。"

小莫忙站起来挡在妻子和二位中间,对妻子说:"有我这个当家的在，还轮不到你迎客。"他又转向二位："站长大人，你串门也不问问主人欢不欢迎你？"

说完，他举起手臂指着门，二位这才看见那个一块块木条钉的门板上贴着一张字条，上面写着："家有病人，概不会客。"

二位："小莫，叫医生来给孩子瞧瞧病，这个地方得了感冒可轻看不得！"

小莫："谁轻看来着？给孩子看病，我比你还急。你就直说吧，你今天到我家里来，难道就是为了催我找医生给女儿看病，有别的藏着掖着的什么任务吗？"

"小莫，你这话说到哪里去了，我初来乍到，今后咱们就要在一起相处了，我是老哥你是小弟，为哥的来认认门总不会有什么吧！"

"实话实说，你今天上门来是不是要强按牛头给我灌输大道理，教我如何做一个优秀士兵？"

"小莫，我诚心诚意地让你做一个优秀士兵有什么不好？"

"可惜，别人已经种上青稞了你才来送种子，晚了。你到站里角角落落打听去，我姓莫的比优秀士兵还要优秀一大截呢，咱完成领导交给的任务从来不含糊，你不信？"

"我信，站上其他几位领导已经给我介绍过你的情况了……"

小莫打断了二位的话，追问："介绍？他们是怎么给你介绍我的情况的？"

"你不是已经说了吗？比优秀士兵还优秀一大截呢，他们其实也是这么介绍的。不过，人无完人，在你身上也不是没有无可挑剔的毛病……"

"挑剔？你们就知道挑剔，挑剔！你们到底给过我多少关心，跟我跑过几次车？……你们知道我在那个小小的驾驶室里是怎么熬过了这么多年的吗？"

小莫说着，竟泪声涟涟地哭了起来，哭得好伤心。二位一时慌了手脚，真不知怎么办才好。

就在这时候，门外有人喊道："小莫，赶快出车，有一辆地方的汽车在楚玛尔河畔翻车伤人，你拉上军医去抢救！"

喊话的是站上的教导员。

"站长，我要出车了，咱们的论战到此结束。"

说罢，他就顺手拽上放在床沿的大衣，看了一眼抱在童月臂弯里的莎莎通红的小脸，跨出了门槛。

陈二位望着渐渐远去的小莫的背影，陷入了沉思……

当晚，莫大平出车后回到站上就躺倒了。据说他回来走到兵站门口的小饭店吃饭时，一个人抱着大碗喝闷酒，醉了……

## 荒原饭店的女老板

在兵站门口那块石头上陈二位已经呆坐很久了。

晨曦渐渐退去。

二位对我说："我不想说的话才是最重要的。好啦，我接着给你讲下去吧——"

陈二位敲开了青藏公路边一家名为"荒原"的小饭店的门。

店老板是个藏族尕妹子，二十五六岁，叫"尼罗"。她显然刚睡醒，脸上散乱着缕缕头发，脚上的藏靴也没有穿周正。二位肯定是她今天接待的第一个顾客了。

"大哥，这么早就来用餐，想吃点啥？"

"不，我不是来吃饭的。想跟你聊聊天。"

"跟我聊天？"

"我是兵站的站长，是正儿八经想跟你了解一些我们同志的情况。"

"你是站长？不认识！"

"你说的是老站长，他已经调走了，我是刚到任的陈站长，今天我到你这儿来串串门，今后我们就是邻居了。"

"原来是陈站长。"

陈二位笑了笑，把话题一转："我们站上的小莫昨晚到你这里来喝过酒吧？"

女老板一听脸唰地红了，不过，她很快就恢复了平静，坦然地说："我这小饭店，上拉萨的人刚起程，到格尔木去的人又落脚，从早到晚接待四方来客，有的见一面就成了熟人，有的就是登门十几次仍然很陌生，他们掏钱我做饭，来了就是客，出了门谁也不知道谁。"

尼罗的这番话使陈二位马上想起了《沙家浜》里的那个阿庆嫂，他说："你真会说话，可我并不想知道这么多，只是问你小莫昨晚是不是来这里喝过酒？"

"小莫，没听说过。我只知道有个莫大平，开汽车的司机。"

"对，就是他！"

"五道梁的地面上也就三四家小饭店，过往的客人多，家家的生意都红火，我这儿比别家更热闹，因为我的饭菜实惠价钱又低，所以莫大平常来这儿垫垫肠子洗洗胃完全是情理之中的事。"

"你这饭店开张几年了？"

"有八九年了吧！"

"那就是说，小莫从一当兵就是你这儿的常客了。"

"也可以这么说吧。"

"以后小莫来喝酒时，你应该劝劝他，不要喝闷酒，给他做些可口的饭菜，他会感谢你的。喝酒对一个有心事的人来说当时也许是一种解脱，长期下去却埋下了痛苦的种子。"

陈二位第一次到荒原饭店与尼罗的谈话就到此结束。他虽然未得到什么情况，但证实了莫大平爱人童月跟他说的话：小莫和荒原饭店的女老板关系很密切……

那一天，陈二位从小莫家串门出来一回到办公室，童月跟脚就来了，她开门见山地说："站长，你一定要管管小莫，不要让他再往那个饭店跑了。"

陈二位让童月坐下，有话慢慢说。

童月不坐，气呼呼地说："我也不知道大平是什么时候认识那个女老板的，我们结婚后他还是断不了常去那里。"

二位问："据你的观察，小莫到那个饭店去是做什么？"

"做什么，我不知道，也不想知道。反正每次回来都是醉醺醺的。你想想，男人和女人在一起还能有什么好事吗？"

"不要总把事情往坏处想嘛，世上除了男人就是女人，如果男女之间不来往，这个世界就僵死了。"

"我不是这个意思，只是说对有的人就是要限制一下他们的来往。"

陈二位不愿就这样的话题再扯下去，便另找了个话头，问道："你和小莫是哪一年结婚的？"

童月回答："1995 年 8 月 21 日我们在兵站会议室里举行的婚礼。这是五道梁有史以来第一次举行这样的婚礼，当时可热闹了，会议室里人挤得满满的。本来只安排三个人讲话，没想到好多人都主动发了言。婚礼结束后已是深夜了，大家还不愿离去，拥在新房里。"

"你是第一个在五道梁落户的女人！"

"荒原饭店的那个女老板也参加了婚礼,她还跟我握了手,祝福我和大平好好过日子。"

"后来你和她还有过来往吗?"

"很少。有时大平出车回来我见他不回家,就跑到饭店找人,他准在那儿喝酒。我去后看到那女老板总是在忙着收拾碗筷、端饭,开始她还招呼我坐下,问我吃什么喝什么,后来就什么也不说了,只是忙她的事,顶多对我笑笑。再后来连这点笑也不给我了。"

"小莫都和一些什么人在一起喝酒?"

"就他自己一个人窝在小角落里扎着脑袋闷喝。"

"女老板对小莫说些什么话?"

"她跟小莫基本上没话,只是在我拽着小莫离开饭店时,她一直望着我们。"

"噢,我知道了!"

后来,二位又见到了尼罗两次,仍然一无所获。

一只白鸟斜着翅膀飞过。

所有的山脊上都顶着很厚的云层。

陈二位继续讲着五道梁的故事……

## 老爸老妈点燃了爱的火

莫大平当兵的第三年,高山反应折磨得他死去活来,不得不下山住进了格尔木二十二医院。实事求是地讲,小莫是不愿意进医院门的,他说他的身体结实得像牦牛,什么病都能扛过去。医生严肃地告诉他,也许你能扛过去别的病,唯这高山病是扛不过去的。一个月后他从医院出来又回到了五道梁,虽然身体很快就恢复了,但从此落下了一个治不好的病：头疼。

小莫继续干他的司机行当。也怪，平时不管头疼得多么唬人，只要握上方向盘，疼就消失了。还有，犯头疼时抿上几口酒，也就安然无恙了。自然，开车上路他是不喝酒的，头再疼也得忍着。

这次住院后，莫大平的性格发生了出乎大家意料的变化，整天沉默寡言，锁着双眉。然而一旦遇到不顺心的事，他便打破沉默，暴跳如雷，声嘶力竭地吼叫起来。这种变化无常的脾气使大家对他有些惧怕，连平时很亲近他的人也不得不避让三分。

莫大平的变化还与他工作的环境有关。他终年都是一个人出车，回到站上多是深夜，有时甚至是飞着大雪的凌晨，来来往往均为单身孤影（当时他未成家），时间久了，便形成了这种孤僻的性格。高山反应症的无情折磨又给他这种性格来了个火上浇油，本来很内向的他就越发变得不近人情，与众不同了。

令人欣慰的是，不管莫大平的性格多么古怪难缠，他仍然一成不变地忠于职守，兢兢业业地开着他的汽车，每一次任务都完成得十分出色。然而任何事情都有其两面性，正因为莫大平是个干活让领导放心的好兵，领导就不用匀出更多的精力和时间去做他的工作了，这样对他的关爱相对地也就少了。

其实，莫大平的痛苦在这时候已经达到了难以忍受的地步，只不过他一如既往地仍然把痛苦压在心底。

点燃心头痛苦之火的是他的老爸老妈。他们要儿子成家，快给他们抱孙子。

两位老人千里迢迢来到五道梁，两头算在内住了三天，对儿子具体说了些什么，别人无从知道。但是，他们此次高原之行的效果很快就从莫大平的身上体现出来了：他给站上递了一份要求退伍的报告。

理由很直接也颇简单：二十三岁了，该回家娶老婆了！

这是意料之中的事。领导没同意他的要求，把报告退了回去。理由也很简单：培养一个好司机不容易，目前站上需要他这样的让兵站放心的司机。莫大平毕竟穿了好几年军装，明白一个常识，服从命令是军人的天职。退伍的事他暂时不提了。

但是，小莫并没有忘记回家成亲的念头。想女人，爱女人，这就是性爱。"性爱"是个不中听的词儿，但谁都会有这种天性。如果说当初他还是朦朦胧胧知道这种爱的话，那么，老爸老妈的五道梁之行使他逐渐明白了它。从此，他脑海里就装上了一个固定的女人的形象，那便是他未来的媳妇。

## 他在藏家姑娘怀里得救

傍晚，兵站营门一侧的坡上照例落下一群黑压压的乌鸦。乌鸦扑棱着翅膀，整个山坡仿佛都在颤动着。奇怪，这里没有树没有房，乌鸦根本无法做窠，怎么栖身？

一个藏家尕娃朝坡上扔去一块石头，乌鸦群不动，只是展开了翅膀，头高仰着。他再扔去一块石头，乌鸦"哗"一下全飞走了，满天空零散着数不清的黑点。

傍晚看黑鸟归窠，成了五道梁一道独特的风景。

陈二位告诉我，乌鸦坡上有故事……

那个暴风雪席卷可可西里草原的夜晚，莫大平是怎样被卷进风雪中，后来又被什么人抢救出来的，他一概不知。至今记忆犹新的是，次日黎明他醒过来后躺在一个藏家姑娘的怀里，旁边是飘着蓝色丝绢样火苗的地火龙,他感到很温暖。姑娘见他睁开了双眼,惊喜地呼叫了一声:"兵哥!"然而,他很快又陷入了昏迷。

他本来是给被暴风雪围困的牧民送救灾物资的,没想到倒叫别人救了自己。他再次醒过来时,已经躺在兵站的卫生所里了。

军医如释重负地说:"小莫,你总算醒过来了!"他对军医说:"昨晚是不是几乎要了我的命?"军医说:"昨晚,你已经在卫生所躺了整整三天了。"一直守着他的一个战友告诉他,他的汽车已经被同志们从雪沟里拖回了兵站,没有大的损坏,稍加修理就可以跑了。

"那个藏族姑娘呢?"

"姑娘?哪里有姑娘?"

在场的人都对小莫的问话感到莫名其妙……

小莫身体恢复健康是二十天以后,冻伤了的手、脸、脚留下了块块疤痕。

他再没跟任何人提起过那个藏族姑娘,只是默默地把她牢记在心里。他知道,如果不是她那天夜里救他,说不定他已不在人世了。

从那以后,莫大平常常在出车的间隙,独坐在兵站对面的山坡上,眺望遥远的长江源头。那夜他就是在那儿被暴风雪吞没的,也是在那儿得到了一个陌生姑娘的温暖。具体的地点他说不上来,但他知道大体的方向就在唐古拉山下,当时他是开着车向那儿奔驰的。然而,他什么也没有望到,满眼是苍茫的荒原……

奇怪的事情发生在一个飘着六月雪的傍晚,当时小莫正痴情地向远方眺望,猛不丁地飞来一只乌鸦落在他身边,那黑鸟一点也不怯生,偏着脑袋望着他,好像要和他对话。他一下子仿佛领悟到了什么,便对乌鸦说起了话:"鸟儿,你找我吗?有事在求我吗?那你就快说吧!"

那只乌鸦似乎听懂了他的话，呱呱地叫了几声，随着这叫声，许多乌鸦便飞落到了坡上。

西藏的牧民视乌鸦为吉祥鸟。

这满坡的乌鸦是莫大平引来的。从此这儿就成了乌鸦坡。

他一厢情愿地眺望着，眺望着。当然不全是坐在山坡眺望，躺在床上也眺望，开着汽车也眺望，有时做梦也眺望……直到有一天兵站门前开张了一个叫作"荒原"的饭店……

## 姑娘什么也不告诉他……

莫大平在双脚迈进荒原饭店之前，无论如何没有想到几分钟后甚至几秒钟后，在他的生活中会出现一件先是令他惊喜继而到来的却是痛苦的事情。出车刚回来，肚子饿了，他只是想随便吃一顿饭，如此而已。

他实在没留意什么时候这儿突然冒出了这个荒原饭店，总之，是最近几天的事。他确实是无心无意地踏进了饭店的门。迎接他的是一位长得很得体皮肤很白净的藏族姑娘。他还没有落座，姑娘就柔情似水地叫了他一声"兵哥"。"兵哥"！好熟悉好亲切好挠心的声音，他不由得抬起头多望了姑娘一眼，问："你来五道梁前住在什么地方？"姑娘诡秘地一笑："这个不能告诉你！"莫大平脸一红，低下头不语了。他知道，藏族姑娘像汉家女一样不会轻易告诉别人她的住址。

这一天，他心神不定地吃了饭。

回到了兵站。不用说，是失眠的一夜。

难道她真的来到五道梁了？

后来，他又去了几次荒原饭店。姑娘再也不叫他"兵哥"了，但是，对他的服务比第一次还要热情，还要周到。

天上有云，雪酝酿多时，却一直没有落下来。

小莫又往荒原饭店奔去。

别人问他：怎么老到那儿吃饭，吃不腻吗？

莫大平不回答。

## 站长夫人彭翠来到五道梁

陈二位说："荒原饭店女老板的出现，恰逢小莫的爹妈给他张罗娶媳妇的当儿。他递上去的那份退伍报告就是迎合老人这一如意算盘的行动。可现在，他再也不提退伍的事儿了。"

二位接着说："大家都很同情小莫，站长刘三太多次和他谈心，他要么闭口一言不发，要么就吼着让站长走开。在这种情况下，站长想出了个绝招，把他的妻子彭翠从格尔木家属院叫上山，让她和小莫聊聊天。也许女人能跟他谈得拢？站长学过心理学，他懂这个。自然刘站长是我们的前任站长了，当时我还没上任呢！"

彭翠的嘴甜得像抹了蜜，她一见莫大平就说："小莫，这回咱俩要好好拉拉家常。咱说悄悄话，不让三太听到，也不许你的其他战友知道。"小莫听了咧着嘴皮乐呵呵地光笑。可是，他仔细一想，不对，嫂子是人家的媳妇。于是就说："嫂子，你不要用甜蜜蜜的话哄我了，我是三岁娃吗？"

这时，站长三太在一旁给妻子帮腔："你嫂子前天在电话里跟我说，快一年没上山了，怪想同志们的，她指名道姓地问我小莫生活得怎么样，需不需要她干点什么。"

小莫没有理由不相信嫂子的诚心，他立马就说："嫂子，今天晚饭到外面饭店为你接风，我做东。"彭翠也不推辞说："好，嫂子接受你这份心意。"

　　彭翠不推辞小莫这番盛情是有缘由的。头年她来过一趟五道梁，正遇上小莫生病，她便像大姐似的关照小莫，为他做可口的饭菜。小莫自然很感激，现在想尽地主之谊是可以理解的。

　　小莫为彭翠接风并没去荒原饭店，而是选了它斜对面的另一家饭店。五道梁这地方的饭店都是路边的一两间泥土平房里摆几张四条腿不一般齐的简易桌子，吃的多是牛羊肉，价钱昂贵。蔬菜的价贵得就更吓人了。当地不能种菜，三天两头要到格尔木、敦煌去拉菜。这顿饭虽然吃得很简单，但可口可心，用小莫的话说，这全是因为嫂子在场。尤其让小莫感到心满意足的是，嫂子让他喝了三杯酒。彭翠是这样讲的："我知道你们站长在全站军人大会上宣布平时要大家戒酒，特别是司机一律不得喝酒。我理解，可遇上高兴的事，大家在一块儿碰几杯，也是人之常情。嫂子大老远地上了山，小莫有这么一片盛情，如果不喝喝酒，就显得太淡漠了。再说小莫今天也不出车了，三太，你说呢？"三太光笑不语，小莫抢着说："还是嫂子有人情味，戒酒不等于不喝酒。"他把头转向三太，说："站长，你知道我为啥尊敬你吗？因为我尊敬嫂子。嫂子如果是个军人，官一定做得比你大！"彭翠冲着小莫说："你不要因为我允许你喝了几杯酒，就拼命地给我戴高帽。我的开戒是有限的，也就是说，我支持三太让你戒酒的禁令。"小莫说："看看看，嫂子你又退了，当不了老公的家。啤酒不算酒，我喝啤酒总可以吧！"

　　吃完饭，小莫找饭店老板结账，老板说："站长已经付过款了。"小莫返回来问彭翠："嫂子，你小看人，为什么让站长买单？"彭翠笑笑，说："想掏钱请人吃饭还不容易？机会给你留着，下次一定让你破费！"

他们回到兵站天已经黑了，刘三太把全站人员集合起来进行晚点名。谁也没想到，就在这时候，捉摸不透的莫大平又惹了祸。

按规定，站长点到谁的名字，谁就答一声"到"。三太点到了司务长李海，李海利利索索地答了一声"到"，莫大平便扭过头推了李海一把："你怎么站在我的后面？"李海说："我为什么不能站在你后面？"就这样，两个人你一言我一语地吵了起来。

刘三太留下莫大平，批评道："人家李海碍着你什么了？"小莫说："我一看见他心里就犯气。"三太说："今天你必须写出书面检查来，向全站人员检讨自己的错误。"小莫说："我有什么错？我就不写！"

彭翠很快得知了小莫惹是生非的事。她觉得是自己犯了错误，让小莫喝了点酒。她把他叫到了自己的住处。

"小莫，你这娃的心眼好，嫂子今天刚一到站上，你就提出给嫂子接风，从饭馆回来的路上我还跟三太一个劲地夸你呢。"

莫大平原以为嫂子会眉毛胡子一把抓地狠批自己一顿，没想到嫂子一上来就摆他的好，说他心眼好。莫大平反倒有点受不了，说："嫂子，你打我骂我吧，我姓莫的太混了，我对不住嫂子！"

彭翠仍不慌不忙地说："听说你和李海吵架，弄得嫂子很不高兴。也怪嫂子今天让你喝了点酒，我现在看出来了，三太让你戒酒是对的。"

小莫："嫂子，今后我连啤酒也不喝了！"

彭翠："一是不要喝酒，二是要改改你这娃娃脾气。你还年轻。今后的路长着呢，在部队上大家都了解你，能原谅。退伍到了地方，人生地不熟，你再耍这娃娃脾气，要吃大亏的！"

莫大平听到这里，胸口憋出一口气来，说："站上有些小子仗着自己是军官，就瞧不起我们这些兵。大家好不容易盼到一次吃排骨，他给当官的吃肉，让当兵的啃骨头。对这样的司务长，我对他就不客气，李海他盛气凌人……"

彭翠打断小莫的话："嫂子来五道梁看你，是因为听说你进步了。如果你再闹事，我明天就下山去了。"

"嫂子，你千万别走，我惹你生气下了山，刘站长和大家都不会饶我的。你不知道，你来山上，这是看得起我们这些兵光棍。刘站长需要你，全站的同志都需要你。嫂子的话我听进去了。"

当晚，莫大平回到宿舍里，对战友们说："我今后再也不喝酒了，你们大家监督我！"

## 防不胜防的结婚报告

一年一度的老兵退伍工作开始了。

刘三太找到莫大平，想同他聊聊天。虽然小莫许久都没有提退伍的事了，但摸摸他的心脉，掌握一下他的真实想法是很有必要的。当然，三太听到的关于小莫与荒原饭店女老板的传闻也是他此次谈话的一个内容，传闻终归是传闻，如果小莫能站出来说个明白那就再好不过了。

三太进屋后，小莫并没有让座，只是抬头望了他一眼。

三太："小莫，关于退伍的事，近来有没有什么新的考虑？"

小莫："我为什么一定要告诉你我的想法？"

"小莫，我是把你当成亲兄弟看待，才来跟你拉家常的。我哪儿做得不合适，你可以大胆地提出批评，我会诚恳接受你的意见。"

"站长，你既然允许我提意见，那我就不客气了。我很烦你们这些当官的动不动就吹牛皮唱高调，什么把我们看成阶级兄弟呀要大家扎根高原呀，你们像走马灯似的，三年两载在五道梁的被窝还没焐热就走了，却要我们在这儿搭窝下蛋孵鸡娃！"

"小莫,你这话说得离谱,我当了十九年兵,在4000米以上的山上待了十八年!"

小莫却是不屑一顾地说:"好,就算你是英雄,你是模范,又能怎么样?你还想让我这个小兵也在青藏线上待十八年吗?你有老婆有孩子,在格尔木有舒舒服服的家,我能跟你比吗?"

刘三太立马接上去说:"我希望你早成家,早……"

小莫立刻打断了三太的话:"我现在就申请结婚!!"

他说着,就从床铺下拿出一张纸,放到站长面前的桌子上。

刘三太一看,一份申请结婚报告。他脑子里马上闪出一个疑问:他要跟谁结婚?

## 为什么走不出尼罗的影子

陈二位顿住了与我的交谈。他的眼里含着泪花。

他被谁感动?我不禁问:"小莫到底要跟谁结婚?"

他并不回答我,只是说:"从来就没有哪个男人永远不倒下。五道梁这个地方真折磨人,把一个好端端的小伙子养成像丢了魂的人,没有了魂还得背着沉重的高原,每天每月每年都要跑着干活。这就叫灵魂的奉献,叫看不见的奉献!"

人都是为他所爱的人活着的。

莫大平鼓起勇气与荒原饭店女老板谈话是在半年以后。那天,他坐在女老板面前,单刀直入地说:"你告诉我,在今年入冬的第一场暴风雪中,你是不是救了一个解放军司机,地点就在兵站前面长江源头一个放牧点上?"

尼罗的双眼瞪得像小铜铃:"暴风雪?救金珠玛米?长江源头?我

真不明白你在讲什么！"

"告诉你吧，那天夜里躺在你怀里的那个兵就是我，你叫着'兵哥'把我唤醒。这样的事我是不会忘的。"

"忘记不忘记那是你的事。可是，我从来没有把一个素不相识的兵抱在自己的怀里，怎么可能发生这样的事呢？在我还很小的时候阿妈就教我看见大路上走来尕男人要低下头。至于叫'兵哥'嘛，那是做生意人的习惯称呼，也是出于我对金珠玛米的尊敬。"

这个叫"尼罗"的藏家姑娘真的拿他没任何办法。在以后的日子里，当莫大平又来到饭店时，他不再和姑娘纠缠什么"怀抱""兵哥"之类的了，只是闷着头吃饭，偶尔也抿一口酒。

莫大平很失望。他失望的不是自己没有找到救自己的姑娘，而是失望尼罗为什么总是羞羞答答地不敢承认救过他的这个事实。

五道梁本来就很少见到女性，现在好不容易遇到救了自己命的姑娘，可她为什么就是不承认？莫大平百思不得其解。

不久，他的老爸再次来到五道梁，还带来了一个姑娘，逼着他成亲。他不从。他脑子里已经装上了这一个"她"，就不容许另一个"她"进来。

后来，隆冬来到可可西里，大雪飘飘。荒原饭店在青藏公路上断了来往行人的日子里关了门，女老板也不知消失到哪里去了。这时，一位战友帮助他认识了一位在格尔木打工的河南姑娘童月……

他和童月结了婚。

随着格桑花在草原上铺开，荒原饭店的店门也像花瓣一样展开了，尼罗又出现在五道梁……

小莫没有忘记尼罗。

## 陈二位讲了另外一个故事

我在五道梁兵站住了半个月。自然是为了采访到莫大平的故事，为此我还跟着他跑了两次车。

有没有收获呢？许多人都这样问我，陈二位站长问得最多。

我不知道该怎么回答，只好答非所问地说：我总觉得莫大平既不把我当外人看又不把我当知己待。他确实很少开口说话，跑一趟车短则半天长则三天，也许他只说两句话："上车""下车"。

其他人我也采访过不少，倒对我蛮热情，话角也密，但是没有人能把莫大平的行为，尤其是心事点透。留给我的印象是，谁对他的了解好像都是似是而非。

不管怎么说，我不会就这样离开五道梁，陈二位站长答应还要和我谈谈情况。于是我找到他做告别前的最后一次采访。我给他提出了三问题，请他回答，都是在向他要答案，如果他图省事，三言两语就可以打发我。这三个问题是：第一，他常常眺望的那个坟里安葬的是什么人；第二，站上到底打算怎么解决莫大平的问题；第三，以他站长的视角看问题，莫大平为什么总是不忘尼罗。陈二位听罢我的提问，脸上显得很深沉，说："你是作家，尽管可以提问题，别说三个，三十个也可以提。不过，我很可能连一个问题也回答不上来。这样吧，我给你讲讲自己的故事，我相信它会帮助你解开心里有关对小莫的疑团。"

我看出来了，即将开始的是一个很沉重的话题。

"你看见了吗，兵站对面山坡上的那个土堆里，掩埋的就是我的阿姐，她叫'桑吉卓玛'。阿姐长得很美，能干得简直使我们每一个弟弟妹妹都对她望尘莫及。她离开这个世界时只有二十五岁。她的死是我们一家人，包括认识她的所有的人都没有想到的……"

二位就这样开始讲他自己的故事了。

遇到暴风雪对桑吉卓玛来说，完全是意料之外的事。午后她从唐古拉乡政府所在地沱沱河动身时，还是朗日当空，柔风拂人。没想到她骑马走出不到五里地，暴风雪就铺天盖地地漫了过来，仿佛只是一眨眼的工夫，她就被呛得晕头转向、不分东西南北了。后来她是经过怎么样的周折爬到了一家牧人的帐篷里，连她自己也说不大清楚。

桑吉卓玛是民族学院的学生，在即将毕业的前夕，她主动要求来到长江源头的牧村做社会调查，她调查的题目是《游牧转场的现状及展望》。毫无疑问这个题目的选择就意味着向困难挑战，更何况她在定下这个题目的同时还寄托了这样一个愿望：最好能使自己置身于转场的实践中去。转场的实践绝非一个模式，有风和日丽中的转场和狂风暴雪中的转场之分，不用说她企盼的是后者。现在，暴风雪真的来了，桑吉卓玛却有点措手不及，甚至惊慌起来。她永生都记着将她从飞卷的大雪背到帐篷里的这位名叫"多吉"的老阿爸，他是经过怎样艰难的跋涉把自己救出来，这已经不重要了，关键的问题是她活下来，可以完成书写游牧的牧民在暴风雪中转场的调查文章了。的确，当她在阿爸的暖和的帐篷里醒过来后，就是这么想的，要完成社会调查任务。

后来，阿爸告诉她外面的风雪里有汽车发动机的轰鸣以及隐隐约约的呼救，老人根本没有征求意见的意思，说罢就出了帐篷扑进风雪之中。她跟脚而去，却没有追上老人。这时，不知从何处传来的阿爸说的那个呼救声牵着她的心，她不由自主地跟着那时断时续的声音走去……

阿爸的帐篷不知被她的脚步甩在了什么地方，她只凭感觉摸索着前行，呼救声离她越来越近了，汽车的发动机声已经听不见了。她由走变为爬，其实爬比走还要艰难。她觉得那声音明明好像就在很近的什么地方，为什么总是靠不近它呢？噢，她被雪埋住了，身下似乎是一个不大不小的坑，她也不明白自己是怎么掉进去的。爬，往外爬！用劲，再用劲……

在她摸索着走到那已经微弱的声音跟前时，声音突然戛然而止，只有狂呼乱叫的暴风雪灌满两耳。她东摸西刨才从冰冻的积雪中找到一个浑身都是冻雪的人，那人显然还活着；不过已经没有力气说话了，嘴里塞满了雪。也许是他想用雪填充饥饿的胃囊，也许是他刚才呼叫时雪团随风卷进了嘴里。桑吉卓玛费了很大劲掏出了他嘴里的雪，之后便背起他往阿爸的帐篷爬。雪不是冰，雪是火。她已经不觉得冷了。

帐篷在哪里？她不知道。

她像背着一座山前进着。大约只爬了十步远，她就再也背不动这个被风雪冻得失去知觉的人了。于是，她便拖着他慢慢移动。她已经预感到自己很难把这个人救出今夜的暴风雪了，一是她的力量有限，二是她根本不知道哪儿是她和他得救的家。不得已，她便使尽所有力气喊起来，喊些什么，不知道。她想，只要有人能听到她的声音，她和他就有可能得救……

陈二位那藏家人特有的厚厚的嘴唇在剧烈地颤抖着。他对我说："阿姐去世已经八年了，我每天打开窗户或走出门槛，就能看到阿姐。"

我知道他指的是对面山坡上的坟。任何一个失去亲人的人都会触景生情，故去的亲人生前的每一件遗物也会勾起痛苦的回忆，更何况那山坡上躺的就是阿姐的真身呢！

我想知道那夜桑吉卓玛更多的情况，就问二位："你阿姐后来的事情你可一点也没有讲呀，告诉我，她是怎么死去的？"

看得出二位极不愿意提及这些往事，他很随意地说道："你一定会想到我阿姐救出的那个冻得失去知觉的人就是莫大平。他如何获救的过程我想我没必要细说,但阿姐是怎样走向死亡的我倒要多说几句。后来,也就是莫大平安静地躺在阿爸帐篷里之后。阿姐想到多吉阿爸还没回来,她便又出去找阿爸去了。自然阿爸是找到了,不,更确切地讲,是阿爸找到了她。但是她已经冻得昏迷过去了,这一昏迷就一直没有醒过来!我见到阿姐是在第三天的早晨,暴风雪早已停了。我本来是去接小莫的,没想到小莫已经被救灾的军车送进了医院。多吉阿爸领我到了他的帐篷,就是在他的帐篷里,我看到了阿姐的遗体。她被一块并不十分干净的白布包裹着。阿爸含着泪给我讲了那天夜里发生在他帐篷里的一切,当时他还不知道我就是桑吉卓玛的阿弟。一直到今天,我都没有告诉任何人献身在暴风雪转场中的那个女大学生是我的阿姐。她是个默默无闻的藏家姑娘,我也应该做一个默默无闻的阿弟。"

二位终于把话题转到莫大平身上,他说:"我完全理解小莫,他对救了自己生命的藏家姑娘的那种诚心的感情是非常可贵的,我很受感动。我更同情他,五道梁这个自然条件十分恶劣的环境使他的性格变得异常了,使他的情感世界变得复杂了。这不能怪他……不,我要纠正我的话,五道梁是个好地方,我们都深深地爱着这个地方……"

这时候,我突然产生了一个想法:莫大平最好永远不要知道这件事的真相……

我就要离开五道梁了,心里有一种难以形容的感情涌动着。有对莫大平的期待,有对尼罗的同情,也有对守卫五道梁每一个兵的苦涩的崇敬。

使我没有想到的是,这时莫大平神不知鬼不觉地从五道梁消失了,我找了好几个角落都没见到他的人影。陈二位告诉我，小莫出车了，给拉萨驻军运一批日用品。二位还说，小莫是有意躲开不见我的。我纳闷：这是为什么？二位说，他说你这次来高原是采访他的，可他呢很不争气，没有什么事情值得你写，觉得对不起你。我听了心里酸楚楚的。

黑暗照亮了星星，身处黑暗中的人常常看不见自己。

明天，我将怀着难分难舍的心情离开五道梁。当晚，陈二位邀我出去走走。我马上意识到，他是要同我一起去"望坟"。一问，果然是。我问："你不是每天清晨去'望坟'吗？今天怎么改了时辰？"他说："今晚月亮很亮很明，阿姐肯定会出来赏月的，我想见见她。"我不敢再问下去了，我知道再问他会伤心流泪的。

一钩月牙挂在唐古拉山的山脊上。它像兵们思念的眼睛，今夜瘦成一弯镰刀，收割着军营里的乡愁。大地上是一片灰蒙蒙的暗影。我和二位站在兵站门前的土包上，静静地望着对面山坡上那个影影绰绰的土堆，还有远处的喇嘛庙。

此刻，我感到那墓是在动，或者说是在走。

二位肃立，平视远方。那墓里的人什么也不说，唯听二位在自言自语地说着："阿姐，你走了八年了，我没有见到你，可是你一直把一颗跳动的心留在了五道梁。阿弟我的心也跟着你的心一起跳动……阿姐，你回来吧，你回来吧……"

野草没有故乡。但是可可西里正源源不断地向世界输送着野草。

二位仍然在动情地与阿姐对话。

这时，我觉得身后有响动，回转身一看，莫大平不知什么时候悄没声地站在了五步开外的地方……

# 喜忧楚玛尔河

楚玛尔河是长江源头的一条支流，丈把宽的河面，水深处也不足一米。它终年不紧不慢地在可可西里草原上小步跑着。平地上，水越流越细。遇到拐弯，水面卷起浪花，老远可听到涛声。楚玛尔河最浪漫处不在它本身，而是它的岸上天然地形成了野生动物的自由乐园。

我第一次看到楚玛尔河是在20世纪50年代末。那是一个飘着铜钱般大雪片的午后，河边草滩上成群结队的藏羚羊奔跑着，那情景使人感到整个草原都在颤动。我头一回知道了在中国还有这么一个遥远的自由世界，不受干扰地生活着这么多谁也不认识的动物。可惜，当时不能留下一张照片，但是它永远地印在了我的脑海里，今天回忆起来依然历历在目。

我在这里不能不提到河上那座简陋得近乎原始的木桥。两排脸盆粗的木桩栽进河床作立柱，一块挨一块的木板铺就了桥面，桥栏是胳膊粗的圆木做成的。桥面与立柱、桥栏与桥面的连接均是用大铁钉锔着。桥头的砂石地上插着一块长条木板，上面写着"楚玛尔河"四个大字。车队通过桥面时，必须一辆过去了，再开动第二辆……那"咯吱咯吱"的沉重的叫声说明，木桥的承受能力实在太有限了。

这次执勤我从拉萨返回途经楚玛尔河时，是一个太阳亮丽的中午，见到的一场景使我眼花缭乱：一群野驴像箭镞一样从汽车前面的公路上穿梭而过。我无法数清它们有多少，只是大概估摸了一下，不会少于四五十头。我也是第一次知道了可可西里草原上还有野驴。那些野驴跑出三四百米以后，扑腾扑腾地下到河里去饮水。清凌凌的河面上倒映着野驴的影子，人们远远看着那野驴的数目仿佛成倍地增加了，十分壮观。

后来，我就记不清从楚玛尔河上走过多少回了。因为我在青藏高原的军营里生活了七年，每年都要少则六七次、多则十次以上去西藏执行运输任务。青藏高原是我的第二故乡，楚玛尔河自然就是故乡的河了。我多次从楚玛尔河的木桥走过时，都会看到那些藏羚羊、野驴、野狐、野兔或吃草，或嬉戏，或饮水。动物的乐园也是人类的乐园。

记不得是哪年哪月，大约是"文革"后期吧，我当时已经调离高原到了首都，因为深入生活重返高原，来到了楚玛尔河。楚玛尔河亮闪闪的河水刚从地平线上冒出来，我老远就瞅见一座犹如彩虹般的钢筋水泥大桥飞架在河上。车子渐近河边，我看见深灰中略呈蓝色的桥体，在上有蓝天白云，下有清波绿草的映衬下，十分威武、美丽。迎面驶来的一队军车正奔驰有序地从桥上通过，桥头的哨兵持枪向军车行注目礼。我当时心头涌上一股无法遏制的自豪感：祖国的角角落落都在发生着变化，连这穷乡僻壤也有了亮丽的色彩。

我留恋地在桥上走下走上地观看着，这才发现原先的那座木桥仍然在上游三五百米的地方，它显得那么瘦小、凄凉。我真敬佩决定保留下那座旧木桥的人，他懂得对比，懂得不要忘记过去。

我拿出照相机，站在新桥的中央，让同行的战友给我拍下了一张照片。背景就是那座木桥。

重返楚玛尔河，有一件事使我十分失望。河两岸的野生动物少得可怜，我们在大桥上停车一个多小时，只看到有几只藏羚羊站在老远的地方，不时地伸长脖子惊慌地望着我们。没有看到野驴和别的动物。

车子开动后，司机感叹了一句：各单位几乎都成立了打猎队，到处都是打猎的人，有多少野驴、藏羚羊也经不住打呀！

我的心里像灌了铅似的沉重！

藏羚羊生活在世界上海拔最高处，它们身上长着最优质的绒毛，质地极轻极柔也极软，用它制成的披肩，能够很容易地穿过一枚戒指。人们叫它"戒指披肩"。从20世纪80年代开始，藏羚羊绒制品成为国际市场的流行时尚。一件藏羚羊绒制品可以卖到五千至一万七千美元。虽然国际上禁止公开的藏羚羊绒交易，实际上每年发生的藏羚羊绒贸易额仍然达到千万美元。

1990年以来，我五次回青藏高原，回高原我就去楚玛尔河，每次到那里我都有一种凄凉、清冷的寂寞之感。天然动物乐园变成了一片死沉沉的荒滩，再也看不到藏羚羊、野驴的奔跑嬉闹了。盗猎者们肆无忌惮地枪杀各种珍稀动物，他们整车地装载着藏羚羊的皮张，偷偷运出可可西里。长江源头美丽的土地上，到处都是盗猎者留下的深深辙印。我看到这样一张惨不忍睹的照片：盗猎者的帐篷前堆积着小山一样的扒了皮、剔了肉的藏羚羊的骨架……

一次意外的惊喜使我那惆怅的心得到了些许的安慰。去年夏天的某日傍晚，我从拉萨返回格尔木途中来到楚玛尔河，停车小憩，突然看到十一匹野驴来到了公路边的草滩上。我像见到了久别的故人，隐身于洼地，尽情详细地观察了野驴吃草、行走的情景，并拍下了一张它们仰头张望的照片。

这是我这么多年来第一次拍摄下的关于野驴的照片，但愿它不是最后一次！

# 昆仑桥

我，一个高原汽车兵，终年奔驰在青藏线上，飞轮多次碾过昆仑桥，对这座桥，可说是熟悉极了。这座修建在世界屋脊上的桥，是一座真正的石桥。五个桥墩，是从昆仑山中敲下来的整块基石；桥柱，用各种形状的石块拼成；桥孔，用一块块条石砌成；桥面，铺设着密密麻麻的鹅卵石；而桥眉上那三个字——"昆仑桥"，则是亮晶晶的水晶石。

说实在的，开初，我只看到昆仑桥的外表，在我认识了一位养路工后，我才真正懂得了每一颗石子的价值……

那是一个风雪摇撼群山的夜晚，我因汽车抛锚住进了昆仑桥头的养路道班。这个道班有十个工人，全是藏族。其中八个同志前几天进山抢修一条便道去了，剩下的只有班长顿珠和他的妻子达娃。顿珠安顿好我洗脸、吃饭、睡觉这些事儿之后，便出去了。青藏公路的夜晚也是繁忙的，来往的汽车络绎不绝。我清楚地听到，每当车笛鸣叫，车轮滚过桥上时，总会传来顿珠和司机的说话声，或是问候，或是嘱咐，或是责备。一直到十二点钟了，我睡了一小觉，他还没回来。我睡不稳了，来到桥上，看到顿珠正顶着纷纷扬扬的大雪站在离桥不远的路边瞭望。他告诉我，这样的风雪之夜，桥上不能离开人。一是过路的汽车需要人指路，免得在桥上相撞或掉沟；二是什么时候都不能掉以轻心，特别是这样的夜里,更要提防坏人。正说着,又有一队汽车来了,他立刻迎了上去……

后半夜,一阵轻轻的响动把我惊醒,接着是顿珠和达娃悄悄的对话声,夜深人静,听得很真切。

"阿哥,你看都快三点了,怎么还不喊我起来换你?"

"我的好阿姐,你不能多睡一会儿吗?明天你一大早还要上西滩修路!"

"得了吧!你是钢人?明天不也要干活吗?"

"我?男子汉,结实得像头牦牛……"

"去去去,牦牛也得休息!"

忽然,一阵车笛声传来,又有汽车过桥了。谈话中止了。

这对常年战斗在边远深山的夫妻的对话,在我心里激溅起奔腾的浪花。

那一声"阿哥""阿姐"包含着多少深情厚谊;那体贴入微的话语,充满着对共同事业的多少热爱啊!

第二天,我起来时,达娃已经进西滩修路去了。顿珠坐在桥头的草坪上砸石子。我就在他旁边摊开工具袋,修起汽车零件来。

我们手中干着活,嘴里谈着话。顿珠一手掌锤一手拿石,锤落处立即蹦出几块大小差不多的碎石子,真利索,好像用等分尺比画着砸出来似的。我想起几天来在青藏线上行车,看到公路两边每隔十来尺就有这么一堆垒得四方四正的铺路石,那一定都是养路工人用锤子这样一下一下敲出来的。于是我问他,砸出来的这些铺路石能用多长时间。

他平静地回答:"天天铺路,天天砸石子,这样才能保持路面结实、干净、平坦。我们每次保养路时,总是一层石子,一层沙土。铺好后车轮一轧,有的石子挤进了路基,像铆钉一样固定着路面,有的却被压碎或压溜了。于是我们又铺上新的沙土、新的石子。就像人天天要吃饭一样,公路是离不开铺路石的。"

他一口气讲了这么多,然后,指了指昆仑桥,对我说:

"这座桥就是一块一块的石头造成的。"

我点点头,告诉他,这个情况我已经发现了。

"可是,你一定不知道一共有多少石头组成了这座桥。"停了一会儿,他才说,"一万两千多块。这是我们老班长说的,他当年参加修建了这座桥。"

听了这个数字,我不由得仔细打量起昆仑桥来。啊,昆仑桥,难怪你如此坚固,原来有这么多石子建造了你!石子,给你垒起了地基;石子,给你撑起了筋骨;石子,给你垫起了脊梁;石子,给你填满了肌肉……

"一座昆仑桥上就有这么多石子,那么整个青藏公路上有多少颗石子呢!百万、千万、万万……无数的石子各自坚守着自己的岗位,抱成一团,拧成一股劲,组成了横跨世界屋脊的青藏公路!老班长曾经说过,我们每个养路工就是革命征途上的一颗铺路石!"

顿珠一面说,一面狠劲地砸着石子,巴不得把自己也变成一颗石子、一颗铆钉,砸进路基里面去。

# 太阳照在倒淌河上

早晨,让汽车停在倒淌河流入青海湖的河口处,我们步行走向湖畔,细细地观赏、品味沿途高原特有的风光。

倒淌河的东侧紧邻日月山,青海湖则是日月山怀抱里的一面明镜。这三处名山秀水聚集在一起,成为"高原系列风景线",当然很诱惑人了。

"倒淌河"这个名字本身就已经告诉人们它的独到之处了。我国的地势是西高东低,大多数的河都是由西向东流入大海。而倒淌河倒行逆施,从东流向西,这还不奇特吗?若干年前,由于地壳强烈变化,日月山平地凸起,将青海湖的出口严严堵住。从此,青海湖成为闭塞湖,那条输出湖水的河,也来了个首尾掉头,被逼倒流入湖。这就是倒淌河。

美丽而神秘的日月山,被人称为青藏高原的门槛。登上日月山就是踏上了高原的第一个台阶。倒淌河是上山后首先看到的风景点。此刻,日月山东侧已经被阳光照射得遍野灿烂。正沿着山西侧倒淌河步行的我们还看不见太阳。因为高高峰峦的遮挡,四野依然笼罩着薄薄的雾霭。这使我总感到我们是在另一个世界里漫游。

倒淌河显然还没有睡醒,漫不经心有浪无声地流着。隔山而来的霞光给幽然的河面抹上一层时明时暗的奇异光泽。暗时河面上像无数碎石在簇拥,亮时又如片片薄银在闪烁。在暗与亮之间,变幻着虚与实,四溅的薄银似实也似虚,陷落的凹坑像虚也像实。我们静静地走在倒淌河腹地,孤零零的,有一种跋涉在天尽头的感觉。我们等候太阳的灯盏,照亮日月山顶的雪。

这当儿,一阵清脆的铃铛声传来。这铃声像剪刀一般划破了笼罩在倒淌河畔那层薄薄的朝幕,曙色从缝隙间一下子就流泻进来,铺展在河面上。太阳照在倒淌河上,河面闪金耀银。

铃声止。一头牦牛立在我们面前。牛背上驮着一高一低两个藏族女孩,她们穿着合身而干净的藏袍,肩头都散披着一束束小辫子。曙光初照,女孩的衣帽格外艳丽。牦牛后面跟着一位阿妈,她告诉我,她是送两个女儿去上学。小学校在青海湖畔,离她的放牧点约十里地。清晨,她把孩子送到学校后,自己再去放牧。她经管着近百只牛羊,在她们附近的牧村里是属于比较富裕的人家。傍晚,她牧归时又把孩子接回家。为了孩子的明天她不辞辛劳去放牧;孩子能有今天平静的学习机会又使她很珍惜眼前的生活。天天奔波,月月如此。我能从她的话语里感受到,她的日子过得非常快活、充实。这在很大程度上来自她的这两个宝贝女儿。我问她,遇到落雪天或大风暴雨时怎么办?阿妈拍拍牦牛的额头,轻松而快活地说:"它就是接送我两个女儿的小汽车,风雨不怕,大雪不躲,只知道赶路。我相信它一直会把我的两个女儿送到大学。我真的很感谢我家这头牦牛,它是我们致富的功臣。"

阿妈拥有一头牦牛,就像买回了一辆汽车那样的自豪着,高兴着,幸福着。这实在让我感动。毫无疑问这是知足常乐了。但我觉得仅仅以此来袒露阿妈的胸怀还远远不够。她更多的是憧憬明天,今天坐在牦牛背上的这两个女儿,明天会走出倒淌河,去上大学,这才是她的愿望。到了那时她老了,牦牛也老了,但老阿妈的心依然年轻。

太阳终于跃出日月山顶,把明媚透丽的光辉洒满山峰以西的角角落落。因了它四射的光芒，倒淌河在一瞬间变得多姿多彩了。那浪涛也活蹦乱跳地唱起了欢乐的歌，轻快地向西流去。

在这个霞光万道的早晨，我不由得想起了关于倒淌河那个忧伤的古老传说——当年文成公主离开长安西行进藏，过了日月山，两眼泪不干，她的思乡之情油然而生。正是她的眼泪汇成了这条河，伴她西行，给公主做伴，这自然是神话般的传说了。但是，倒淌河寂寞地流了数千年却是真真切切的。今天它该有新的故事了。牧民们溢满幸福表情的笑脸，孩子们甜润的琅琅读书声，碧草野丛中成群结队的牛羊，还有四千里青藏公路上日夜奔驰不停的车队，哪一个不是欢乐的音符！

# 开满鲜花的坟墓

我任何时候都相信这一点的：大概在每个人的心底都保留着一块永远属于自己的感情世界，一直到他从地球上消失那刻为止，都不允许第二个人闯进来。当然，有个情况例外：他死后人类进入了高科技时代，后人对他的灵魂采取特殊手段从而打开了这个秘密领地。

山垭卧着半个月亮。

我的朋友蔡（恕我不公开他的名字）最终败在一个女人的手下，让她摘去了他的心灵秘密。也许事情不该这么简单，但是，那个女人的攻势实在咄咄逼人，使蔡禁不住一点一滴地袒露了自己的那段埋藏很深的感情心迹。

那天，蔡找到我带着几分伤感、几分坦然的口气说："我真的服她了，把什么都告诉了她！她这一手比你厉害。"

他败下阵，也就等于我输了。一度，朋友间风传着蔡年轻时在西藏当汽车兵有过浪漫故事。为此我曾经几次试探过他，想写点什么，他都守口如瓶，一字不吐。现在，一个女人攻下了令我望而生畏的"山头"，我自然很高兴，城堡攻开了，我能看到些什么呢？便问蔡：

"那女人从哪里来，她那么轻而易举地就冲垮了你的防线？"

"说轻而易举倒不见得，反正她比你强。"

"说得具体点!"

"女人最能琢磨男人的心。"

……

下面记载的文字便是蔡给我复述的他与那个女人交谈的内容。三年前,他退休后有空可以到各地去观光旅游了,他首先选择了西藏的冈底斯山,而且,从此年年上一回山。因为那里有他丢失了的,却又是埋在心底的,永生也无法忘掉的恋情,那是一枚沉甸甸的等待镰刀的麦穗。

故事就发生在他重返高原的时候……

那夜我投宿冈底斯山兵站遇到的那位女性,肯定是我这几十年的人生中所见过的女人中最能启发我思路让我激动的一个。在她巧妙而坦率的追问下,才使包括卓玛在内的许多早已离我而去到遥远的世界安息的高原兄弟姐妹,突然之间带着昔日的笑容又活在了我面前。梦和阳光一道醒来,触摸我鬓角的霜斑。留在我记忆里那个已经冻僵了的多雪的冬天变成春水得以复活。这个女孩子——在我面前她确实是个孩子——是主动要求到喜马拉雅山下牧区去干一番事业的首都大学生。很可能是出于对即将要去的雪域高原的强烈诱惑或者更确切地说是忐忑恐慌的心情,她才到处打听谁是可以让她心里踏踏实实地闯进陌生地域的"西藏通"。我至今也没有弄明白,她是怎么得知我是个驾车在高原上闯荡了多年的老兵后,便跟踪而来。当时,我正在兵站大门外的荒野上毫无目的地散步,我相信我是一副心事重重的样子,要不她不可能走过来就这样直截了当地问我:

"老首长,我可以给你搭个伴儿,一路同行吗?"

我望了她一眼,没有回答她的话。首长?我这大半辈子都没挨过

"长"字的边。再说陌路人,又是个女人,谁了解她!

她继续对我进行攻心(请注意我用了这个词儿):"老首长,如果我没猜错的话,你大概很孤独,这冈底斯山里一定会有什么东西牵着你的心!"

这回我多望了她几眼。

她接着说:"你可以不理我,但是你无法反驳我的话。"

这种能把人心看穿的人你不能不搭理她。她的话像一股冷风掠过,然而感觉是暖的。我说:"如果你是真心愿意跟我谈点什么事情的话,咱们回兵站去,这儿毕竟不方便。"

她很爽快地答应了。这时夜幕从山顶徐徐滑下,冬天天黑得早。

我们走进了兵站我住的那间平房。

在明亮的灯光下,我才看清我遇到的这个仿佛从天而降的女性长得出乎我意料的漂亮。圆圆的脸略带点椭圆形恰到好处,稍稍高于一般女性的鼻子把那双大眼睛衬托得十分妥当,一头短发使她耳郭周围那片月牙似的白净皮肤露得很显眼,又净又嫩,真的,她很漂亮。

相比之下,我穿的那件从格尔木汽车团借来的极不合身且很旧的军大衣,显得太寒酸了。天气很冷,为了掩饰自己的惶恐,我顺手拿起捅火的铁棍,插进了炉中。没想她抢过铁棍,说:"我会。空心炉子实心菜。"

炉口扑出了蓝色丝绢样的火苗。我俩面对面地坐着。

醒夜。

山里很静,屋外公路上偶尔响起的夜行车的车笛声显得悠远而沉寂。

我们各自通报了姓名,她连年龄、爱好及家庭成员都讲出来了:二十三岁,烟酒不沾,但是很喜欢喝酒的男人。她的爱人与她同岁,一次喝一斤酒脸都不带红的。我暗自笑了,这人真有意思,人家谁问你这些来着？

"你从北京出发时就带着这件大衣吗？"我俩坐定后，这是她问我的第一句话。

我想很可能她是怜悯我的寒酸吧，便忙用手遮住了大衣上烟头烧下的几个破洞。谁知，她大笑起来，说："我的话绝不是针对你的，而是怀疑像我这身着装走进西藏会让藏族人避而远之的。"

她穿着绛紫色呢大衣，银灰色水獭博士帽里周周正正压着梳理得平展展的短发，还有一双十分讲究且非常合脚的长筒黑皮靴。我笑着对她说："西藏也像内地一样，漂亮女人是很招人喜爱的。你的担心纯属多余，如今的西藏老百姓穿戴也很现代化。"她一笑纠正说："应该叫大众化。这样，我这个普通女人就很容易融入她们之中了。"说毕，她特地跺了跺脚。我想，那是有意让我留意她那双很时髦的鞋子。

有了这个很自然的、毫无拘束的开场白，我们下面的对话就宽松自由多了。

她并没有接着我在兵站大门外散步时那个我没有回答她提问的话题问下去，而是另辟蹊径。鬼心眼？她是在打迂回战。

她问我："据说你是个老高原，你有多'老'？"

"不敢称老，只不过翻越了上百次唐古拉山和冈底斯山罢了！"

她吐了吐舌头，又问："你肯定是每次都坐汽车过山了？"

我猜想，她这样提出问题多半是出于这样的考虑：上百次过两座世界屋脊上的大山自然是了不起了，可是如果能像登山队员那样步行过山，那才是硬碰硬的英雄。

我回答她："不管你坐汽车还是步行过山，高山反应都不会饶过你。"

"如果高山反应都像家常便饭一样，我相信大家都会有滋有味地把它咽下去。"

"很多高原人正由于在高原待的时间长了，才落下一身永远也治不好的病。这就是高山反应对他们的'馈赠'。"

她开始把谈话的焦点凝聚到冈底斯山上了，嘴里反复咀嚼着这个山名。"冈底斯山，它是藏语吧，什么意思？"

我说："冈底斯山在藏语里是'众水之源'或'众山之根'的意思。它是西藏南、北部的分界线，也是西藏外流河与内流河的分水岭。"

山与水总是相依。一夜小雪却可以把山隔断。

她终于把话题回到了她感兴趣的问题上："冈底斯山或者说西藏到底有什么牵动着你的心，值得你上百次翻越那些让许多人提起来心惊肉跳的山？"

这是个三言两语难以回答清楚的问题，我只得答非所问地对她说："年轻时开着车翻山越岭，那是战士的责任。近些年这把年纪还接二连三地重返西藏，是游览观光。"

"我觉得你在绕弯子，军人的性格应该是一针见血。"

她的"诱导"似乎在起作用。但我只能这样告诉她："虽然我在冈底斯山走了那么多次，但是，每一回走到它身边我仍然觉得仿佛到了一个很新鲜的世界。"

"新鲜这两个字你用得很新鲜，有味道！"

我竟然随口吐出了两句诗："人生有情生命短，时间无情花有情。"

"是你所作吗？"

"就算是抄来的吧，那也是我的真情。"

她的聪慧和灵敏是十分惊人的，马上从我的两句诗里提炼出"人"与"花"两个字，说："牵动你感情世界的是冈底斯山的花，当然，花是以人为本的。"

我很坦诚地告诉她："年轻的时候，我根本不懂得鲜花在人们生活里应该占有的重要位置，如果有人把花束放在我鼻尖下我也许会烦得把它拨开。现在活到了这个岁数，我才逐渐明白了我们的生活不仅需要平静，更需要鲜花！"

她说："你不但会生活，还是个哲学家。"随之又提出疑问："可是，你在秃山秃岭的冈底斯山谈花，使我感到十分渺茫。这儿有花吗？"

我立即给她说出了我在冈底斯山看到的那一串串花的名字：

君子兰、金吊钟、美人娇、万年青、吊兰、令箭、对红，等等。我还告诉她，这些花都种在盆里，可以移动。

"现在，我能理解你说的'花有情'这话的含意了，在这个本该不长花的地方，它给人的情更厚重。你是哪一年哪一月看到这么多花？"

我说："五年前，不过那时候只有一盆花，对红，还是我从西宁带上山的。那是冈底斯山兵站出现的第一盆花。后来，我就一年比一年看到了更多的花。"

她长长地出了口气，给人的感觉我说的那些花都是从她口里吐出来的。她说："我觉得现在我应该校正一下我一个偏执的认识了，在冈底斯山养花并不像我原先想象的那么艰难。"

我对她的纠正必须马上跟上："你错了！我可以给你打这么个比方，战士们在这里每养活一盆花比在内地经营五亩耕地所耗去的心血和体力还多。这不是我随心所欲地给你打比方，而是战士们细细地、认真地计算出来的科学数据。"

她插话："我想起来了，这儿被人称作'生命禁区'。战士们种花的历史永生永世地刻在冈底斯山上。"

我继续讲下去："花种是战士们从数千里外的西宁、兰州买来的，有的还是从内地战士们的家乡邮来的。当然，这些都是我带上那盆花到了山上以后的事。后来，我还从北京给兵站寄过一次花种子。十分可惜的是,我带上山的那盆花只在当年夏天在冈底斯山闪烁了一下,就像流星一样消失了。这里的盐碱地根本不能种花,要对土壤进行改良,兵们走出几十公里、上百公里去捡牛粪,掺进土里,改变土壤的结构成分。不少战士把自己掏腰包买来养身体的维生素片埋进土里作肥料。花苗好不容易长出了,需要日晒,可是这山里日照很短,经常是不到烧开一壶水的工夫,太阳就从头顶的山峡上走过去了。兵们便随着冈底斯山'一日四季'的气候变化,每天跟着太阳的转移不知要挪动多少次花盆。经常不变的规律是:清早花盆摆在西墙下,下午花盆搬到东墙角。"

她惊叹:"维生素片可以养花,我还是第一次听说。"

我接着说下去:"花苗出来后,要保证活下来才是最难的了。一般情况下,十棵花能活两三棵就该给老天爷烧香叩头了。"

她沉思片刻,然后带着几分惋惜说:"我今天刚来到冈底斯山,还没有来得及看战士们养的花,也不知道这些花在何处。但是,我能想象得出,在开花的季节那情景一定非常壮观。对啦,在你刚才给我讲种花的过程中,我已经听到花开的声音。真的,你语言的表达功底给我把花开的声音都描述出来了。"

我说:"其实,冈底斯山的花开放时的壮丽情景,要比你想象的,包括我讲的诱人十倍,甚至更多。"

哇!

我描绘起了花景:"每天太阳旋上头顶,阳光最红的时候,兵们便从砌有火墙的屋里把花盆端起来,摆放在兵站旁边的一个不大的山包上。花簇是围绕着山巅整整齐齐摆放的,远远看去好像那山包戴着一顶鲜花编织而成的帽子。自古千年,冈底斯山没见过一朵花,现在冷不丁地出现这么一片色彩斑斓的花山,当然很抓痒人心了。好像一群穿着节日盛装的藏族姑娘闯进了冈底斯山,来到战士们中间。如果你站得稍远一点看,那花山就像吊在空中的一个很大的花篮……"

她打断了我的话:"我听出来了,有两个问题请你给我详细谈谈。"

"哪两个问题?"

"第一,我觉得那个戴着鲜花帽的山包似乎很神秘,你有没有勇气打开让它见见阳光?"

"它每天都接受阳光的爱抚。"

"不,我是要你讲讲藏族姑娘的故事,这就是第二个问题。因为你已经提到藏族姑娘,而且是穿着节日盛装的藏族姑娘。"

这个女人的细心和判断力令我折服。看上去她并不是十分在意你的叙说,其实她很敏锐地就捕捉到了她需要的东西。是的,她终于提到了我一直回避着的藏族姑娘,我真不知怎么回答她……

她催促我:"快讲下去呀,曙光就在前面。"

我说:"你别着急,我不把冈底斯山的花讲明白,那藏族姑娘是永远也出不来的。"

"那好吧,你就讲花的故事!"

"这些年,不少过山的人包括一些将军,看到冈底斯山兵站的花都想讨上一盆,带回内地。他们诚恳地对战士们说,我们把西藏的鲜花带到内地,就会有一种无形的感情力量伴随在身边。可是,没有一个战士舍得把花送给他们。一次,一位从首都来的女演员给兵站的官兵唱了几支歌儿后,非要带一盆花下山不可,她几乎要给战士下跪了,但还是没有得到花。"

"如果那个女演员真的要给战士跪下呢,战士们会满足她吗?"

我回答:"没有如果。反正战士们没有让她把花带走。但是战士们给她讲了一个与花相关的故事,她就满足了。"

"故事？我也想听听!"她那期待的目光整个闪烁在长长的睫毛上。我便给她讲了下面这个故事。

山坡上一位牧人吆喝着牦牛群，他要把流浪的日子背回来……

事情发生得太久远了，无法记起具体的日期，总之是50年代末的某一天，冈底斯山中突然出现了一个十姐妹道班。清一色的藏族姑娘，都二十岁上下。为了养护青藏公路，她们从西藏各地聚拢到这个道班，每日手执铁耙，像梳理自己心爱的发辫一样养护着公路。那些进出西藏的汽车在她们用汗水冲洗得光溜溜平坦坦的山中公路上畅通无阻地奔跑着。很快，十姐妹道班便成了青藏公路的中心，它对跑车的司机有一种难以抗拒的诱惑。我当时是一个驾驶军车的司机，亲眼看到这些男子汉们在十姐妹面前那种狂喜而又驯服的憨态。当然包括自己在内。

女大学生听到这里，从兜里摸出一块水果糖填到嘴里咀嚼起来。我能感觉出来，她是在咂摸我讲的故事。她说：

"男人和女人打交道，最难忘的是初次见面。你能不能给我描绘描绘你和你的同志们是在什么情况下突然见到十姐妹的？"

我觉得她这"突然"二字用得很狡猾，但得当。我笑了："你当过记者吧？"

她回答："不，因为我是个女人。"

我不能不回答她提出的这个问题了，那个时刻是我终生都不会忘记的，因为从那一刻起冈底斯山放射出了万丈光芒——

我记得那是一天晚上，大约九点钟。我们一伙在雪山上遭遇车抛锚又被饥饿袭击得蔫头耷脑的汽车兵，被几台大卡车死拉活拽地弄到了一个道班里。别人的情况我当时无法知道，反正我是被高山反应加上过度疲劳折腾得几乎不省人事了。不知过了多久，我经过休息身上缓过了劲，睁开眼来，只见一个年轻的藏族姑娘坐在身边，正用热乎乎的毛巾擦我脸上的汗。我有些心慌意乱，忙用双肘撑起身子准备坐起，她用双手按住我胸部，说："别动，静静地躺着，你需要休息。"

我问："我这是到了什么地方？"

她笑答："你的家！"

她笑时，我看到她的牙齿特别白，眉梢翘得特别好看，两个酒窝从嘴角飞到了脸蛋上。

我就是这样认识了十姐妹中的卓玛，而后认识了其他九位姐妹。在十姐妹中卓玛最小，十八岁……

讲到这儿，我停下了。屋里很静。

女大学生显然不满足，问我："就这么简单吗？"

我说："是的，就是这么简单。世上所有复杂的事情都可以人为地使它简单化。"

"有些事情就是再复杂也不能把它简单化。我觉得你在为自己隐瞒了实情找借口。"她的口气十分肯定。

"隐瞒？"我的问话里带着明显的吃惊。

"对，如果你不隐瞒，我想就不会有后面的故事，你带着一盆花在四十年后重返冈底斯山，也就不会有一座鲜花覆盖的山包出现在那里。同志，你就往下讲吧，当然是讲你和卓玛的故事了。"她在引导我，她好像已经知道了不少事情。是的，我和卓玛的故事！其实我一点也不想隐瞒，特别是在这个双眼具有穿透力的女大学生面前……

我发现卓玛坐在我身边的时候，我的神志并不十分清醒，总觉得自己好像置身于高天云雾之间，忽忽悠悠，双脚一直无法挨着地面。她不时地用毛巾擦着我脸上的汗，说：

"你太任性，刚才昏昏迷迷中还念叨着要上路，不行，一定要多休息几天。"

我吃力地睁开眼睛，又看了她一眼，说："我是军人，只要身体恢复到能把汽车开动，我就得出发。"

她有点无可奈何地说："那就靠你自己在路上多保重了。我知道，出门人谁也不会把小灾小病放在心中。碰碰运气吧，我为你祈祷，愿你平平安安地走到你要去的地方！"

我安慰她说："我们这些跑车的汽车兵，一个个身体棒得像小牦牛，就是有点头疼脑热也能驾车翻越过冈底斯山。"

我是那伙抛锚汽车兵当中身体恢复得最快的一个——说是恢复，其实离开道班时我仍然发着高烧，当时如果有体温计的话，测量一下我想不会低于三十九摄氏度。

卓玛送我到公路边，车子开动前，她把一个什么东西塞给我。

我有点心慌，不敢打开，直到车子行驶了几公里后，我才看清那是一块藏家姑娘的头巾包着的什么，展开一看，是几块糌粑，还喷着热气呢！我心里先是一热，接着又是一酸。当时大家都在勒紧腰带过紧日子，几块糌粑说不定就是卓玛一天的口粮呢，送给我她会饿肚子的！

说到这里，我沉思起来。

她显然也在思考什么，随之，问我：

"后来的事呢，难道你能心安理得地把那几块糌粑带走吗？"

"当然不会的……"我稍有犹豫后，还是把事情的真相抖搂了出来，"车子开出大约五公里的时候，我经过再三考虑，还是掉头回到了道班，要把糌粑送还给卓玛。"

"她是不会接受你的返还的!"女大学生的语气十分肯定。

"没错,她坚决不收,理由是糌粑谁都需要,因为每个人都不可能空着肚子干工作。现在的问题是,我是个身体虚弱的病人,比她更需要糌粑。我没有再说什么,也不能再说什么,又开着车走了。那几块糌粑我一直保存得完好无缺,始终舍不得吃。"

她说:"不吃,这是合乎情理的做法。我倒关心一件事,那几块糌粑你最终是如何处理的?"

我说:"你往下听,自然就明白了!"

……

那时候,青藏线上流传着这样一句话:"雪山有了姐妹花,青藏到处都是家。"意思是说,自从出现了十姐妹道班以后,家的温馨便弥漫在四千里青藏公路沿线上。确实如此,每天清晨和傍晚,总会有来往的司机和行人在道班起程或落脚,他们把一身的疲劳、饥寒卸在道班,带走的是十位姑娘的深情,那是人间难得的温暖呀!

记得那是一个飞雪把大山和深沟涂抹成一溜平的午后,我驾车驶进了十姐妹道班,我是在助手昝义成的一再催促下,特地越过纳木错兵站赶到这儿来吃午饭的,为了赶路我空着肚子颠跑了近两个小时。昝义成开玩笑说:"让肚子里多留些空位,这样才能多吃一点姐姐妹妹们做的饭菜。"我逗了他一句:"少说两句吧,要不到了道班你会又疲劳又缺氧,不要说多吃了,恐怕连喝口酥油茶的力气也没有了。"昝义成这家伙的鬼心眼就是多,他诡秘地一笑,说:"喝不了酥油茶,咱就吃排气管上那些烤玉米窝窝头干。"我苦笑一下,无语。

原来,昨天晚上在那曲兵站吃饭时,我特地省下了一个玉米窝窝头,切成薄片,放在汽车发动机的排气管夹缝里,这样车到十姐妹道班时准会烤得焦黄焦黄。我不会忘记卓玛给我的那些糌粑,送给她玉米窝窝头片,也算是一种回报,我总觉得不应该让她饿着肚子干活。那个年代,中国人都是定量吃粮,谁的日子都过得很紧巴,谁的肚里都缺油水。

我原以为我给卓玛准备的玉米窝窝头片不会有人知道,没想到又贼又鬼的昝义成竟然发现了。这时我只得顺水推舟地说:"到了道班,你就把它送工人们去吧!"他又是诡秘地一笑:"我不会送给大家的,就给卓玛一个人,你没意见吧?"这家伙,什么事也别想瞒住他。

我是河流,别人也是河流。大家都向大海流动。

我和她继续交谈着。

我说:"我每次到了十姐妹道班,总会看到有一些'闲人'待在那里。"

"闲人?"女大学生紧问了一句。

我笑着说,忙人中的闲人嘛。累死累活地跑一天车,到道班里来歇口气儿松松劲,放松放松。和姑娘们聊聊天逗逗趣,难得!这会儿不就成了闲人了吗?

她连连说:"忙中的闲人,说得好,闲得应该!"

我说:"正是在道班当'闲人'的日子里,我和卓玛有了更多的接触、了解。一来二去,我们便以兄妹相称了,我大她四岁,她叫我哥哥一点儿也不涩口。可是,我说什么也张不开口叫她一声妹妹。我们之所以有兄妹这层关系,当然与那些糌粑有关,但是它的直接导火索是我给她送的那些烤玉米窝窝头片,开始她说什么也不收,死咬住一个理不放,跑车的人比修路的人辛苦,更需要营养。我说,我年龄比你大,身体强壮有抵抗力,少一点营养没关系。她无话可说了,稍一沉思,提出了一个要求,说:'你叫我一声阿妹,要不,别想让我收你的东西。'我灵机一动,马上递上去一句话:'你不先叫一声哥哥,就别想当我的妹妹。'我的话音一落,她就大大方方地叫了一声哥哥。我呢,当然也喊了声妹妹。但是,最终她还是没有收下我的玉米窝窝头片。我明白自己上当了!女人真贼,藏族女人也不例外。"

女大学生插问一句:"阿哥阿妹总算相认了,我想按照一般常理,她总会对哥哥提出一些什么要求的。"

"没错,她是给我提出了要求。不过那是我们相识半年后的一天,她突然给我倾吐了自己的一个心愿,想跟着我坐一趟火车,到内地去看看。我满口答应了。"

"我想,这是一个难以实现的愿望!"

"是的,青海西藏根本没有通火车,我一个当兵的,如何带她去内地。就是到了90年代的今天,西藏还是不通火车呀!我之所以答应了她的要求,是因为我实在是不忍心让她失望。一个藏家姑娘,祖祖辈辈都住在被岁月锈蚀得像铁皮似的帐篷里的牧民之女,坐一趟火车就是她心中的彩霞,到内地去看一看那一栋栋排列得整整齐齐的高楼大厦,就是她一生中生命放射出最灿烂火花的时刻,我不能让她因为得不到她渴盼的彩霞和最灿烂的火花而失望呀!"

女大学生打了一声长叹,说:"我能理解你,也能理解她。人这一生谁都会遇到许多无可奈何的事!"

我马上接上去说道:"小姐,你说得太对了。你我,还有你我相识的和不相识的人,大家几乎每天都要被一些无可奈何的事纠缠得手足无措。你跺脚吗?哭吗?一点儿用处也没有。我的想法是:照样走你的路,躲得过就躲,躲不过就踢它一脚。你一生只为它的困扰流一次泪,这就是在你将要离开这个世界的时刻再流泪,而且还要让眼泪滴在自己的手心里。"

"你讲得太好了!真的很好。"

"所有的绝招都是被逼出来的。"

她又问我："你和卓玛有过单独的接触吗？"

"当然有了。"

"讲讲。"

那天，我加大油门几乎开着飞车赶路，下午三点钟就到了十姐妹道班。昝义成显然已经看出了我的用心，车刚一在道班门前停下，他就说："班长，保养车的事有我，你忙你的去吧！"我们心照不宣。于是我找到了卓玛，她们三个人一间宿舍，那天下午刚好轮到她休息，宿舍里就她一人。

"你们都讲了些什么？"

"开始双方都很拘谨，她讲一句就断线，我说半句都结巴。后来还是我问起了她家里的情况，这才打开了话匣子。她告诉我，她一直不知道她的阿爸是谁，她是在阿妈的背上长大的。阿妈穷得连顶像样的帐篷都没有，都是住在洞穴里。阿妈只养了一头牦牛和三只羊，每次出牧时都背着她。后来阿妈老得走不动路了，把她托给一个金珠玛米叔叔，她才当上了道班工人；她讲了她一心想当一名纺织女工，要用双手织出足够每个西藏女人穿的漂亮的氆氇；她还讲了她恨死一个农奴主家的管家，那家伙总是死缠着她不放。当然，她讲得最多的还是想坐趟火车到祖国内地去看看……"

女大学生说："多么纯真的姑娘！"

我继续说："卓玛一再表示她这一辈子就认定我这个阿哥了，让我不论到了什么地方都要把她带在身边。"

"是呀，一个无依无靠的孤女，她是需要找一个热乎乎的男人的胸膛做靠山。"

"我紧紧攥着她的手，对她说，阿哥这一辈子不管迟早都会想办法让你感受到人间的温暖,去做你称心如意的事情。"她听了后,问:"迟早?早是什么时候?迟到什么年月?"我无法回答她的问话,只是说:"你等着吧,我相信总会有那么一天。"

女大学生沉思了片刻,说:"后来呢?"

我感叹地说:"后来发生的事情是我怎么也没有想到的,我相信你也是不会想到的。"

她问:"难道你和卓玛的交往发生了什么节外生枝的事情吗?"

我说:"正是这样。还是那几片玉米窝窝头片引起的风波。有人给领导反映我和藏北草原一个牧主的女儿谈恋爱,还说我把连队的粮食偷出来送给了那个牧主。你应该听清了吧,这里面起码有三错。我和道班女工卓玛只是刚开始交往,严格说来还没有走到恋爱的那一步,这是一错;这里更不存在牧主的问题,卓玛的家族是世代贫苦牧民,这是二错;我什么时候偷过连队的粮食?几片玉米窝窝头是我自己省下来的,那时候吃饭都定量,这是三错。你知道,那个年代,一个当兵的和牧主的女儿恋爱,那是犯了天大的不可饶恕的罪责。我一次又一次给领导解释,说明事情的真相。但是没人相信。我的助手昝义成也主动站出来作证,再三说明我和卓玛的关系是清白的,别人反映的情况不属实且有很大出入。他怎么作证也没人听,最后连队还是做了决定:停止我驾驶三个月,把我留在驻地写检查,反省。"

"我真不知道这个检查怎么写,整日坐在屋里犯愁。就在这当儿,又发生了一件我没有想到的事情。这件事使我们这些终年在青藏线上跑车并在十姐妹道班房闻过女孩身上那种特有气味的司机们终生难忘。那场突然而降的暴风雪只是在一瞬间就把整个冈底斯山变成了无边无际的雪海,出人意料的事情就在这时候发生。一场百年不遇的雪崩把山中千年不化的积雪与冰川全部折腾起来,蹦蹦起数十丈高,然后又重重地如山一般摔落在地上,十姐妹道班被结结实实地埋在了万丈深的雪海里。穿过冈底斯山的那段青藏公路断了,正在路上行驶的数十辆汽车也被雪崩卷得无影无踪了。据说,当时有个正在开车的汽车兵在雪崩的刹那间,撂下方向盘去救受难的十姐妹,具体地说,他是去救卓玛的。结果,他不但没有救出别人,自己也没有出来……"

她打断我的话:"我想让你告诉我救卓玛的那个汽车兵的名字。"

我摇摇头。

她紧紧追问不放过:"不,我一定要知道那个汽车兵是谁。"

我瞒不过她了,再说也没有必要瞒她。便坦言相告:"他就是我的助手昝义成。我被停止驾驶以后,他晋升为驾驶员,仍然驾驶我开过的那台车。冈底斯山发生雪崩的时候,他正好行驶在山中。在最危险的时刻他想到的是卓玛,便快速开车向十姐妹道班飞驰而去。"

"昝义成的最终结果呢?"

"由于他并没有走到发生雪崩的中心地段,被雪埋得浅,三天后军民们把他和车一起从雪里刨了出来。好在他受伤并不重,只是饿得浑身没一点力气了。半个月后身体就完全恢复了过来。"

我的思绪沉入遥远的往事回忆中,久久地才拔了出来。我伤感地对她说:"每想起那次雪崩,我的心就像刀尖戳一样发疼,十姐妹怎么会遇到这样的不测之祸,那个想坐趟火车到内地去看看的卓玛妹妹她再也不会絮絮叨叨地跟我讲她的心愿了。"

女大学生低头想着心事。从来不抽烟的我,这时顺手摸起窗台不知谁丢下的一根烟,捏来捏去地搓揉着,直至把它变成细末,在地上落了一层。后来,她终于打破沉默,问了我一句:

"我还没有听到故事的结尾呢?"

我说:"一年后,雪化冰消,已经坍塌架了的道班房露出了房角,人们扒开残留的冰团雪块和砖瓦、屋梁，看到了十具冻得硬邦邦的尸体。由于冰冻，尸体上虽然伤痕累累，却没有腐烂，奇怪的是她们的脸一个个完好无损，双目微闭，好像睡着了一般。战士们抱着十姐妹的尸体号哭不止，那哭声就是站在冈底斯山之外的任何一个地方都能听得见。我专程从格尔木赶到冈底斯山与十姐妹做最后一次的告别，我特地带着那包糌粑，还是用那块花头巾包着。我很容易地就找到了卓玛，跪在她的身边，声嘶力竭地哭着喊'阿妹'，战友们站在一旁跟着我一起哭。我费了好大的劲，才把她那紧紧攥着的手掰开，将那包糌粑还给了她。我说：'阿妹，你要走远路，用得着这些干粮。你要一路多保重，千万千万不要太亏待自己，那糌粑是我送给你的，你要是不吃，我活在世上也觉得无味。'"

女大学生问："你还没有讲对你的停职检查呢，后来做了什么结论？"

"什么结论也没有，三个月后让我继续当驾驶员。我开着车跑了一趟拉萨，经过冈底斯山的时候，浑身发瘫，双腿颤抖，车子怎么也走不动了。我只得停下车，跪在路边大哭一场，当时发生雪崩后才四个月，十姐妹道班仍然压在雪层下。那趟任务执行完回到格尔木后，我就要求复员，在原地找了个工作落户了。我觉得我这一生，生为高原人，死为高原鬼，是离不开青藏高原的！"

她问："今天的冈底斯山兵站是什么时间建立起来的？"

"那座道班房在雪崩中消失不到一年，就在原址上建起了兵站。"

"为什么偏偏在十姐妹遭难的地方建兵站，是有意安排，还是巧合？"

"我不知道这里面的缘由，反正我们这些与十姐妹有过交往并深深地热爱她们的汽车兵对于这个兵站站址的选定是十分满意的。每次投宿在兵站仿佛就像见到了十姐妹，但也增加了一份揪心的怀念，毕竟她们永远地从这个世界上消失了。对于我来说，对卓玛的追思和怀念就更强烈了。我很后悔,在她活着的时候,我没有更多更周到地关怀这位小阿妹,这是我终生都要谴责自己的。我一点儿也不在乎别人说什么,只要自己心底洁净就行。"

"我完全同意你有这种难得的思考。"

"还是在建兵站之前,我们一伙汽车兵在冈底斯山给十姐妹修起了一个合葬墓。墓与兵站相隔顶多五百米,因为墓修在山坡上,远远看去,那墓堆和兵站成为一个有机的整体,它像兵站的瞭望台,或者说兵站的那些房子是它派生出来的建筑群。合葬墓是山石铺底、黑黏土垒起来的。为什么要用黑黏土?因为这种土质里网结着密密麻麻的草根,俗称钢筋水泥,据说百年千年都不会零散。那是我们汽车兵专门从近百里的纳木错湖畔运来的。"

"合葬墓很大吗?"她问。

"最初并不大,也就两三个普通坟包那么大吧。后来,汽车兵们在执行完运输任务回空时,总要顺便捎一车黑黏土添在坟堆上。这样,今日运一车,明日运一车,你拉一车,他拉一车,慢慢地坟堆越来越大,竟然变得像一座小山了。"

她说:"它是一座山,真正的山!"

我深深感慨地说:"我们想给十姐妹坟头上撑起一片绿荫的愿望,在建坟之初就有了。但是,由于这里的气候酷寒、缺氧、土质瘠薄等原因,这个愿望一直未能实现。直到五年前,我重返西藏时从西宁带来的那盆对红在这里落地生根,冈底斯山才有了这片花簇。可惜的是,卓玛和她的姐妹们是看不到这美丽壮观的花景了。"

她忙摇摇头,说:"不,合葬墓上的那些鲜花,正是十姐妹的化身,它们是有灵魂的,时时刻刻在向世界诉说那个雪崩之夜人们无法了解到的故事。"

我告诉她："当地的牧民都说，坟墓上的这些鲜花是永生永世都开不败的，总有一天都会长成不老的蓬勃的花树！"

……

我们的交谈到此为止。

女大学生呆呆地望着窗外。夜色很浓，冈底斯山是一片望不透的黑洞洞的深海。

突然，她对我说："走，陪我去看看她们。"

我知道她指的是长眠在山中的十姐妹，便说："天太黑，你什么也看不见。再说，坟头的花这时也被战士们搬走了。"

"不，我就是要现在去看她们。"

我拗不过她，便带着她来到了坟前。天黑，夜静。她脱下自己的那件大衣，轻轻地盖在姐妹的坟上。她说："山里太冷了，要给她们加件衣服。"

冷风从我的衣摆下钻进去，飕飕地刺着我周身的皮肉。我脱下那件从格尔木借来的军大衣，轻轻地披在女大学生的身上。

她又脱下军大衣，盖在了坟头上，说："卓玛年龄最小，经不住这寒夜的袭身，给她盖上吧！"

这时，我仰头一望，夜空飘起了雪花，很大的雪。其实，我和她从兵站出来时就下着雪，我为什么没有发现呢？我突然留恋起这个世界了，我真想大声对宇宙说一句：冈底斯山，你永远都不会沉陷，因为有十个美丽的姑娘用身躯支撑着你。

她静立坟前，指着坟头说："姐妹们是你的知音，也是我的知音。我们不能成了断弦的琴。你我，还有她们，咱们拉起手，一起进西藏，出西藏，走中国，生生死死在一起。"

我抬头看看远处的山，突然觉得山巅的积雪很肤浅。因为它没有扎下根基。

春天挂在山垭，寒风过后成为一种凝固……

朋友蔡如释重负似的终于讲完了他的故事。之后，他长叹一声，对我说：

"在漫长的岁月中，我护住狂乱的心跳，把自己作为常人的感情关之门外。我在无望地等待，却没有勇气公开。现在，我把一切都讲给你听了。我当然是经过思考才这样做的，只有一个要求，你可以写一篇作品，只是不要公开我的名字。"

说毕，他握着我的手，无语。

朋友走了，我的手上还留着余温。

这夜，我就在灯下展开稿纸开始写作了……

# 沉默的巴颜喀拉山

那一刻，在我的家乡八百里秦川，田野在阳光下闪闪发亮，麦穗上的颗粒像水晶一样透明。村庄上空温暖的炊烟，正多情而缠绵地给蓝天描绘着一幅和平、宁静、丰收的彩图。

那一刻，在青藏高原腹地巴颜喀拉山中，随着一声罪恶的枪声，眩晕和战栗像孪生兄弟同时卧在了洁白的雪峰下。来自我故乡的一个十八岁的与我很要好的新兵倒在了血泊中。他在交出体内余温之前依然驾驶一辆军车向响着枪声的前线飞奔。

一个人死了，死者家乡的街道上突然变得冷冷清清。那些炊烟飘上屋脊之后打了个寒噤。

我刻骨铭心地记住了那一刻。

雪下得很大，绵绵起伏的峰峦和大山下所有的藏族村落，都模糊得只剩下了个轮廓。这样浑浊的日子是不是注定会有乌云烧黑了雪山？

有人用狞笑盖过了冰冻的莽原。但是雪山不会老，它依旧指示车队驶向无边的远方。

战士最明白，当和平、幸福、爱情这些词蒙上了硝烟，我们只能用刺刀把它们擦亮。

我讲的是一段旧事。四十七年前。

至今许多人并不知道，那时候在遥远的西藏发生过那样一场战争，现在可以说了。

那场战争的名称叫：平息西藏叛乱。

有乱才平。这场叛乱波及青海、甘肃的局部地区。

当时，我是一个入伍不到一年的新兵，汽车兵。所有的惧怕和担心都挤在车厢里，谁知道我开的车能不能到达最终卸货的地方，即使到了还能不能活着回来？

所有参加战争的人，每时每刻无不把脑袋掭在手中在枪林弹雨里穿行。

这是我从汽车教导营毕业后第一次单独开车执行运输任务，要给平叛前线运送一批弹药。所有的小心翼翼和拘谨都在情理之中。苏营长在战前动员会上讲的那句话，我这一辈子都刻在心上。他说："你们太幸福了，一当兵就碰上了打仗！"你千万不要认为苏营长在说风凉话，他是打心底里在羡慕我们。当然是不是所有的人都能理解他的这颗心那是另外一回事。

打仗是幸福吗？也许会死亡，何谈幸福？当然，随着兵龄的增长，不断地强化军人的职责，我们慢慢地理解了营长讲话的深层含意。军人的存在，就是为了迎接战争。不死那是你命大，死了虽死犹荣。祖国的和平、人民的安宁高于一切。我们发誓不希望人间有战争，可是当强盗燃起狼烟时，共和国的军人真的敢于真刀真枪去拼命。

幸福的含义太宽泛了，在和平的春风里接受阳光的抚摸是幸福；为享受阳光的人去献身同样是幸福。

我们的车队是披着夜幕行驶的，必须这样；不能开车灯，不许有任何光亮。也必须这样。

我们在日月山下的倒淌河兵站猫了整整一天，除了睡觉就是修车。

心焦而烦躁地等待着深井似的夜幕降临。

太阳压山许久了,山野没有了人影,路也像断了魂。

我们出发上路。

车轮碾碎了夜的宁静,不时有狼嚎狗叫声从山谷传出。寂静的夜透着一种阴森。哗啦哗啦的流水声仿佛响在天畔。夜晚的河流最深。

路边一盏灯,很犯困的灯。

一位藏族老阿妈拦住了我们的车队。她控诉了刚刚发生的一场匪劫。几个饿鬼似的叛匪洗劫了这位孤寡老人的帐篷,连一块糌粑、一碗酥油茶都没留下。老人向他们苦苦哀求,这点吃的是她的救命粮。叛匪用权子枪戳翻了帐篷里的所有陈设,帐篷也落架了,把老人暴露在露天里。唯那盏酥油灯还亮着,怪,野风呼呼,它就是不灭。

扬长而去,叛匪早不知溜到了哪里!

我们匆匆地为老阿妈整收好帐篷,留下一些行军干粮。我们还要赶路!还要上前线。

我忘不了老阿妈那双眼睛,她一直泪汪汪地望着我们,站在帐篷前一动也不动。她并不知道我们是什么样的军队,语言不通,给她解释了几次,她只是摇头。车子驶出好远了,我似乎还能看见她那双泪汪汪的眼睛……

高原上所有的灯都熄了,睡了。

死一般寂静。

车队继续摸黑向前滚动。

我的心无法平静。老阿妈那被捣毁了的家,是这场战争创造的一个伤口。从看见她那刻起,我的全身就溃烂了,我无法忍受,心情怎能平静!

巴颜喀拉山不知什么时候挤上了汽车的风挡玻璃。黑沉沉的山影使山中的公路变得更狭窄，险要。

我和远处看不见的冰河的涛声互换一下眼色，减慢了车速。

一声浑浊的枪响穿透了沉沉夜幕。我有一种感觉，公路似乎要断裂了。

我的同乡战友于得江，就是在这时候倒在了巴颜喀拉山冰冷的怀抱里，永远地走了。至今我眼前还浮现着他的胸部被叛匪击中后那个咕咕咕冒着鲜血的枪眼：月色很暗，我看得却很真切。

叛匪是什么时候出现在公路边的洼地里，我们都不知道。也许他们早就埋伏下了。只有在一梭子飞弹带着刺心的呼啸飞向车队时，我们才意识到：糟啦，出事了！

这时，我的汽车正在拐弯。那是一个没有任何标志的连续转弯。

带队的成连长立即从头车的驾驶室里跳下来，站在风天野地里指挥车队快速通过危险地段。

叛匪在放了几枪之后，见势头不妙，就迅速地溜进了深沟里。他们是哄抢食物的，这伙整天在山里乱窜野跑的叛匪，早就粮尽弹绝，一个个饿得像掉了膘的地鼠，抢吃抢喝成了他们每天活动必不可少的内容。这回他们算扒拉错了算盘，我们是近百台车的大队伍，不会给他们便宜占的。老鼠只有溜掉。

我们车队中间的一台车被叛匪击中，歪在了公路边的沟里。于得江就是那辆车上的驾驶员，他负了重伤。连长当时没有立即顾及他，等整个车队开到安全地带后，他才组织了几个驾驶员返回到出事的地方。

我也是这些返回人员中的一个。我的内心仿佛布满细小的针孔，悲伤和血一起浸渗出来。

这是黎明时分，也许应该说是巴颜喀拉山一天二十四小时中最宁静的时候。很可能因为我们在暗夜里摸索得久了，眼睛适应了黑夜，此刻感到天地间微亮起来，依稀可见一些地形地物。

于得江流了好多血，那些血都凝固了，泛着黑黑的冷光。他已经死了，留下的是一个挣扎着奔跑的姿势。两只胳膊前后拉开着，一条腿也跨出来了。当然这姿势是躺在地上的。谁都可以想象得出，他是不可能跑出敌人子弹的速度。他就这样倒下去了，永远地躺在了巴颜喀拉山中，离他的家乡很遥远的这个地方。

远处，什么鸟在悲戚地啼叫。

比这鸟啼更深远的是巴颜喀拉山中的夜色，比这夜色更沉重的是于得江留在地上的这摊血。

我们实在无法想象他走时的那种悲惨凄凉。没有一个亲人在身边，娘的双手没有抚摸他，妹的甜奶似的声音没有呼唤他，就连他那新婚才三天的爱妻也没有为他送行。如果这一切都是因为路途遥远亲人们无法看着他远行，这自然是可以理解的。那么为什么连一个战友也不能在他身边停留？他在生命的最后时刻一定有话要说，说了什么呢？

连队领导有交代，车队一旦有一台车遭到叛匪的偷袭，其他车不得停下，要快速越过这台车。一切只能等待车队返回时再说。战争就是这样残酷。完成战勤运输任务是第一位，死一个人没有车上运载的战斗物资重要，更何况车上有时运的就是参战部队。

在战场上，怜悯往往招致来的是更惨重的伤亡。

连长带头。我们锹铲手刨，匆匆忙忙地挖坑掩埋于得江。车轮还等着向前线飞驶，时间不允许我们细嚼慢咽地为他料理后事。

下葬前，我多看了得江几眼，他的眼睛似乎还没有完全闭合。我心里涌上一股酸楚。不由得想起了我俩离开乡里时手拉手走向新兵集中点的情形。俩人默默地走了好一段路，好像谁都有话要说，可谁也不张口。

当兵离家时我们是以哑剧的形式告别故乡的。

就是这样，我俩默默走了近十里路，始终没有谁开口打破这种可怕的沉寂。到了新兵集中点，他先伸出手，我马上也把手伸出，两只手紧紧地相握，摇了又摇。这就算是我们的话语、我们的心声。我被分到了新兵连一排，他到了三排……

此刻，我多么想和我的战友、我的乡党于得江，好好地聊聊天。我有许多话要嘱咐他，他也一定有不少话要留给我。可是，我们没有机会了，永远没有了！

旧故事死亡，新的为什么还没诞生？

得江，这个世界再也看不到你了！

我给他的坟上添着土。我哭了，咬破了嘴唇才使自己没有哭出声。我怕老兵和那些不是我乡党的新兵笑我没出息，战场上还流鼻涕抹眼泪的，像什么话！打仗！明白吗，这是你死我活的打仗！

我只能在心里默默地告慰得江：你安息吧，你的躯体将化为高原上的冻土。你一定还有无法实现的愿望，放心地走吧，我们这些活着的乡党会替你实现的。

得江好像听不懂或者根本不愿听我的话，那双眼睛依然半睁着。我再也不敢看他了……

得江，我深深地爱着你。但我像你一样，一言不发。打完这一仗，在没有人在身边的时候，我会把内心的火焰释放出来。

至今我记忆犹新的是，我们是用得江留在驾驶室的那件皮大衣裹住了他的身体。挖的坑不太深，镐铁碰到冻土地上就跌倒，刨个深坑实在不容易，墓堆也很小，站在稍远一点的地方，几乎瞅不见。这是连长的主意。他说残忍的叛匪一旦发现了墓堆，会把尸体掏挖出来，搜寻值钱的东西，然后碎尸。其实，他们哪里知道，这些兵都是一贫如洗的"穷人"。他们最贵重的东西,就是军帽上的红五星,再就是装在胸膛里的党证、团证。可这些,哪个叛匪敢要?

有人提出,在死者的墓头立个标志,连长也没同意。这样不是招惹叛匪来挖墓吗?大家实在不忍心得江的墓变成无名坟,最后还是从汽车的帮槽上劈下一块木板,写上了于得江三个字,插在了一个很隐秘的地方。

当时,不知什么原因突然从山坡上滑滚下来一块石头,我真想用它踢伤山下的果洛草原!

于得江就这样献身在巴颜喀拉山,死在了平息叛乱的路上。

我们连里的车队在天亮之前,把物资送到了一个叫竹节寺的平叛前线,那里到处战火狼藉,空气中弥漫着浓烈的硝烟味,应该说我们此次的战勤运输任务完成得并不十分圆满,因为少了一车物资。于得江的车被敌人重创后一直歪在沟里,难以抢救。但是没有人责怪我们,因为于得江的噩耗已经传到了前线:没有人称他是英雄,一个没有完成任务的士兵,是不会被他的上级赞扬的,这只是一个平平常常的死亡。像村庄里死了一个老乡一样。战场上有多少人就是这样无声无息地走向了死亡。

那天,我们离开竹节寺时,我方的参战部队正准备进入下一场战斗。据说附近的山沟里发现了一股妄图反扑的叛匪。我看到在一个战壕边有一个年轻战士,他失去了一条腿,用另一条腿跪在地上,正在擦拭枪膛,吃力地反复地擦拭着……

我突然生出一个联想:他很像一个应试前的学生,紧张又平静地准备着一切。他会交出一份什么样的答卷呢?也许他不知道,他的上级知道;也许他和他的上级都不知道……

巴颜喀拉山的早晨很静,绝静。

静得像要爆炸。

那个失去一条腿的战士，仍然平静地擦拭着枪膛……